RASCANTE

Ricardo Ohara
Rascante
1ª Edição / 2023

© Ricardo Ohara, 2023

Rascante (1ª edição)

Todos os direitos sobre esta obra estão reservados ao autor.

É proibido reproduzir em qualquer formato, total ou parcial, armazenar em sistema de banco de dados ou processo similar, seja por meio eletrônico, fotocópia, gravação, etc., o conteúdo deste original sem a autorização prévia do autor.

Capa elaborada por Ricardo Ohara

Nota do Autor

O livro foi tomando forma em função do meu interesse por roteiros cinematográficos. E daí eu comecei a pesquisar pela internet sobre as técnicas, formatação e construção desse instrumento para conseguir expandir a projeção de um filme que rodava continuamente em minha cabeça. Uma inspiração e também uma visualização bem diferente da que eu tenho quando estou escrevendo os meus romances.

O projeto de uma história com princípio, meio e fim foi elaborado em pouquíssimas linhas, mas as dúvidas persistiram. Eu teria que extrair da minha mente o filme e descrevê-lo através de textos e diálogos. Isso era totalmente novo para mim e bem diferente de escrever um livro. Pensei.

Arrisquei uma consulta pela internet. Perguntei para um profissional mais experiente em roteiros cinematográficos se os meus livros, que são ricos em diálogos e que já tem uma história bem consolidada, seriam os argumentos para se criar um roteiro. Isso porque todas as vezes que li sobre roteiros me esbarrei no "argumento" e, como todo iniciante, eu quis saber a fundo o que significava dentro da construção do roteiro o tão citado "argumento".

E essa pessoa, gentilmente, retornou-me o e-mail e disse que o meu livro seria sim o argumento. Não o todo, mas uma peça importante para se construir um roteiro. E eu comecei a escrevê-los. O romance e o roteiro concomitantemente. O livro alimentou o roteiro e o roteiro trouxe possibilidades para enriquecer ainda mais o livro. As personagens foram surgindo naturalmente, sem a necessidade de colocá-las em um tabuleiro e movimentá-las como um jogo.

Eu sou um escritor intuitivo. Até pensei em voz alta: que as técnicas fiquem com os técnicos. Mas não é bem assim. Conhecimento nunca é demais. A técnica não cria a obra, mas a executa. A obra nasce de uma forma desajustada e vai sendo lapidada pelo seu criador até a sua finalização, como uma joia.

Ricardo Ohara

Capítulo 1

Minutos depois que o avião aterrissou, Pablo desembarcou e saiu caminhando apressadamente pelo saguão do aeroporto com a sua pasta executiva em uma de suas mãos e o celular na outra. Ele parou no meio do saguão, pegou o celular para fazer uma ligação e percebeu que a bateria do aparelho estava totalmente descarregada. Começou a resmungar.

— Que merda! A bateria está totalmente descarregada. Eu me esqueci de avisar na empresa a hora que ia chegar... Não posso ficar aqui perdendo mais tempo. Merda! Merda! Merda!

Ele ficou muito irritado. Colocou o celular no bolso da calça e olhou pensativo para as vidraças do aeroporto. E sem hesitar, saiu como um foguete em direção ao ponto de táxi.

O taxista se aproximou com o carro e abriu a porta do veículo para que ele embarcasse. Mas Pablo continuou estático diante do homem, perdido, olhando meio alienado ao seu redor.

De repente, em fração de segundos, ele foi surpreendido por um misterioso vento que o envolveu em uma cortina de poeira, deixando-o completamente frágil. Pablo, então, aguçado pelo seu instinto, colocou um dos braços sobre os olhos para se proteger, arqueando-se sobre o próprio corpo.

Após o susto, Pablo, ainda bem ofegante e sem compreender o que estava acontecendo, foi erguendo o corpo lentamente. E quando abriu os olhos, deparou-se com um pequeno penacho de pássaro que veio rodopiando suavemente em sua direção. Ele ficou completamente hipnotizado com os movimentos do penacho no ar.

— Senhor! Senhor! — preocupou-se o taxista.

— Como é que é? Bota essa joça para andar! Eu tenho criança em casa para sustentar! — gritou o outro taxista que estava com o carro logo atrás.

— O senhor está se sentindo bem? — insistiu o taxista.

— Hã!

— O senhor me desculpe! Mas é que vira e mexe tem sempre um passageiro enfartando quando coloca os pés dentro do táxi... Eu fiquei preocupado, achando que o senhor estava tendo um mal súbito. O senhor está sentindo alguma coisa?

— Não! Não! Eu estou bem! Desculpe-me pelo transtorno! Eu só me desliguei por um instante... Vamos!

— Claro! Fique à vontade! — respondeu o taxista, aguardando-o embarcar.

— Tem carregador de celular no táxi? — perguntou Pablo, agitando-se na poltrona do carro.

— Tem sim... Fica aí perto da poltrona.

— Já encontrei. Obrigado!

O taxista não perdeu mais tempo e acelerou o veículo. Pablo foi se acomodando melhor na poltrona do táxi e colocou o celular para carregar. Mas o homem não parava de observá-lo pelo retrovisor. Isso começou a deixá-lo muito encabulado. E ainda mais, pelo fato de o motorista do táxi não ter feito nenhum comentário sobre o vento que surgiu repentinamente no aeroporto. Pablo achou tudo isso muito estranho e tentou extrair dele algum comentário sobre o que tinha ocorrido.

— Que vento estranho foi aquele?

— Vento?

— É... No aeroporto.

— Se teve algum vento, eu não percebi.

— Não? Mas...

— Um dia desse lindo e com o céu todo azul?

— É... Deixe para lá.

— O senhor vai para o centro? — desconversou o taxista, olhando-o de rabo de olho pelo retrovisor.

— Isso! Centro Empresarial.

— O senhor está se sentindo bem mesmo? — perguntou mais uma vez o taxista, olhando pelo retrovisor do carro e percebendo que Pablo estava estranho, desconfortável e muito inquieto.

— Pare o carro! — disse Pablo com a voz alterada.

— Aqui? Mas o senhor não ia para o centro empresarial?

— Pare ali perto do parque... Eu preciso respirar um pouco de ar fresco. Eu estou me sentindo sufocado dentro deste táxi! — o motorista emburrou a cara e foi procurando um local próximo ao parque para estacionar o veículo, enquanto Pablo se apressou para abrir a carteira e pegar o dinheiro para pagar a corrida.

— O senhor me desculpe, mas eu não posso ficar no prejuízo — reclamou o taxista assim que estacionou o veículo.

— Pegue este dinheiro... Eu acho que cobrirá o seu prejuízo.

— Claro, doutor, eu fico muito grato — o taxista não hesitou e pegou rapidamente as notas de dinheiro que estavam na mão de Pablo. Uma quantia que cobria praticamente a corrida de um dia inteiro de trabalho — Se todos agissem como o doutor! — continuou o taxista com o excesso de gentilezas.

Pablo saiu do táxi tão desnorteado que, no momento em que fazia a travessia da avenida, foi surpreendido por um carro que vinha em alta velocidade e buzinando alucinadamente. O motorista ainda conseguiu frear o veículo a poucos centímetros dele. Pablo ficou assustado, saiu cambaleando até o outro lado da pista e entrou correndo no parque.

— Seu louco! Quer morrer? Enforca-se em uma das árvores do parque. Seu bêbado! Drogado! — extravasou o motorista, colocando a cabeça para fora da janela do carro. — Filho da puta! — gritou ele mais alto, enfurecido, jogando o carro para o acostamento da pista e abrindo a porta para ir atrás de Pablo.

— Eu vou atrás desse merda!

— Deixe isso para lá! — disse a mulher que estava sentada ao seu lado, segurando-o pelo braço. — Não aconteceu nada grave. Ele já entrou no parque. Vamos embora!

— Ele merece tomar umas boas porradas. Eu vou atrás dele — insistiu o motorista, ameaçando novamente abrir a porta do carro e ir atrás de Pablo.

— Pelo amor de Deus! Pare com isso! Eu também estou muito nervosa. Ele deve estar longe. O parque tem outras saídas. Você nem vai se lembrar da cara do sujeito.

— Você tem razão! Eu vou deixar esse merda para lá... Filho de uma puta! — gritou o motorista bem alto para a direção do parque.

Pablo parou de correr e se apoiou em uma das árvores do parque para se recompor. Ele estava muito assustado, confuso e com as mãos trêmulas. E quando pegou o celular no bolso do paletó, surpreendeu-se ao ver que o penacho que tinha aparecido com a nuvem de poeira no aeroporto estava grudado no aparelho. Ele fez um movimento brusco com a mão e o penacho oscilou no vácuo de uma corrente de ar, desaparecendo lentamente entre as folhagens das árvores.

— Amanda! Sou eu, Pablo!

— Dr. Pablo! Os diretores estão na sala de reunião aguardando a sua chegada — respondeu a secretária, aflita.

— Peça para Vicente me substituir.

— Mas...

— Surgiu um imprevisto. Passe as instruções para Vicente. Eu tenho que desligar. Estou com pouca carga na bateria.

— Aconteceu algo grave?

— Não. Eu apenas vou me atrasar um pouco. Passe as instruções para Vicente... Ele saberá o que fazer.

— Mas... Dr. Pablo! Desligou na minha cara. O que será que está acontecendo? Que estranho!? Apesar de que ele é uma figura estranhíssima.

Pablo, ainda se sentindo muito atormentado, continuou a caminhar sem rumo pelo parque. A sua camisa estava encharcada de suor, provocando-lhe a sensação de que estava desintegrando, deixando de existir. Um incômodo latente, íntimo, que sempre distorcia os seus sentidos e o deixava completamente apavorado. Ele pegou o celular novamente e tentou, insistentemente, por alguns minutos, realizar uma nova ligação.

— Oi! — respondeu Lígia, que estava com o carro parado no sinal.

— Sou eu, Pablo... Tenho que falar rápido.

— Está tudo bem?

— Preciso falar com você agora.

— O que está acontecendo?

— É muito importante!

— Calma!

— Eu estou me sentindo perdido... Estou aqui no centro, no parque, não consigo dar um passo.

— Respire fundo e vá soltando o ar lentamente... Você está tomando os seus remédios regularmente?

— Eu preciso sair daqui.

— Fique tranquilo... Eu já estou a caminho. Pablo! Você está me escutando? Caiu a ligação.

A bateria do celular de Pablo ficou totalmente descarregada, impossibilitando-o de continuar a conversa com Lígia. Ele se sentiu desolado e caminhou em direção a uma pequena área com jardim. Sentou-se em um dos bancos e ficou ali quietinho esperando pelo socorro.

Ele abriu a pasta, pegou um vidro com várias pílulas e jogou uma na boca. Repousou a cabeça no encosto do banco, fechou os olhos e mergulhou para dentro de si. Estava faminto por um pouco de paz.

O seu corpo foi relaxando aos poucos e a sua percepção sonora foi se ampliando. Ele começou a ouvir com mais intensidade o som do vento batendo nas folhas das árvores, os pássaros cantando e alguns passos acelerados se aproximando dele.

— Pablo!

— Dra. Lígia!

— O que está acontecendo?

— Não sei... Foi de repente.

— Você teve emoções fortes? Aborrecimentos?

— Nada. Eu saí da Itália e desembarquei no aeroporto tranquilamente... Estava todo eufórico com os negócios que foram bem sucedidos. O projeto de expansão de novos investimentos nas vinícolas para aumentar a produção de vinho foi super positivo. Eu não estou entendendo o que está acontecendo comigo!?

— Então?

— Então o quê?

— Você ficou exposto a muita pressão psicológica. A adrenalina foi lá em cima... Muitas expectativas! Você ficou sob muito estresse.

— Pode ter sido o cansaço da viagem. Tivemos muitas reuniões. Mas por um momento...

— O que você sentiu?

— Eu tive a sensação de estar mergulhando em um poço sem fundo e muito escuro. Como antes... Foi horrível!

— Entendi... Vamos marcar uma consulta para amanhã à tarde, está bem?

— Para mim está ótimo.

— Você está em condições de dirigir? Quer que eu o leve em casa?

— Eu estou sem carro, mas não precisa... Eu já estou me sentindo bem melhor.

— Tem certeza?

— Tenho... Eu já aluguei você o bastante. Amanhã a gente continua... Certo?

— Eu vou ficar aguardando você.

— Eu só vou dar uma passadinha na empresa para ver como estão as coisas por lá e depois eu vou para casa, preciso ligar para as crianças.

— E como elas estão?

— Elas sentiram bastante a separação, mas eu tenho me esforçado para estar sempre presente.

— Isso é importante.

— Eu tenho muito medo de perdê-los.

— Não pense nisso.

— Eu consegui ser bem sucedido na vida profissional, mas não consegui salvar o meu casamento.

— Essas coisas acontecem, não fique se penalizando.

— Mas eu acho que fui punido sim.

— Isso não é verdade! Muitos casais se casam e se separam. Casam-se novamente e se separam... Faz parte da vida. Isso também aconteceu comigo!

— Pode ser... Mas nós dois sabemos que não foi tão simples assim.

— Então, ficamos combinados?

— Claro!

— Eu vou ficar esperando você... Amanhã!

— Eu estarei lá... Vou acompanhá-la até o carro.

Os dois se levantaram e começaram a caminhar serenamente em direção ao carro. Lígia deixou a formalidade médica de lado e entrelaçou o seu braço em volta do braço dele, procurando deixá-lo mais seguro e tranquilo.

Quando eles chegaram ao local onde o carro estava estacionado, Pablo abriu um sorriso ao verificar que a cadela minerva estava dentro do veículo. E enquanto Lígia entrava no carro, ele esticou o braço para fazer um carinho no animalzinho.

— Minerva! — gritou Lígia, tentando conter a cadela que investiu raivosamente sobre o braço de Pablo. — Ela estranhou você... Ela mordeu a sua mão?

— Não foi nada! — respondeu ele, assustado e ao mesmo tempo intrigado. — É apenas um arranhão.

Mas a culpa foi minha... Eu que me assustei e puxei o braço.

— Que coisa feia, minerva! A mamãe não gostou disso! Você mordeu o tio Pablo! — minerva ignorou totalmente a bronca de Lígia. Continuou latindo e rosnando para Pablo. — Ela ficou estressada por ter ficado sozinha no carro por muito tempo — justificou-se Lígia, olhando meio sem graça para Pablo. — Então, eu espero você às quatro da tarde... E não se atrase!

— Pode ficar tranquila... Amanhã, às quatro da tarde.

Depois da conversa que teve com Lígia, Pablo se sentiu mais aliviado, leve. Pegou logo um táxi e, minutos depois, chegou à empresa Rascante.

— Dr. Pablo! O que aconteceu? — espantou-se a secretária. — A sua mão está sangrando!

— É só um pequeno arranhão... Não é nada grave.

— Precisa fazer um curativo... Pode infeccionar. Eu vou pegar a caixinha de primeiro socorro. Só um instante.

— Não precisa.

— Precisa sim — insistiu a secretária, levantando-se com pressa da cadeira e indo até ao armário para pegar o material para fazer o curativo.

Amanda, cuidadosamente, desinfetou o ferimento com álcool, passou uma solução antisséptica e aplicou uma bandagem — Prontinho! — disse ela, olhando para o chefe com um olhar especulativo, esperando ouvir dele um mínimo relato sobre o que tinha acontecido.
— Foi só um pequeno arranhão... Nada grave. Vocês homens é que fazem um estardalhaço.
— Eu?
— Ah! Ah! Ah!... Desculpa! Foi só uma piadinha para descontrair.
— Eu vou para a minha sala... Assim que a reunião terminar, avise ao Vicente que eu quero falar com ele.
— A reunião já deve estar quase terminando.
— E obrigado... Eu não sabia que você tinha talentos para enfermagem.
— Por nada, Dr. Pablo!
Pablo entrou na sala da presidência, tirou o paletó e preparou uma bebida. Relaxou-se na poltrona e ficou olhando para o ferimento da mão, buscando dentro de si uma resposta para o que tinha acontecido. E como a cadela minerva sempre foi muito dócil, ele ficou tentando descobrir o motivo dela ter agido com tanta agressividade contra ele.
— Você me deixou sozinho... Pablo! Pablo! Pablo! — irritou-se Vicente, alterando o tom da voz.

— O quê?

— Você está no mundo da lua, cara? O que aconteceu?

— Fica frio! Não aconteceu nada! Eu apenas tive um imprevisto. O voo atrasou... A bateria do meu celular descarregou... Eu quase fui atropelado... Mas em compensação, os negócios foram muito bem sucedidos.

— Atropelado? E você ainda diz que não aconteceu nada de mais? Nós estávamos esperando você ligar e avisar que chegou para mandar o carro da empresa pegá-lo no aeroporto.

— Eu fiquei muito irritado com o atraso do voo. Fiquei preocupado com a reunião e acabei me esquecendo de carregar a bateria do celular. E a reunião?

— Eles ficaram apreensivos com a sua ausência na reunião. Mas depois, com a abertura da pauta sobre a mesa, todos ficaram com os olhinhos brilhando... Cheios de expectativas.

— Isso é muito bom. Vamos colocar os projetos para decolarem. A empresa tem espaço e potencial para crescer mais e se destacar no mercado oferecendo um produto de maior qualidade. Os nossos vinhos entrarão para o rol dos melhores, Vicente!

— Estou vendo que deu tudo certo na Itália. Diga que sim! Diga que sim!

— Melhor do que eu imaginava. Precisamos expandir o portfólio da empresa. Agregar mais qualidade ao nosso produto. Trabalhar com rótulos nacionais e internacionais de primeira linha.

— E quando poderemos fechar negócio com a propriedade? Podemos agendar logo a visita?

— Faça isso! Essa propriedade é magnífica e ideal para darmos o pontapé inicial no nosso projeto.

— É uma pena desfazer daquela propriedade.

— O proprietário vai colocá-la em boas mãos. O valor está dentro das expectativas de mercado?

— Não! Não! Ele poderia até conseguir mais por ela. Você vai fazer um ótimo negócio. O proprietário me disse que se ele não vender agora, o risco de desvalorização do imóvel seria imenso... A peste castigou demais a família dele.

— Que doença cruel...

— Ele perdeu os pais, alguns dos seus funcionários e familiares dos funcionários. São dois herdeiros. Eles já entraram em acordo com a venda da propriedade.

Eles estão desolados com toda a tragédia. Eles cresceram correndo pelos vinhedos.

— Muito triste!

— Triste mesmo... Mas não podemos deixar passar esta oportunidade. Vamos agendar para amanhã, na parte da tarde?

— Amanhã eu não posso, tenho um compromisso.

— Quando?

— Eu aviso...

— Não podemos demorar, Dr. Pablo.

— Eu sei... É que eu tenho que colocar alguns assuntos em ordem. Tenho que ver os meninos. Eles estão cheios de saudade de mim e eu deles, é claro!

— O tempo passa rápido...

— É... Eles já estão entrando na adolescência.

— E quem é o primogênito?

— Com certeza é o Diogo! Ele não esperou a cesárea e foi abrindo passagem... E Diego veio atrás. Eles já vão completar onze anos.

— Os herdeiros do império... E não podemos nos esquecer da imperatriz!

— Ela não é mais a imperatriz há muito tempo.

— Mas não sai do trono.

— Isso é verdade.

— Foi uma pena mesmo a separação de vocês dois. Vocês formavam um belo casal.

— Foi melhor assim... Agora é seguir em frente e cada um refazer a sua vida.

— Quem sabe...?

— Nem em sonho... Foram doze anos de casamento. Anos bons e outros ruins. O último ano antes da separação foi péssimo. Não há possibilidade alguma de reconciliação. Mas vamos voltar ao trabalho... Está tudo dando certo, mas ainda temos que preparar a fornalha porque tem muita lenha para queimar.

— Assim que a ata da reunião estiver pronta, eu trago para você dar uma olhada — disse Vicente, enquanto se levantava da cadeira.

— Faça isso! Mas hoje não! Eu estou um pouco cansado e tenho que ligar para os meninos, combinar um programa com eles... Ir ao cinema, curtir uma praia.

— Certo! Deixe-me voltar para o meu trabalho!

Depois que Vicente se retirou da sala, Pablo ligou para a residência da sua ex-mulher para falar com os filhos. Insistiu por vários minutos, mas só conseguiu ouvir o sinal de ocupado. Ele deixou o telefone de lado e foi até a janela. Abriu as persianas e ficou olhando para um espaço vazio entre algumas nuvens cor de chumbo que se formavam no céu.

Pablo ainda estava muito abalado, confuso, sem entender o que realmente estava acontecendo com ele. E por instante, sentiu uma necessidade extrema de se reconectar consigo, conversar com o seu eu. Ele apoiou-se com as duas mãos sobre a vidraça da janela, recostou a cabeça e fechou os olhos.

E quando ele abriu os olhos novamente, ficou olhando fixamente para uma gota de sangue que escapuliu por debaixo do curativo do ferimento da sua mão e deslizou suavemente por entre os seus dedos.

A pequena gotícula vermelha, atraída pelo magnetismo da gravidade, desprendeu-se e atingiu, em seu ápice, uma peça angelical de cristal que ficava em uma mesa próxima a janela. E o anjo chorou, derramou uma lágrima de sangue.

Pablo ficou assustado e se afastou abruptamente da janela. Fechou os olhos, abriu-os novamente e voltou a olhar para o anjo. A peça de cristal estava inócua, tal qual a sua mão que não tinha nenhum sangramento. Ele, então, percebeu que fora traído pela sua mente, pelos seus olhos, e que não havia nada de incomum acontecendo a sua volta. Pegou o paletó, a sua pasta, e saiu apressadamente da sala.

— Amanda, avise ao Vicente que eu já estou indo... Diga para ele só me ligar se for urgente — disse Pablo, parando próximo à mesa da secretaria.

— Dr. Pablo... Mas...

— Só se for urgente! Fui bem Claro? Até amanhã — e seguiu ele com a pasta na mão e o paletó dobrado no braço, saindo da empresa como um foguete.

— Sempre sobra para mim... — murmurou ela. — Ei! Ei! Aonde o senhor pensa que vai? — perguntou Amanda ao ver Vicente seguindo em direção à sala de Pablo.

— Eu vou falar com Pablo.

— Ele já foi... Acabou de sair.

— Que isso!?

— E pediu para não incomodá-lo... Só em caso de urgência.

— Esse cara voltou da Itália meio despirocado! — pensou Vicente em voz alta.

— Deu algo errado por lá?

— Ele disse que tudo correu muito bem... Ele deve estar cansado. Amanhã ele aparece por aqui novinho em folha. E por falar em novinho em folha, eu estou tinindo. A gente poderia aproveitar a fuga do patrão e fazer a nossa festinha.

— Tá doido?!

— Cada vez mais doido por você — respondeu Vicente, agarrando-a.

— Pare com isso! Alguém pode chegar e ver a gente.

— É que eu não aguento ficar sozinho com você.

— Aqui não!

— Então, vamos para o nosso esconderijo secreto.

— O almoxarifado? Bem romântico!

— É o que nós temos... É bem rústico, mas totalmente afrodisíaco.

— Afrodisíaco?

— O importante é estarmos juntos... Nós temos química.

— E a sua mulher?

— Ela é química pura... Gás tóxico. Ah! Ah! Ah!

— Seu bobo! Eu não sei o que vi em você... Só me induz a fazer merda.

Vicente se deslocou até o hall de entrada da antessala da presidência, olhou cuidadosamente para ver se não tinha nenhum funcionário por perto e voltou apressadamente, agarrou Amanda e a beijou na boca.

— Você está maluco? E se alguém entra de repente e vê a gente? — censurou-o Amanda, desvencilhando-se dele.

— Você me deixa maluquinho, bombonzinho!

— Psiu! Vá para a sua sala!

— Eu vou... Mas não demoro! — disse Vicente, beijando-a novamente e saindo rápido da antessala da presidência.

Capítulo 2

Horas depois, Pablo entrou todo afoito em seu apartamento e foi jogando a pasta e o celular em cima do sofá. Ele seguiu direto para o banheiro. Abriu o registro do chuveiro e se esqueceu do tempo debaixo da água, deixando pelo chão um rastro de roupas sujas, empoeiradas e suadas.

Ele se apoiou com as mãos na parede do boxe e permaneceu ali por minutos, totalmente isento de tudo e de todos. A sua musculatura retesada foi relaxando, proporcionando-lhe uma enorme sensação de alívio, uma libertação completa de toda energia negativa que ele absorveu durante todo o dia.

E quando terminou o seu banho, ele se envolveu no roupão, abriu o armário e pegou o frasco de remédio. Ele ficou olhando para as cápsulas com hesitação, mas acabou se rendendo à necessidade de ter uma noite de sono livre de perturbações.

Ele abriu o frasco, pegou uma cápsula e ficou olhando bem pensativo para o frasco ainda aberto. Voltou-se para o espelho, questionando-se, mas não esperou por uma resposta. Lançou mão de mais uma cápsula e as jogou na boca. Abriu rapidamente a torneira do lavatório e as engoliu juntamente com a água, sem ao menos dar a mínima chance para o arrependimento.

E por um instante, ele emergiu em um estado de nostalgia, que foi oscilando entre o prazer e o sentimento de culpa. Emoções dúbias que foram tomando conta do seu semblante e deixando transparecer diante do espelho um sorriso acanhado de satisfação.

— Nossa! Eu estou até parecendo uma criança fazendo uma travessura... Que merda é essa? Será que eu estou enlouquecendo? Eu preciso dormir... Apagar! — conversou ele consigo diante do espelho.

A mãe de Pablo era professora formada e abandonou a profissão para se dedicar ao casamento. O seu marido, tenente da marinha, não permitiu que ela continuasse a lecionar após o casamento.

Nos primeiros anos do casamento, Ruan proporcionou a Carmem uma vida de rainha, mas depois, quando veio a maternidade, transformou a vida da mulher em um verdadeiro inferno. Eles moravam em uma casa de padrão classe média com o tom rústico e clássico, com vários quartos no andar de cima, o que aumentava ainda mais a distância entre o casal, que tinha aposentos independentes e dormia separado.

Certa noite, Carmem entrou no quarto de Pablo muito aflita e o encontrou refugiado debaixo do cobertor gritando sem parar. Quando o destapou, ela constatou que ele estava com olhos fechados e os ouvidos tapados com as mãos.

— Filho! O que foi?

— Tem um barulho na janela... Tem alguém mexendo na janela.

— Fique tranquilo... Não é nada. É só o vento batendo com as persianas da janela.

— Mas eu estou com medo!

— Psiu! Não há nada na janela... É só o vento.

Pablo tinha muito medo de olhar pela janela do seu quarto durante a noite. Através dela, podia-se avistar uma antiga árvore cascuda que, na estação do outono, ficava totalmente sem folhas e seca. A velha árvore, como ele imaginava, tomava a forma de uma pavorosa bruxa, que sempre esticava os seus longos braços até a janela para agarrá-lo.

Carmem, então, percebendo que o filho estava mais calmo, apagou a luz e se retirou do quarto do menino. E enquanto caminhava pelo corredor, percebeu um barulho no andar de baixo do casarão. Ela ficou encabulada por alguns instantes, mas, depois, sem dar muita importância, continuou caminhando tranquilamente para se recolher ao sossego do seu quarto. O que não durou muito tempo, minutos depois, Pablo repetiu a sua crise de histeria.

— O que houve dessa vez? — irritou-se ela, entrando novamente no quarto e reclamando com o filho.

— A bruxa quer me pegar.

— Bruxa? Que bruxa?

— Aquela! — respondeu ele, apontando o dedo para a janela.

— Não há nada lá fora — disse ela, aproximando-se da janela e olhando para o lado de fora da casa. — Ah! Ah! Ah! É só uma árvore velha — divertiu-se Carmem, deixando o tom mais ríspido de lado e achando graça da história do menino.

— É sim... Eu também ouvi passos pelo corredor.

— Pare com isso! Você já é um homenzinho para ficar se assustando dessa maneira. Venha, vamos tirar essa camisa, você está ensopado de suor.

— Olha só o nariz enorme que ela tem!

— Olhe bem direitinho... É só a ponta de um galho velho e podre que está quebrado. Venha cá e olhe mais de perto.

— Não! Não! Eu estou com medo.

— Deixe de ser medroso! Se seu pai ouvir você falando essas coisas...

— Por favor! Não conte para ele.

— Você já está com quase nove anos... Está quase do meu tamanho.

— Eu sei... Desculpa! Foi só um sonho ruim.

— Isso! Vamos fazer de conta que foi só um sonho ruim. E que logo, logo, o susto vai passar.

Carmem foi até a cômoda, pegou uma camisa e trocou a roupa do menino. Acomodou-o com carinho na cama, deu-lhe um beijo de boa noite e enquanto se preparava para se retirar do quarto, ela ouviu um barulho abrupto na janela e tomou um susto.

— Não foi nada... Foi apenas o vento. Não se pode ficar dando asas a nossa imaginação.

— A senhora pode ficar até eu dormir?

— Não! Não! Durma com os anjos!

— Por favor! Só até eu dormir... Por favor!

— Não! E chega de gritos!

Carmem ajeitou a coberta sobre Pablo, beijou-o novamente no rosto e mexeu na cortina da janela, disfarçando para que ele não percebesse que ela também tinha ficado intrigada com o barulho. Olhou rápido para fora da casa, para a velha árvore e saiu do quarto murmurando baixinho consigo — Crianças...!

— A luz pode ficar acesa? — apelou o filho.

— Só o abajur.

— Tá! Boa noite!

Ela acendeu a lâmpada do abajur e olhou para o menino mais uma vez. E assim que percebeu que o filho estava mais tranquilo, saiu do quarto e fechou a porta bem de mansinho para não assustá-lo. E enquanto seguia pelo corredor em direção ao seu aposento, Carmem parou e ficou pensando sobre o barulho de passos pela casa que o filho disse que tinha ouvido.

Ruan chegava a casa pelas madrugadas. Já havia se tornado um hábito e ela nem se importava mais com isso. Mas ainda era muito cedo para que ele já tivesse se recolhido no seu quarto e dormindo tranquilamente. Embora os dois dormissem em quartos separados, Carmem sempre escutava os movimentos dele pela casa, os seus pigarros e o barulho de objetos batendo ou quebrando. Ele estava sempre embriagado.

Ela ficou incomodada e foi caminhando sorrateiramente pelo corredor até o quarto do marido e encontrou a porta entreaberta. Aproximou-se mais, olhou pelo vão entre o batente e constatou que ele não estava no quarto, mas percebeu que a roupa de cama estava toda emaranhada.

Carmem foi tomada por um súbito rompante, ficou furiosa e saiu em disparada. Desceu pelas escadas apressadamente rumo às dependências da área de serviço da casa. Meteu a mão na maçaneta da porta do quarto da empregada com estupidez, mas hesitou em entrar ao se lembrar que a empregada estava de folga.

Mas mesmo assim, ela encostou o ouvido na porta com o intuito de ouvir algum ruído. Não ouviu nada. Nada até o momento em que um silêncio mórbido foi denunciado por um som de estalos semelhantes a ecos de tapas que vazavam pelas paredes do outro quarto.

Ecos de estalos de tapas misturados com gemidos que foram ficando cada vez mais nítidos, agredindo os seus ouvidos, deixando-a totalmente atordoada. Ela imaginava o que estava acontecendo, mas não sabia com quem.

— Toma! Sua vadia! É disso que você gosta!

Carmem reconheceu a voz do marido e tomou impulso para invadir o outro quarto, acabar de uma vez por toda com todo o descaramento. Ela sempre soube que Ruan tinha relacionamentos extraconjugais e não se importava com as sujeiras do marido na rua. Mas dentro da própria casa, onde morava com a sua família, jamais. Isso era totalmente inaceitável para ela. Imperdoável. Imoral.

Mas ao mesmo tempo em que uma força sobrecomum a impulsionava para invadir o quarto, um medo pavoroso sobre o que poderia vir pela frente, deixava-a totalmente paralisada. Carmem ficou muito temerosa com agressividade do marido, mas não recuou. Sentiu que naquele momento precisava tomar uma decisão, jogou a covardia no vaso sanitário e não pensou duas vezes, deu a descarga.

Ela percebeu que precisava encarar os fatos de frente, ver com os seus próprios olhos o que estava acontecendo dentro da sua própria casa. Lembrou-se, então, que as portas dos quartos dos empregados não ficavam trancadas. O marido havia retirado todas as chaves das fechaduras, elas estavam livres e à disposição dos olhares indiscretos.

E foi o que ela fez. Aproximou-se cuidadosamente da porta e lançou um olhar indiscreto pelo buraco da fechadura. Ela não resistiu ao que viu. Começou a suar frio e ficou com as mãos totalmente trêmulas. Os seus joelhos bambearam e ela caiu sentada no chão, chocada com a cena de um filme que jamais teria comprado um ingresso para assistir.

Ruan se contorcia de prazer, deliciando-se com os movimentos de uma cabeleira loura sobre a sua parte íntima. Carmem ficou sem prumo. Foi se afastando da porta, encostou-se na parede e colocou a mão na boca para tentar suprimir o seu desespero, um refluxo que ameaçava estourar como uma tromba d'água pela garganta afora.

Naquele momento ela se sentiu a mulher mais desprezível na face da terra. Sentiu-se fria, indesejável, incapaz de proporcionar ao marido tanto prazer como a mulher que estava com ele no quarto. Sentiu vergonha de si mesma.

Mas mesmo assim, ela não desistiu. A necessidade de descobrir quem era a mulher que estava com o seu marido no quarto, foi bem maior do que qualquer sentimento que pudesse menosprezá-la. Ela respirou fundo, voltou a olhar pelo buraco da fechadura e todo o mistério foi relevado em um piscar de olhos.

Carmem não acreditou na cena que ela estava vendo. Ruan sodomizava ferozmente o motorista da casa. Xingava-o sem parar e o açoitava com a peruca loura, deixando-o totalmente esmorecido em cima da cama. Ela desmoronou e foi ao chão. Tentou se levantar por várias vezes, mas não conseguiu sair do lugar. Não teve forças para ficar de pé e tapou os ouvidos para não ouvir os gemidos que ficaram cada vez mais distintos e os tapas mais intensos, intrigando-a.

E quando olhou novamente pelo buraco da fechadura, ela ficou barbarizada. O motorista da casa, travestido, com a peruca loura ajustada na cabeça e um colar de plumas em volta do pescoço, movimentava-se freneticamente por trás do seu marido, devorando-o.

Carmem ficou chocada, reuniu as poucas forças que lhe restou e saiu sorrateiramente para não chamar a atenção do marido. Subiu as escadas se agarrando ao corrimão e quando chegou ao corredor, deparou-se com o filho, que saiu do quarto e ficou olhando para ela. Carmem se segurou, disfarçou e continuou seguindo em frente, na direção do menino.

— O que você está fazendo fora da cama? — perguntou ela, contida, evitando tocá-lo para que ele não percebesse que ela estava trêmula.

— Eu acordei com um barulho e saí para ver o que era. A senhora está sentindo alguma coisa?

— Não, filho! Eu só estou com um pouco de dor de cabeça. Eu fui até a cozinha para fazer um chá. Deixei cair a xícara... Por isso você escutou o barulho. Não é nada de mais. Volte para a cama! A mamãe não vai nem beijar você, pode ser um resfriado. Vá!

— Tá! Boa noite!

— Boa noite! — respondeu ela, esperando o menino fechar a porta do quarto.

Carmem não suportou mais. Colocou a mão sobre a boca para sufocar o choro e saiu em disparada até o seu quarto. E quando entrou, ficou enlouquecida por não poder extravasar toda a sua raiva. O seu ego, ferido, desejava rasgar as roupas, colocar fogo no colchão da cama, quebrar o espelho, partir em pedaços todos os objetos da casa, mas isso não aconteceu.

No dia seguinte, enquanto eles tomavam o café da manhã, Ruan percebeu o silêncio da mulher à mesa. Ele ficou intrigado e tentou criar alguma situação para puxar uma conversa e averiguar o que estava acontecendo.

— Você pode me passar o queijo? Carmem!

— Hã!

— Aconteceu alguma coisa? Você hoje está mais quieta do que nos outros dias — insistiu ele, sem obter a atenção da mulher. — Carmem! — gritou Ruan, dando um murro tão forte sobre a mesa que retirou as louças e os talheres do lugar.

— O que é isso? Para que tanta violência? Você me assustou!

— Eu estou falando com você há tempo e você não me responde. O que está acontecendo?

— Não houve nada... É que hoje eu estou um pouco desligada.

— E qual é o motivo dessa alienação toda?

— Eu não acordei muito bem. Estou um pouco indisposta.

— E surda também! Está sentindo alguma coisa? Você quer ir ao médico?

— Não é necessário.

— Então o que é?

— É só um mal-estar. É que eu tive alguns pesadelos... Sonhos ruins.

— Sonhos ruins? Lá vem você de novo com essas besteiras... Sua mente é muito fértil. Se você tivesse um décimo dos problemas que eu tenho que resolver todos os dias, você não teria sonhos ruins.

— Se você não tivesse me proibido de lecionar...

— Que lecionar o quê? Mulher minha não trabalha fora. Muitas mulheres gostariam de ter um terço da vida de dondoca que você tem. Vá ao clube... Converse com as suas amigas fofoqueiras que lhe fará bem. E pare com essas asneiras de sonhos ruins. Eu estou atrasado... Tenho que ir. Eu já gastei muito do meu precioso tempo com essa conversa idiota.

Ruan se levantou, pegou a pasta, e saiu apressado. O motorista já estava aguardando-o. E assim que o patrão se acomodou, ele fechou a porta, assumiu a direção do veículo e seguiu rumo ao destino rotineiro já conhecido por eles.

Carmem ficou observando-os à sombra da janela. E depois que eles saíram, ela fechou a cortina lentamente, quebrando a luz que vazava pela vidraça, tornando o ambiente mais opaco e sem expressão de vida. Um cenário adequado ao prelúdio de uma convivência conjugal ainda mais fragmentada e vazia.

No dia seguinte, na empresa Rascante.

— Bom dia, Dr. Pablo!

— Bom dia, Amanda! Vicente já chegou?

— Ainda não... E a mão?

— O quê?

— O ferimento da mão melhorou?

— Já está bom... Nem precisa mais do curativo. Foi só um arranhão. Algo de urgência?

— Até o momento está tudo tranquilo.

— Então vamos trabalhar... Peça para levar um café para mim, por favor.

— Doutor Pablo! Doutor Pablo!

— Acabou a tranquilidade!

— É que ligaram do Aeroporto... O senhor se esqueceu de pegar a mala.

— Mentira?! Aconteceram tantas coisas comigo ontem... Eu fui para casa e me atirei na cama. Apaguei.

— O senhor tem que ter mais cuidado. Está ocorrendo muitos roubos de malas nos aeroportos.

— Não tinha nada assim tão valioso. Eu acho que a passagem e o canhoto estão na minha pasta. Deixe-me ver... — resmungou ele, enquanto abria a pasta e remexia na papelada. — Está aqui... Peça para alguém buscar para mim. Ou tem que ser eu mesmo?

— Eu tenho os meus contatos por lá... Eu vou pedir para o motorista pegar. Fique despreocupado.

— E não se esqueça de falar para Vicente...

— Alguém está me procurando? — perguntou Vicente, entrando na antessala da presidência.

— Por favor, Amanda, peça para trazer o meu café.

— Dois — reforçou Vicente, jogando um olhar sensual para a secretária.

— Venha Vicente! O dia hoje vai ser tumultuado, temos muitas coisas para resolver.

Enquanto eles entravam na sala da presidência, Amanda ligou logo para a copa e pediu o café. E depois que o ambiente ficou mais tranquilo, ela olhou para um lado, olhou para o outro, levantou-se da sua cadeira e caminhou discretamente até a porta da sala de Pablo. Aproximou-se e encostou o ouvido com a intenção de escutar o que eles estavam conversando. Mas foi surpreendida pela copeira.

— Que coisa feia! Escutando atrás da porta!

— Ai! Que susto!

— Demorei? Posso levar o café para Dr. Pablo?

— Demorou até demais!

— Sai, Sai... Saia da minha frente!

— Eu não estava atrás da porta... Eu estava na frente. Sua enxerida!

— Eu que sou enxerida? O café vai esfriar... Se ele me der uma bronca, eu vou ter que contar para ele sobre algumas coisinhas bem estranhas que andam acontecendo no almoxarifado.

— Vá esfregar o chão da copa com essa sua língua grande. Sua fofoqueira! Leve logo esse café. Vá! Xô!

— Com licença! Bom dia, Dr. Pablo! Eu trouxe o seu café preferido — disse a copeira assim que entrou na sala.

— Hum!... — antecipou-se Vicente para pegar a xícara, mas Ana se desviou dele e serviu primeiro o café para Pablo, deixando-o com a mão vazia estendida no ar.

— Obrigado Ana! — agradeceu Pablo, comprimindo os lábios para conter o riso. Ele percebeu que a copeira se desviou de Vicente propositalmente.

O dia realmente foi bem tumultuado na Rascante. Vicente passou praticamente mais tempo na sala de Pablo do que na sua própria sala. Amanda não conseguiu sequer almoçar direito. Era ligação atrás de ligação. Pablo e Vicente ficaram trancados na sala preparando apontamentos e traçando metas, entusiasmados com o sinal verde que a matriz tinha dado para a implantação do novo projeto. E se Pablo não tivesse se lembrado da consulta agendada com Lígia, talvez os dois pernoitassem na empresa com tanto assunto que eles ainda tinham para discutir.

Enquanto Pablo se acomodava no divã, Lígia abriu a gaveta do armário, pegou uma pequena caixa de madeira e retirou um pêndulo de cristal juntamente com uma pequena sineta de ouro. Ela olhou para ele, respirou fundo e se sentou em uma poltrona ao seu lado.

— Teria algum problema se começássemos a trabalhar no seu caso com hipnose? Você me autoriza?

— Hipnose?

— Isso! Nesses anos todos que você não precisou mais das terapias, eu meu especializei em outras técnicas. E a hipnose tem trazido benefícios de grande peso para alguns pacientes. Isso se você concordar?

— Eu confio em você... Mas eu não acredito muito nessas coisas de vidas passadas.

— Não! Não por essa vereda... Nós vamos usar a hipnose para nos aprofundarmos mais no que está lhe causando esses transtornos. O objetivo da hipnose é acessar a mente inconsciente do paciente, uma indução ao autoconhecimento. Podemos dizer que é mais um instrumento utilizado para auxiliar no tratamento de pacientes com sintomas depressivos, síndrome do pânico, fobias, medos e outros traumas.

— Eu sei que estou em boas mãos... Vá em frente!

— Então... Relaxe e confie em mim. Eu vou usar este pêndulo de cristal. Você vai olhar para ele atentamente enquanto eu conto regressivamente de dez a um. E ao som da sineta, você despertará lentamente... Entendeu?

— Perfeitamente! Eu estou pronto!

— Relaxe! Não vamos nos aprofundar muito hoje. Será apenas uma sessão bem leve. Se você reagir bem ao tratamento, seguiremos em frente... Ok? Podemos começar?

— Sim, podemos.

— Olhe para o pêndulo... Siga os seus movimentos. Isso! Dez, nove, oito... Mergulhe dentro de você e busque o que está atormentando-o, causando-lhe esse sofrimento. Deixe fluir apenas o que está mais próximo, ao seu alcance. Não se preocupe... Pegue e libere apenas o que você acha que poderá suportar.

— Meu casamento... — balbuciou ele.

— Isso! Jogue para fora todo o seu sofrimento, os seus medos. Não se culpe... Não se torture. Apenas libere toda essa energia ruim.

— Eu não consigo, dói demais.

— Não fique preocupado, eu estou aqui. Você precisa ser forte e enfrentar o que está tentando dominar você.

— Eu não entendo... Por que eu fiz aquilo?

— O que você fez?

— Eu tentei matá-la.

— Quem você tentou matar? — Pablo começou a chorar compulsivamente, mas Lígia não interrompeu a sessão, deixou-o extravasar toda a sua amargura e jogar para fora o peso da culpa que ele estava sentindo.

— Estava tudo perfeito! Mas ele tinha que se intrometer e estragar tudo!

— Ele? Quem?

— Ela estava linda! Nós fomos a uma festa organizada pelos produtores de vinho da região... Eu não sei o que deu errado.

— Nádia! Pablo! — empolgou-se Gilberto, o anfitrião da festa, seguindo ao encontro do casal para recebê-los. — A sua mulher está magnífica! Você é um homem de muita sorte!

— Obrigada! — respondeu Nádia, olhando sensualmente para o marido.

— Vamos! Estávamos todos ansiosos pela sua chegada. Fiquem à vontade!

— Eu esperava algo mais simples... — surpreendeu-se Pablo com a quantidade de convidados espalhados pelo salão.

— A minha mulher sabe organizar uma festa... Aí está ela.

— Pablo!

— Giseli! — entusiasmou-se Pablo, cumprimentando-a com um beijo no rosto. Mas Giseli ficou inquieta e continuou olhando ao redor, estranhando a ausência de Nádia.

— E Nádia? Ela não veio? Vocês se separaram?

— Não... Quero dizer, veio. Ela foi ao toalete para retocar a maquiagem.

— E já estou de volta — respondeu Nádia, aproximando-se deles.

— Nádia! Você está maravilhosa! Que vestido é esse? — perguntou Giseli.

— Eu trouxe da Itália.

— Chiquérrimo! Vamos! Vamos pegar uma bebida e colocar as fofocas em dia — animou-se Giseli, pegando Nádia pelo braço e puxando-a pelo salão na direção do bar do clube. — Há quanto tempo que a gente não se vê... — e continuou Giseli com a sua indiscrição, tagarelando.

— As crianças tomam muito tempo de mim... Eu fico esgotada.

— E Pablo? Cada vez mais bonitão!

— Eu também acho... Ah! Ah! Ah!

Enquanto Nádia e Giseli conversavam, com intervalos entre umas e outras gargalhadas contidas com as mãos, Pablo e Gilberto foram se aconchegando para um canto mais discreto do salão.

— Pablo, que coisa magnífica o prêmio que a Rascante recebeu... Selo internacional! — continuou Gilberto a rasgar seda, dando tapinhas de contentamento nas costas de Pablo.

— Fruto de muito trabalho, meu amigo! E pretendo voar bem mais alto.

— Se você continuar desse jeito, com certeza voará, meu amigo. A vinicultura está no seu sangue!

— Certamente! É a minha paixão! Eu adoro lidar com tudo isso.

— A sua mulher, hein?

— O que tem ela?

— Cada vez mais linda... Com todo o respeito!

— É...

Pablo começou a se contorcer no divã, deixando Lígia apreensiva e preocupada. Ela até pensou, por um momento, em interromper o procedimento e despertá-lo, mas algo lhe chamou a atenção. Pablo alternava de humor, ora exprimia momentos de sofrimento, ora exprimia momentos de satisfação e de prazer. Lígia ficou intrigada com essa oscilação dúbia e optou em deixar a sessão transcorrer naturalmente.

O silêncio perdurou por alguns minutos. Mas ela permaneceu ao seu lado, contando os segundos e esperando ouvir dele uma resposta, um sinal ou qualquer indício que explicasse o que passou despercebido em todo o período anterior do seu acompanhamento psiquiátrico.

— Ela estava linda! — balbuciou Pablo.

— Quem estava linda?

— A mulher dele... Ela era a mulher mais linda da festa!

— Quem?

Pablo não respondeu a pergunta feita por Lígia. Ficou em silêncio novamente por alguns segundos. Mas de repente, ele começou a ficar com a respiração acelerada e balbuciar algumas palavras truncadas. E novamente veio o silêncio, seguido por um súbito relaxamento mental e corporal. — Aquela noite foi somente dela... Ela estava perfeita! O vestido... O cabelo... A maquiagem — disse ele, quebrando o silêncio.

Todos os convidados se reuniram no meio do salão, atendendo ao pedido do anfitrião da festa. Ele bateu com o talher na taça, pediu silêncio, aguardou alguns segundos e logo começou o seu discurso em homenagem a Pablo.

— Em primeiro lugar, eu gostaria de pedir desculpas pelo discurso improvisado, mas eu não posso deixar de prestigiar, nesta noite maravilhosa, o casal mais elegante da festa, o empresário Pablo e a sua mulher Nádia — e todos os convidados começaram a aplaudir. Alguns arriscaram até com assobios, mas sem quebrar o requinte da festa.

— Obrigado! Mas vocês estão exagerando... — agradeceu Pablo, sentindo-se um pouco constrangido com o excesso de elogios feitos por Gilberto em público.

— Não! Não há exagero algum... — continuou Gilberto. — Esse jovem empresário de sucesso vem colocando a nossa cidade em alta, elevando a qualidade da nossa vinicultura. A sua empresa tem recebido prêmios internacionais e selos de qualidades. A sua presença hoje aqui é algo de muita satisfação para todos nós. Um brinde ao casal Pablo e Nádia! Um brinde ao presidente da Rascante!

Pablo ergueu a sua taça e brindou junto com todos. Ele ficou meio sem jeito com toda a bajulação, mas em seu íntimo, sentiu-se orgulhoso, vaidoso e realizado. Sentiu-se com o ego inflado: um macho com uma bela mulher ao seu lado, um homem bem sucedido na vida pessoal e nos negócios. E após o brinde, todos se acomodaram à mesa para jantar.

Mas durante o jantar, Pablo não tirou os olhos da sua mulher. Olhava para Nádia o tempo todo com um brilho diferente nos olhos, observando cada detalhe dos seus movimentos: o sorriso aberto, os gestos delicados e o toque das suas mãos nos lóbulos das orelhas pelo incômodo dos brincos.

Mas um detalhe especial prendeu a sua atenção. No modelo do vestido que Nádia usava havia algumas plumas presas na gola. E essas plumas, com a passagem de uma corrente de ar, misturavam-se aos seus cabelos negros, despertando nele um sentimento voraz, tal qual ao de um felino que segue os movimentos da presa e fica aguardando o momento exato para atacá-la.

Nádia percebeu que estava sendo observada pelo marido e ficou incomodada. Sentiu-se invadida. Teve a sensação de que estava sendo assediada por um estranho. Ela disfarçou, olhou para os lados e pediu licença para se retirar da mesa. Levantou-se rápido e caminhou às pressas na direção do toalete.

Pablo continuou acompanhando cada movimento de Nádia com os olhos. Terminou a sua bebida bem devagar, saboreando-a até a última gota. Pegou o guardanapo, conduziu-o sutilmente até os lábios e os secou com movimentos bem sensuais. Levantou-se, pediu licença para se retirar da mesa com a postura de um lorde inglês e foi atrás dela.

E quando ela saiu do toalete, tomou um susto, encontrou-o parado próximo à porta olhando fixamente para ela. Nádia não teve sequer a chance de perguntar o que estava acontecendo. Pablo a agarrou pela cintura e a comprimiu com força contra o seu peito, deixando-a totalmente imóvel em seus braços e quase sem fôlego.

— O que está acontecendo com você? Bebeu demais? — perguntou ela.

— Não o suficiente para me jogar de corpo e alma nos seus braços.

— O quê? — e sem dar qualquer chance à Nádia para pronunciar mais uma palavra, Pablo a beijou ardentemente, deixando-a quase sem fôlego e completamente extasiada em seus braços.

— Você me faz sentir o homem mais feliz do mundo. Você está linda! — disse ele, olhando para a mulher todo sorridente.

— Obrigada, amor. Você também me faz sentir a mulher mais feliz do mundo. Mas nós estamos chamando a atenção dos convidados... Comporte-se!

— Que exploda...!

— Psiu! — interferiu Nádia, colocando suavemente a mão sobre a boca de Pablo.

— Vamos para casa... Eu estou louco para possuir o seu corpo inteiro.

— Vamos! Você está ficando...

— Excitado! Depravado! Ah!Ah!Ah!

— Fale baixo... Ah! Ah! Ah! Você bebeu o quê? Parece até que alguém colocou algum entorpecente na sua bebida!

— Você é o meu entorpecente! Você me deixa louco!

Pablo e Nádia se despediram dos convidados e entraram no carro. No meio do percurso, ainda na estrada, Pablo não parou de lançar sobre Nádia um olhar diferente. Um olhar sedutor que, mesmo com toda a intimidade que o casal já havia adquirido, deixava-a totalmente constrangida.

A cada parada no sinal, ele usava um tom meio avassalador e investia ferozmente sobre a mulher, mantendo uma de suas mãos no volante do carro e introduzindo a outra por debaixo do vestido dela, percorrendo as suas coxas e indo de encontro a sua parte íntima.

Nádia não deixou transparecer tanto, mas ela estava se sentindo extremamente excitada, apesar de também estar se sentindo um pouco incomodada com a euforia espontânea do marido. Um incômodo que, por algumas vezes, fez com que ela lançasse sobre ele um olhar de estranheza pelo seu comportamento exagerado.

E assim que eles entraram no apartamento, Pablo a pegou pelos braços e a beijou como se fosse sugar todo o seu oxigênio, deixando-a extasiada e bem solícita. Ele arrancou a gravata e foi desabotoando a camisa até o quarto, atrás de Nádia, que ligou o som baixinho e começou a dançar em volta dele com movimentos bem sensuais.

Um felino arisco e sagaz. Foi assim que Pablo se comportou. Ele ficou hipnotizado pelos movimentos das plumas que envolviam a gola do vestido de Nádia e se deixou envolver cada vez mais pelo seu ritual de sedução, rendendo-se completamente à fúria dos seus próprios desejos. E quando Nádia se aproximou mais dele e começou a se esfregar no seu corpo, o predador mostrou as suas garras.

Pablo a envolveu fortemente em seus braços e começou a mordiscar o seu pescoço, correndo a ponta da sua língua até o lóbulo da orelha dela, deixando-a quase inerte. E quando ele, instintivamente, percebeu o seu domínio de macho sobre a sua fêmea, entrelaçou os dedos entre os cabelos de Nádia com força, extraindo dela um gemido de dor.

— Ai! Você está me machucando!

— Cadela! — balbuciou ele no ouvido da mulher.

— Assim não! Pare com isso, Pablo! Você está me machucando!

— Não é assim que você gosta? Hein?! Fale!

— Pare com isso! Você está me assustando!

— Sua vagabunda! Puta!

— Pare! Solte o meu cabelo!

— Vadia! Eu vou lhe dar o que você quer...!

Pablo não atendeu aos apelos de Nádia. Continuou a agredi-la verbalmente enquanto a conduzia a força até a cama. Nádia tentou gritar, mas ele tapou a sua boca com a mão. E tomado por uma fúria sexual, ele começou a rasgar o vestido da mulher, deixando-a descoberta, pronta para o seu deleite.

Nádia ficou completamente sem forças para resistir às investidas do marido e acabou se entregando ao desvario do seu algoz, que a penetrou ferozmente, arrancando-lhe além de prazer, alguns gemidos de dor. E quando ele chegou ao ápice da total satisfação dos seus desejos, caiu exaurido e ofegante sobre o corpo úmido e quente da sua presa: a sua própria mulher.

Mas o brilho alucinante dos olhos de Pablo ficou opaco quando ele percebeu que as suas mãos estavam cravadas no pescoço de Nádia, que já estava agonizando por falta de oxigênio. Ele ficou apavorado, saltou para o lado da cama e pressionou as mãos sobre o seu peito, fazendo massagens e respiração boca a boca para reanimá-la. Nádia, então, voltou a si. Pablo a tomou em seus braços e começou a chorar como uma criança.

— Perdão! Não me deixe! Você é o amor da minha vida!

— Calma! Relaxe! — manifestou-se Lígia, dando três toques em seu ombro com a mão, acalmando-o. — Eu estou aqui com você — e continuou ela com a sessão de hipnose, conduzindo-o ao estado de relaxamento e olhando para a almofada que estava presa e sendo comprimida entre os braços dele.

— Eu não queria ter feito aquilo.

— Eu vou tocar a sineta três vezes e você irá despertar bem lentamente, suavemente... — e quando Lígia terminou de tocar a pequena sineta, Pablo foi abrindo os olhos lentamente. Ele olhou para ela meio atordoado, mas com a percepção do que havia acontecido. — Calma! Você está no meu consultório. Você está se sentindo bem?

— Sim. Eu estou me sentindo mais aliviado. Mas estou com uma vontade enorme de chorar. Eu estou sentindo uma angústia muito grande. Não estou conseguindo me controlar... — Pablo começou a chorar compulsivamente, arrancando Lígia do chão, comovendo-a.

Além de paciente, Pablo era uma pessoa querida, um bom amigo, e Lígia acabou quebrando todo o protocolo estabelecido entre médico e paciente. Ela se sentou no divã, retirou a almofada que ainda estava presa entre os braços dele e o convidou para se aninhar no seu colo. E Pablo, como uma criança em busca de afeto, chorou e extravasou toda a sua amargura, toda a culpa que trouxe de dentro de si.

— Vai ficar tudo bem — consolou-o Lígia, passando a mão sobre a sua cabeça. — Você conseguiu expurgar isso de dentro de você.

— Eu não entendo?! Por que eu fiz aquilo? É como se...

— Psiu! Vamos deixar as coisas fluírem naturalmente. Não fique procurando respostas para perguntas que ainda não foram feitas.

— Eu preciso ir...

— Você vai ficar bem?

— Eu já estou me sentindo melhor... Mas, eu estou um pouco envergonhado.

— Nunca diga isso dentro desse consultório! Eu estou aqui para isso. Sentir o que o paciente está sentindo. Sofrer com o sofrimento dele. Entender o que está se passando com ele e ajudá-lo a buscar soluções.

— Se tiver alguma solução...

— Sempre há!

— Obrigado por me ajudar — agradeceu ele, levantando-se do divã ainda meio envergonhado.

— Vamos marcar a próxima sessão de terapia para a semana que vem?

— Claro! Eu ligo para você. Eu vou dar uma olhada na minha agenda... Ela está um pouco tumultuada.

— Ok! Eu vou ficar aguardando a sua ligação.

— Eu não tinha percebido como a sua sala é aconchegante e agradável... Este divã é bem antigo, não?

— Nossa! Ninguém nunca observou esse detalhe antes. Como...?

— Nada de mais... Foi apenas uma observação. Eu gosto do seu requinte — respondeu Pablo, colocando o paletó e alongando o corpo.

— Eu acompanho você...

— Não precisa... — respondeu ele, seguindo em direção a porta.

— Não deixe de me ligar!

— Logo! Logo! Até breve doutora! — despediu-se Pablo, retirando-se da sala e fechando a porta.

— Que estranho! Ele nunca falou nada sobre o divã. Já nos conhecemos há tanto tempo... Tantas sessões de terapia. Eu até que mexi na decoração e troquei alguns móveis. Será que foi isso que ele quis dizer? — pensou Lígia em voz alta.

Pablo seguiu caminhando elegantemente pelo corredor e acionou o botão de chamada do elevador. Ele se virou, olhou para a porta do consultório de psiquiatria e ficou deslizando a mão pelo seu peito até o abdome, acariciando-se. E quando o elevador chegou, ele entrou e travou as portas para que elas não se fechassem. Pablo inspirou suavemente e se sentiu novamente envolvido pelo aroma de canela que exalava da madeira envelhecida do divã do consultório de Lígia.

— Canela! Eu ainda posso sentir o aroma daqui... Adoro esse cheiro! — disse ele, com um sorriso discreto no canto da boca, enquanto as portas do elevador se fechavam.

Capítulo 3

Alguns dias se passaram e Pablo sequer manifestou o interesse em entrar em contato com Lígia para agendar uma nova sessão de terapia, deixando-a além de apreensiva e preocupada, muitíssimo irritada.

O consultório de psiquiatria ficou pequeno demais para suportar tamanha irritação. Lígia ficou andando de um lado para o outro com o celular grudado na mão, verificando a todo tempo se havia alguma ligação perdida ou alguma mensagem de Pablo, mas nenhum sinal dele. Ela, então, decidiu ligar para a empresa Rascante.

— Presidência da Rascante, Bom dia! — disse Amanda ao atender a ligação.

— Eu gostaria de falar com Pablo.

— Dr. Pablo não se encontra... Posso ajudar?

— Eu estou tentando falar com ele pelo celular, mas ele não atende. Quem está falando é Lígia, amiga dele.

— Claro! Eu reconheci a sua voz. Ele foi visitar uma vinícola no interior do Estado. Pode ser algum problema com o sinal da operadora de telefonia.

— Entendo... Você poderia fazer o favor de avisá-lo que eu liguei e que estou precisando muito falar com ele?

— Claro! Pode deixar... Ele tem o seu telefone?

— Tem sim.

— Fique tranquila, D. Lígia. Assim que ele colocar os pés na empresa, eu transmito o seu recado. Algo mais?

— Não. Só isso... Obrigada. Tchau.

— Tenha um bom dia!

Lígia encerrou a ligação e começou a andar novamente agitada pelo consultório. Ela sentiu que havia algo de errado nessa história. Pablo estava apresentando um comportamento atípico, totalmente diferente do habitual. O Pablo pontual, coeso e atencioso que ela conhecia jamais a trataria com tamanho desleixo. E como ela tinha convicção disso, não desistiu, continuou insistindo em falar com ele pelo celular.

— Não vai atender? — perguntou Vicente, passando a marcha do carro.

— Não... Não é nada importante — respondeu Pablo, ignorando a ligação de Lígia e colocando o celular de volta no bolso. — Puxa! Eu já tinha até me esquecido como era o ar puro das serras gaúchas — Mas Pablo não se contentou com o frescor do vento batendo no seu rosto. Ele colocou a cabeça e parte do tórax para fora da janela do carro e soltou um grito de satisfação — Uhull!

— O que deu em você? Saia dessa janela! Você pode se machucar. De repente, passa um doido aí em alta velocidade... — assustou-se Vicente, que olhou para ele com uma cara de espanto.

— Uhull! — continuou Pablo com a cabeça e parte do tórax para fora do carro.

— Pare com isso, Pablo! Você fumou o cigarro do capeta, cara? Eu vou largar a porra desse carro no acostamento... Você segue sozinho! — irritou-se Vicente, tentando puxá-lo pelo paletó para dentro do carro.

— Estraga prazer... Falta muito? — perguntou ele, acomodando-se na poltrona do automóvel.

— Estamos quase lá... O que deu em você, cara?

— Nada... Só meu deu vontade de fazer isso. Foi só uma brincadeira! Foi bom!

— Cuidado com isso! Se você continuar assim, vai ter que procurar um psiquiatra.

— Ah! Ah! Ah!

— Não entendi a risada... Eu estou falando sério!

— Eu já tenho uma psiquiatra.

— Tem? Mas você nunca me falou sobre isso.

— Você falaria?

— Claro que não! As pessoas iam me tratar como maluco.

— Não é bem assim... E não é para você ficar falando para os outros sobre isso. Não sei nem porque eu contei isso para você. Boquinha de siri... Ouviu? Ou você quer que eu troque de secretária?

— Não! Quero dizer... O que uma coisa tem a ver com a outra?

— Francamente! Você acha que eu sou um babaca?

— Que isso!? Eu nunca pensei isso de você. Nós nos conhecemos há tanto tempo!

— Você entendeu muito bem o que eu quis dizer. Você não está sendo tão discreto como deveria... Eu tenho ouvido algumas indiretas dos funcionários.

— Um bando de fofoqueiros! Eu já entendi o recado. Daqui para frente, boquinha de siri!

— Falta muito? Eu estou ficando apertado... Encoste o carro, eu preciso dar uma mijada.

— Não precisa... Nós já estamos chegando. É só virar à direita.

— Eu que sei... Sou eu que estou apertado. Vou acabar mijando na porra deste carro mesmo — esbravejou Pablo, ameaçando abrir o zíper da calça.

— Pare com isso, Pablo! — irritou-se Vicente.

— Pablo? Ah! Ah!Ah!

— Você está muito esquisito hoje.

— Esquisito? Como?

— Sei lá... Tem alguma coisa diferente em você.

— Ah! Ah! Ah! Você é hilário! — divertiu-se Pablo, caindo na gargalhada. — Você não consegue enxergar um palmo além do nariz.

— Eu perdi até o entusiasmo com essa sua maluquice... — emburrou-se Vicente, fechando a cara para Pablo enquanto reduzia a velocidade do carro para pegar uma entrada à direita da pista.

— Ih!... Ficou magoado? Eu só estava tirando um sarro com a sua cara. A gente não está na empresa! Foi só um momento de descontração. Ih!... Pare com essa frescura e me dê um tempo!

— Está bem... O senhor Alexandre deve estar nos esperando. Você vai gostar da casa. E tem uma coisa que eu não falei para você...

— Hum... Isso que me preocupa. Surpresas! O que é?

— Calma! Eu não vou estragar a surpresa. Você vai ficar louco quando vir.

— Seu Vicente! Seu Vicente! O que o senhor está aprontando?

— Você vai ver... Eu falei que era um bom negócio, não falei? Eu tenho faro, meu amigo.

— Belo casarão! Antigo, mas bem conservado. Estacione logo o carro... Eu Preciso ir ao banheiro, senão eu vou explodir.

— Pronto! Meu Deus! — irritou-se Vicente, saindo apressado do carro junto com ele e indo ao encontro do proprietário.

— Senhor Alexandre!

— Dr. Vicente!

— Vicente, por favor... Vamos deixar o doutor de lado. Este aqui é Pablo, o presidente da Rascante, dono da empresa que pretende comprar a sua propriedade.

— Muito prazer, Dr. Pablo.

— O prazer é todo meu... Mas, senhor Alexandre, antes de darmos início a nossa conversa, eu gostaria muito de ir ao banheiro. Eu estou explodindo!

— Claro! Por favor, fique à vontade. Vamos entrar!

Os três entraram no casarão. Vicente foi logo se acomodando na sala, esparramando-se sobre um dos sofás. Alexandre conduziu Pablo pelo corredor, abriu a porta de um dos banheiros e o deixou à vontade. Em seguida, retornou para sala e ficou fazendo companhia para Vicente.

Pablo, depois de ter se aliviado, fechou o zíper da calça e foi até o lavatório para lavar as mãos. E quando se virou para pegar a toalha, ficou preso no tempo, olhando ao redor e apreciando as torneiras, o espelho, os suportes rústicos e os desenhos nos azulejos do banheiro. Um cenário nostálgico que o conduziu de volta ao casarão onde ele morou com os seus pais.

E as lembranças foram aflorando, arrancando dele um sorriso de satisfação, de saudade. Lembrou-se dele ainda menino subindo e descendo as escadarias, brincando de bola no jardim e entrando escondido na cozinha para roubar um pedaço de bolo. Mas o celular começou a tocar, despertando-o, trazendo-o de volta a sua realidade. Ele terminou de secar as mãos, pendurou a toalha e pegou o aparelho. Verificou a chamada, mas não atendeu. Desligou.

— Vamos ver quem se dará bem nessa caçada... Será a gata? Ou será o rato? — perguntou ele para o espelho.

— Pablo! Pablo! Pablo! — chamou-o Vicente, batendo com insistência na porta do banheiro.

— O que foi? — perguntou Pablo com aspereza ao abrir a porta do banheiro.

— Está tudo bem?

— Está! Qual é o problema?

— Você está há um tempão trancado no banheiro.

— Você vai ficar me regulando agora?

— Não é isso!

— Então o que é?

— Quase meia hora mijando?

— E você ainda fala que não está me regulando? Cara, você marcou até os minutos que eu fiquei mijando no banheiro!

— Eu só fiquei preocupado... Vamos! Vamos! O homem está ansioso.

— Ele que espere!

— Fale baixo, ele pode escutar... Você hoje está bem impulsivo!

Vicente retornou com Pablo para a sala e os dois se sentaram próximo a Alexandre. Laura, empregada da casa, apareceu logo em seguida com uma bandeja para servi-los o café. Ela colocou a bandeja sobre a mesa de centro da sala e se aproximou de Pablo.

— O senhor prefere com açúcar?

— Amargo... Por favor!

— Amargo? — estranhou Vicente, revirando-se na poltrona e olhando com espanto para a cara de Pablo.

— Isso! Bem amargo... Eu gosto de sentir o sabor natural do café — Pablo pegou a xícara da mão de Laura sob o olhar curioso de Vicente, tomou um gole do café e fechou os olhos de satisfação. — Está maravilhoso!

— Que isso!? — murmurou Vicente, virando o rosto para o lado e falando baixinho consigo.

— O que foi Vicente? Que tanto você murmura? — perguntou Pablo.

— Não é nada! Foi só um inseto que pousou no meu braço. Mas já foi embora! — disfarçou Vicente. — O meu café é com açúcar... Por favor!

— Senhores... Aqui está toda a papelada referente à vinícola. Creio que está tudo em ordem. Vocês poderão analisar a situação jurídica, fiscal e econômica da fazenda. Precisando de algo mais é só falar comigo.

O valor da compra do imóvel também já foi informado. Eu deixei bem claro para o senhor Vicente que existe outro herdeiro. É a minha irmã. Ela não faz objeção alguma na transação, concorda plenamente com a venda. O senhor Vicente passou essa informação para o senhor? — perguntou Alexandre, olhando na direção de Pablo.

— Claro! Passou sim. E como estão as coisas por aqui? — perguntou Pablo sob o olhar firme e direto de Alexandre.

— Estão difíceis... Eu gostaria de lhe mostrar toda a propriedade, mas não tenho muito tempo. Eu tenho que voltar hoje mesmo para São Paulo. Mas eu vou deixar o senhor em boas mãos.

— Aconteceu alguma coisa? — perguntou Pablo ao perceber uma indisposição em Alexandre.

— Não. É que passar muito tempo aqui me deixa muito triste. Eu não consigo suportar.

— Eu entendo.

— Fiquem à vontade. Eu vou deixar ordens com os empregados... A casa é de vocês. Eu só não posso ficar esperando uma resposta dos senhores por muito tempo. Tenho outras propostas para analisar.

— Nós deveríamos ter agendado para mais cedo. Mas sabe como é... Surge sempre um imprevisto — justificou-se Vicente.

— Eu estou pensando em algo... Teria algum problema se eu passar a noite aqui? Amanhã, com calma, eu faço uma visita às instalações e à vinícola. Enfim, fico conhecendo toda a propriedade.

— Não há problema algum, Dr. Pablo — concordou Alexandre.

— Ficar aqui? — e mais uma vez, Vicente ficou atônito com os despropósitos de Pablo. — Você está ficando sem noção? Nós temos assuntos para tratar na empresa.

— Eu vou ficar, Vicente. Você volta para a empresa.

— Mas... E se surgir algum problema?

— Você resolve! Você não é o vice-presidente?

— Eu vou pedir para preparar um quarto para o senhor. Tem um casal de empregados que praticamente mora na casa. Eles cuidam de tudo. Se vocês me dão licença, eu vou passar as instruções para eles — interrompeu-os Alexandre, levantando-se rápido do sofá e os deixando sozinhos na sala.

— Você ficou maluco? — perguntou Vicente, totalmente desconfortável e apreensivo com a decisão inesperada de Pablo em permanecer na fazenda.

— Maluco? Por quê? Eu estou me sentindo como se estivesse em casa.

— Você pretende mesmo passar a noite aqui?

— Eu não vejo problema algum nisso! Eu não tenho mulher me esperando em casa não, Vicente. Amanhã, logo pela manhã, eu faço uma vistoria completa. E qual é a surpresa que você ia me contar?

— Surpresa? Eu não vou falar... Surpreenda-se!

— Ai! Ai! Ai! Agora eu fiquei preocupado!

— Mas eu não vou falar. Você tem certeza mesmo que quer ficar?

— Claro! É só uma noite e um dia... Amanhã pela tarde eu já estou de volta. Vicente, eu não estou entendendo essa sua preocupação.

— São pessoas estranhas... Você tem dinheiro. Sei lá?!

— Pare com essas cismas, cara. Eu vou ficar bem. E pode voltar logo para empresa antes que escureça. E se surgir algum problema não me ligue, resolva. Eu vou desligar o meu celular.

— Que isso?! Você não pode fazer uma coisa dessas! Você é o presidente!

— Dê o seu jeito! Resolva!

Minutos depois, Alexandre retornou para a sala, dispensou um pouco mais de atenção a Pablo e a

Vicente e logo encerrou a reunião. Ele não suportou ficar por mais tempo na fazenda. As memórias e as lembranças dos pais, dos amigos e de muitos empregados que morreram contaminados pela peste, foram afetando o seu estado emocional e ele acabou aceitando a sugestão de Pablo, pegou uma carona com Vicente até o aeroporto para embarcar para São Paulo.

Pablo não esperou nem um milésimo de segundo para cumprir a sua promessa, desligou rapidamente o seu celular e acompanhou Laura pela escadaria do casarão para conhecer o quarto que ele ia ficar hospedado. E assim que Laura se retirou, Pablo entrou e fechou a porta. Os móveis antigos com os detalhes rústicos nas madeiras despertaram nele um sentimento bem peculiar que o deixou bem à vontade. Ele se sentiu em casa.

O ar úmido e fresco que adentrava pela janela lhe proporcionou uma enorme sensação de renovo e, naquele momento, Pablo sentiu a sua mente em harmonia com o seu corpo, quiçá com o seu espírito. Sentiu-se inteiro, em paz. Ele tomou uma ducha, vestiu as roupas que Laura havia deixado sobre a cama e se deitou de braços abertos. A sua respiração foi ficando mais amena, tranquila. Ele foi fechando os olhos lentamente e adormeceu.

— Oi! — respondeu Pablo, despertando ao ouvir alguém batendo na porta do quarto.

— A minha mulher pediu para eu falar para o senhor que o jantar está na mesa — avisou-o José, marido de Laura, um dos empregados da fazenda.

— Jantar? Tão cedo? Claro! Eu já estou descendo. Obrigado!

— Por nada, doutor.

Pablo se levantou da cama espreguiçando-se, verificou as horas no seu relógio e foi até a janela. Debruçou-se no parapeito e ficou ali, quietinho, perdido em seus pensamentos, olhando para o reflexo da luz da lua que caía sobre as árvores.

De repente, ele ouviu o canto de uma coruja que estava bem próxima a casa e se afastou rapidamente da janela. Pablo ficou assustado, ressabiado. Calçou um par de chinelos que encontrou ao pé da cama e saiu do quarto apressadamente.

— Eu fiquei analisando os documentos que o senhor Alexandre deixou e cochilei... Escureceu rápido! — disse ele, enquanto puxava a cadeira e se sentava totalmente despojado à mesa.

— Já passa das sete. O doutor não repare...

— Não precisa me chamar de doutor. O meu nome é Pablo. Qual é o nome da senhora?

— Laura.

— Geralmente eu janto bem mais tarde. Mas D. Laura, o cheiro da sua comida abriu o meu apetite... Eu estou até salivando!

— Eu fiz uma comidinha simples e bem rápida. Eu não sabia que ia ficar alguém na casa. Espero que o senhor goste. Eu fiz uma galinha caipira... Tem também um arroz branco... O feijão está fresquinho. E tem também uma salada simples.

— Está ótimo! Eu não como uma comidinha caseira assim há anos.

— Anos? Nossa mãe do céu! Como o senhor aguenta ficar sem se alimentar direito?

— Eu me alimento... Mas não é igual. O cheiro, o sabor... Não é igual. É diferente!

— Sei... Seu Alexandre deixou esta garrafa de vinho para o senhor. Ele pegou lá na adega.

— Tem adega aqui?

— Tem! Está um pouco abandonada... Dá até pena de olhar. A peste acabou com a vida de muita gente. Perdemos muita gente querida.

— Eu também perdi pessoas queridas. Temos que ter esperança e acreditar que vai passar. Nossa! Um rascante de 20 anos! — surpreendeu-se Pablo ao pegar a garrafa de vinho e ler atentamente a descrição no rótulo.

— Se o senhor precisar de mais alguma coisa é só me chamar. Eu estou lá na cozinha.

— Obrigado.

Pablo pegou o saca-rolha e retirou a rolha da garrafa de vinho cuidadosamente. O estampido aguçou o seu olfato, que imediatamente apurou o seu buquê, o aroma envelhecido de uvas frescas colhidas ao despontar da aurora. Ele colocou um pouco do vinho em uma taça e o saboreou.

E sem abrir mão de uma taça cheia de vinho ao seu lado, Pablo começou a degustar prazerosamente o feijão fresquinho, o frango bem temperado e a salada com verduras frescas colhidas na horta da própria fazenda. Não havia espaço na mesa para mais ninguém, somente para ele.

Quando se sentiu completamente saciado, ele se levantou da mesa, pegou a taça e a garrafa de vinho, que já estava pela metade, e se deslocou até a cozinha.

— D. Laura, que comida deliciosa!

— O senhor quer um café? — perguntou ela, olhando rapidamente para a garrafa de vinho quase vazia na mão dele.

— Não precisa... Eu quero dormir com este gosto em minha boca. Eu vou para o quarto. Vou terminar de olhar toda aquela papelada da fazenda. Isso, se eu não cochilar novamente.

— O senhor gostou mesmo do vinho, né?

— Perfeito! Boa Noite! E obrigado!

— Por nada... Boa noite!

Pablo foi para o quarto e se debruçou sobre o parapeito da janela com a taça e a garrafa de vinho ainda nas mãos. Ele estava tão extasiado, que nem se lembrou da coruja. Ficou ali quieto, olhando para o céu estrelado e para uma fina neblina que encobria as árvores.

A temperatura foi ficando mais baixa, ele começou a sentir um pouco de frio e fechou a janela. Abandonou a garrafa vazia em cima do móvel e se sentou na cama degustando o vinho que ainda restava na taça. Mas os seus olhos foram pesando e ele, tomado por um estado de dormência, começou a ficar sonolento e largou a taça de vinho ao pé da cama.

O seu corpo foi ficando cada vez mais pesado. E no momento em que ele esticou o braço para pegar o travesseiro, bateu com a ponta do pé na taça, derramando o sobejo do seu prazer. Ele inclinou a cabeça para fora da cama e ficou olhando ainda meio atordoado para a pequena poça vermelha, da cor de sangue, que foi se abrindo e deslizando lentamente sobre a madeira do assoalho, enquanto a sua mão, desgovernada, tateava o colchão em busca do edredom.

Ao amanhecer, a claridade matutina foi invadindo a vidraça da janela do quarto onde Pablo estava dormindo, despertando-o. Ele ainda bem sonolento, cobriu os olhos com o braço, protegendo-se dos raios solares que avançavam sobre a cama — O que é isso? Parece que ligaram um refletor na minha cara! Ai, a minha cabeça! — reclamou Pablo, sentando-se na cama e pressionando a fronte com as pontas dos dedos.

Quando ele se levantou, bateu com o pé novamente na taça, que saiu rolando pelo assoalho e se chocou com o móvel onde estava a garrafa de vinho vazia, mas ele nem se importou. Despreguiçou-se e caminhou relaxadamente até a janela — É... Eu acho que exagerei no vinho! — continuou ele totalmente despojado sobre o parapeito da janela, bocejando e respirando o ar fresco matinal da fazenda.

— Doutor Pablo! Doutor Pablo! — gritou o administrador da fazenda do lado de fora da casa, assim que o avistou debruçado na janela.

— Bom dia! — respondeu Pablo.

— Seu Alexandre me pediu para mostrar as instalações da fazenda para o senhor. Assim que o doutor estiver pronto é só me chamar. Eu vou ficar por aqui aguardando.

— Eu vou tomar o café e logo me junto a você.

— Às suas ordens, patrão!

— Patrão? — resmungou Pablo consigo. — Ai! Ai! O meu cérebro parece que está solto! — reclamou ele mais uma vez, pressionando as têmporas com as pontas dos dedos.

— Doutor Pablo! O café já está na mesa! — chamou-o Laura, batendo na porta do quarto.

— Não bata na porta não, por favor! — resmungou Pablo baixinho consigo, colocando a mão sobre a cabeça, fechando os olhos e permanecendo em silêncio.

— Doutor Pablo! Jardel está esperando pelo senhor para mostrar a fazenda.

— Eu já estou indo... Obrigado!

Mesmo de ressaca, Pablo acordou renovado, como se tivesse descoberto um mundo novo. Ele se sentou à mesa para fazer o seu desjejum e nem se lembrou do celular, que permaneceu desligado no quarto. Pablo estava ansioso para conhecer a fazenda. Tomou uma golada rápida de café e saiu porta afora saboreando um pedaço de queijo sob o olhar apreensivo de Laura.

— O que foi isso, mulher? — perguntou José, marido de Laura, correndo para a cozinha assustado ao ouvir um barulho de louça quebrando. — Você está sentindo alguma coisa? — insistiu ele, olhando preocupado para a mulher, que estava pálida como se tivesse visto um fantasma.

— Eu estou bem... Eu me distraí e deixei a louça cair. Olha só que sujeira! — respondeu ela, pegando a vassoura em um canto da cozinha para juntar os cacos da louça.

— Ele falou alguma coisa? Fez alguma coisa?

— Não! Ele é um homem fino!

— Mas o que foi? Você estava de um jeito... Parece até que você viu um fantasma.

— Que fantasma o quê? Vá! Vá! Vá cuidar do seu serviço.

— Eu só estava esperando ele sair para pegar um pouco mais de café.

— Ô vício!

— E cadê o homem?

— Já foi... Jardel está esperando por ele lá fora para mostrar a fazenda.

— Eu não sei se vou continuar trabalhando aqui depois que a fazenda for vendida.

— Não se precipite homem... Na vida temos que ter um pouco de paciência e esperar os acontecimentos. Não devemos atropelar o tempo.

— Você está certa! — concordou José, dando um beijo na testa da mulher. — Eu vou voltar para o trabalho... E tome cuidado aí!

Pablo, acompanhado pelo administrador da fazenda Jardel, começou a fazer a sua vistoria pelos vinhedos. Ele analisou cautelosamente a integridade das videiras e o viço das suas folhagens. Fez inúmeras perguntas para Jardel sobre a presença de fungos, pragas e, também, sobre os defensivos e adubos que eles estavam utilizando na plantação. E no final, ele se surpreendeu quando tocou a terra com as mãos e a deslizou entre os dedos para verificar a sua umidade.

— Eu estou impressionado com os cuidados dispensados ao vinhedo — encantou-se Pablo, deixando a terra escorrer pela mão e soltando um suspiro de satisfação.

— A fazenda é bem produtiva... O clima daqui ajuda bastante para o desenvolvimento das espécies cultivadas na região — disse Jardel, olhando para Pablo com o semblante de preocupação.

— Eu estou vendo que você está um pouco sem jeito... O que está preocupando você?

— O emprego! Eu tenho família para sustentar... O senhor entende, não é?

— Claro!

— A fazenda ficou para trás ao longo desses anos. Não se modernizou. Há uma área extensa que não está sendo explorada.

— Onde?

— Mais para frente... Eu vou mostrar para o senhor — Jardel saiu cortando o vinhedo e Pablo seguiu logo atrás dele. E quando ele parou e apontou com o dedo para a direção das terras, uma extensa área verde se abriu diante dos olhos de Pablo, deixando-o alucinado.

— Esta área também faz parte da fazenda?

— Faz... São duas em uma. Se o senhor verificar nos documentos verá que as terras foram remembradas.

— Eu não prestei atenção nesse detalhe, mas eu vou olhar com mais cuidado. Que coisa maravilhosa!

— Seu Alexandre tinha um projeto de expansão para a vinicultura, mas tudo ficou mais difícil com a pandemia. A família tem outros negócios em São Paulo. Acho que com o dinheiro da venda da fazenda ele irá expandir esses negócios por lá.

— É... Nós temos que colocar a roda para girar. Não podemos ficar parados. Dinheiro não dá em árvore, não é? Vamos! Eu vou almoçar e voltar para casa.

— Eu pensei que o senhor fosse ficar mais tempo.

— Não posso... Eu tenho que passar as informações para a matriz na Itália. Eles estão esperando o meu relatório sobre a vistoria na fazenda para analisar se fecham ou não a negociação da compra do imóvel.

— Entendo... Então vamos?

— Ah! Eu ia até me esquecendo...

— O que foi?

— D. Laura me falou sobre uma adega... Tem alguma adega na fazenda?

— Claro que tem! O senhor quer conhecer a adega?

— Quero! E qual é o tamanho dela?

— Não é muito grande... Mas é quase a extensão da casa. Fica no subterrâneo.

— Eu tenho que ver isso! Vamos!

Os dois entraram na picape e retornaram rápido para o casarão. Jardel pegou um molhe de chaves, lançou mão de uma delas e abriu a porta que havia nos fundos do casarão. Eles desceram as escadas até o subterrâneo e Pablo ficou fascinado com o que viu.

— Quando se falou que a adega estava abandonada eu pensei...

— Destruída? Não... É que ele parou, de uns anos para cá, de produzir vinho. Ele achou mais viável vender toda a produção para as outras vinícolas da região. Tem vinho por aqui de trinta anos.

— Eu esvaziei uma garrafa de vinte anos ontem no jantar... Espetacular!

— Eu não sou muito chegado a vinho não.

— Não?

— Não! Prefiro mais uma água ardente.

— Cachaça?

— Isso! A branquinha!

— Ah! Ah! Ah! Eu prefiro o vinho. Mas não rejeito uma boa pinga. Só se for das boas... Refinada!

— Na casa tem uma das boas... Eu vou pedir para Laura servir uma dose para o senhor antes do almoço. Para abrir o apetite.

— Vamos! Vamos! Eu tenho que ligar para a empresa. Não! Não! Vicente vai se intrometer... E vai acabar estragando o meu dia. Ele vai ficar me perturbando o tempo todo!

— Eu levo o senhor.

— Não precisa... Pode surgir alguma emergência aqui na fazenda.

— Então, eu deixo o senhor no terminal... E depois é só pegar um táxi.

— Está bem... Vamos!

Pablo convidou Jardel para almoçar. Ele ficou meio sem jeito, mas acabou aceitando o convite. E enquanto os dois ainda se acomodavam à mesa, Laura trouxe a cachaça e os serviu como aperitivo. Pablo ficou entusiasmado e desenfreou com mais perguntas sobre a fazenda.

E como Jardel trabalhava como administrador para a família há anos e conhecia a fazenda como a palma da sua mão, não faltou assunto. Depois que eles terminaram de almoçar, Laura serviu o café com o olhar apreensivo sobre Pablo, percebendo uma mudança no seu comportamento.

— Eu vou me aprontar e pegar a estrada. Já incomodei demais vocês... Dei muito trabalho para D. Laura — disse Pablo, tentando provocar alguma reação em Laura, que permaneceu quieta durante todo o almoço.

— Trabalho nenhum... Foi um prazer receber o senhor aqui. Eu espero que o senhor tenha gostado.

— Muito!

— Eu deixei a sua roupa passadinha lá na cama.

— Não precisava.

— Se o senhor precisar de mais alguma coisa...

— Eu estou satisfeito... Obrigado!

— Licença...

— Aconteceu alguma coisa com ela? — perguntou Pablo a Jardel depois que Laura se retirou da sala.

— Eu acho que não... Ela é assim mesmo!

— Ela está séria... Com a cara fechada! Parece que está um pouco triste.

— Ela deve estar preocupada com a venda da fazenda. Um novo dono, não é? Essas coisas.

— Compreendo... Todos os empregados moram na fazenda?

— Não... Alguns moram nas redondezas.

— Mas Alexandre me disse que eles moravam aqui na casa.

— É provisório... É que houve uma tempestade e destruiu todo o telhado da casa que eles moram. Seu Alexandre está ajudando-os a recuperar. Mas eles ficam o tempo todo por aqui... Só vão para a casa deles nos finais de semana. Isso se não tiver visitas na fazenda.

— Bom, eu vou me aprontar que está na minha hora.

— Eu vou esperar o senhor lá fora.

Jardel afastou a cadeira da mesa e se levantou. Pablo continuou sentado, seguindo-o com olhos até a porta de saída. Em seguida, levantou-se com a xícara na mão e caminhou até a cozinha. Ficou parado na porta, observando Laura que estava de costas, arrumando os mantimentos no armário.

— Nossa Senhora! — assustou-se Laura, deparando-se com Pablo em pé na porta da cozinha, olhando para ela.

— Desculpa! Será que eu sou tão feio assim?

— Não! Eu que peço desculpas para o senhor... Hoje eu estou um pouco distraída — respondeu ela, desorientada, apressando-se e pegando um copo com água para se acalmar.

— Perdão! Eu não tive a intenção de assustá-la. Eu peço desculpas mais uma vez. É que eu fiquei olhando para a senhora mexendo no armário e me lembrei da minha mãe. Esta casa me traz muitas recordações da minha infância ao lado dela.

— E onde ela está?

— Já faleceu... Eu ainda era bem menino.

— Eu sinto muito.

— Está mais calma?

— Já passou... — respondeu Laura, terminando de beber o restante da água.

— Eu gostaria de agradecê-la mais uma vez pela hospitalidade. Alexandre foi muito bem representado. E me desculpe mais uma vez pelo susto, tá?

— Não foi nada... Eu que estou meio desligada. Preciso tomar mais cuidado com as coisas. Cuidado... Temos que ter sempre muito cuidado! Vigiar! Vigiar! Vigiar!

Pablo franziu o cenho e continuou olhando para Laura, que deu as costas para ele e voltou a guardar os mantimentos no armário. Ele não falou mais nada, colocou a xícara sobre a mesa e se retirou da cozinha. E enquanto seguia pelo corredor, foi deslizando os dedos suavemente pela parede até a porta do quarto, carregando um sorriso irônico no canto dos lábios.

No dia seguinte, ele chegou à empresa Rascante todo sorridente, eufórico. Aproximou-se da mesa de Amanda bem mais disposto. Parecia que estava chegando de longas férias em uma ilha paradisíaca.

— Bom dia, Amanda!

— Dr. Pablo!

— Eu não ouvi o meu bom dia... — permaneceu ele parado próximo a mesa de Amanda, com a mão em forma de concha encostada na orelha, esperando que ela dissesse "bom dia".

— Desculpa!

— Cadê?

— O quê?

— O meu bom dia.

— Bom dia, Dr. Pablo!

— Eu vou para a minha sala... Vicente já chegou?

— Ainda não... Mas ele já ligou várias vezes perguntando se o senhor já havia chegado.

— Algum recado?

— Ligaram da matriz... Mas eles vão ligar mais tarde. Vicente já falou com eles. Nada de tão importante.

— Ótimo!

— Ah! Ligou também uma amiga do senhor... O nome dela é Lígia. Ela disse...

— Depois eu ligo... — respondeu ele com indiferença, seguindo em direção a porta da sala da presidência. — Pensando melhor, mande comprar algumas flores... Rosas? Não! Tulipas! Ela vai gostar. Tulipas Vermelhas! Isso! Acho que eu acertei na mosca — continuou ele falando consigo mesmo e entrando rápido na sua sala.

— Gente! Eu não entendi nada... Ele disse rosas, depois tulipas. Moscas? Ou eles estão ficando loucos ou eu que estou — murmurou Amanda consigo, sentando-se toda confusa na sua mesa de trabalho e olhando para a tela do computador. — Que barbaridade! Eu não aguento ver uma coisa dessas!

— Pablo já chegou? — perguntou Vicente, aproximando-se dela todo afoito.

— Desgraçado!

— Eu?

— Não! Você não... Ele acabou de chegar e foi para a sala dele.

— E não falou nada?

— Falou o quê? Gente! Como pode uma pessoa no seu juízo normal fazer uma coisa dessas. Esse cara só pode ter ódio de mulher — continuou ela, olhando para a tela do computador e respondendo, ao mesmo tempo, as perguntas que Vicente fazia.

— O que está acontecendo? Largue esse computador!

— Ih!... Eu sou apenas a secretária dele... O que ele falaria para mim?

— Que ignorância!

— Desculpa! É que eu estava lendo uma matéria na internet e fiquei chocada. Eu ouvi o noticiário pela manhã, mas não tinha prestado atenção sobre o que realmente tinha acontecido.

— Ele disse que queria falar comigo?

— Não... E precisa? Só pediu para eu comprar flores... Mas até agora ele não me deu o endereço para mandar entregá-las.

— Flores?

— É... Eu acho que é para uma mulher que ligou procurando por ele... Lígia. Você conhece?

— Lígia? Não... Não conheço! Será que ele está namorando?

— Sei lá! Se você que anda colado nele o tempo todo não sabe, como eu deveria saber?

— O tempo todo não! Tá me estranhando?

— Ah! Ah! Ah! — debochou Amanda.

— Até que seria bom mesmo se ele arrumasse uma namorada. Ele parece até um monge. Desde que se separou não fica com ninguém.

— Quem sabe?

— Vicente! — entusiasmou-se Pablo, saindo da sua sala e se deslocando na direção da mesa da secretária. — Mande as flores para esse endereço e coloque este cartão junto. E não se esqueça... Tulipas vermelhas! Vamos Vicente! Eu tenho muitas novidades para lhe contar. Rapaz, eu conheci a adega... — e começou Pablo a tagarelar enquanto voltava para a sua sala junto com Vicente.

— O mundo é machista mesmo! A mulher sempre fica de fora! Só serve para os afazeres domésticos: fazer a comida, lavar a roupa, ajeitar a gravata, limpar os sapatos... Mas na parte melhor do filme, eles vão lá e desligam a energia elétrica. Que ódio! — irritou-se Amanda, reclamando baixinho consigo mesma.

— Tá falando sozinha, minha filha? — perguntou a copeira, chegando bem de mansinho e interrompendo a reclamação solo da secretária.

— Era só o que me faltava! O que você quer, criatura?

— Nossa! Eu tomei até um susto!

— Eu estou reclamando com os meus botões... Só eles que me entendem.

— Só eles mesmo! Eu não entendi bulufas! Mas deixe isso para lá... Eu posso servir o café para Dr. Pablo?

— Ele está trancado na sala com Vicente. Acho melhor não interromper... Dê um tempinho. Quando eles acabarem de conversar, eu ligo para a copa.

— Se ele reclamar, eu vou falar que a culpa é sua.

— Sai! Sai! Hoje eu não estou em um bom dia. Não dá para entender uma coisa dessas. Enquanto um manda flores, o outro mata. Esses homens!

— Ih! Você hoje não está falando coisa com coisa... Eu estou ficando com a mente toda embaralhada. Está acontecendo alguma coisa que eu não sei?

— Não é nada disso! Você só pensa em fazer fofoca!

— Hum... Olha só quem está falando?!

— É que eu estou fazendo uma comparação sobre os tipos de homens... Dr. Pablo mandou comprar flores para uma mulher. Na contramão, um cara estrangulou uma garota de programa e deixou o corpo da coitada jogado em um beco sujo. Que horror!

— De onde você tirou isso?

— Eu li em um noticiário na internet pela manhã. O crime foi lá pela zona norte da cidade.

— Essas meninas não têm juízo. Elas ficam saindo com esses caras doidos, viciados, e acaba nisso.

— Eu não acredito que você está falando isso?

— Ué! Foi ela que escolheu essa vida! O que mais eu poderia falar! — e da mesma forma que entrou na antessala da presidência, Ana foi se retirando. E quando ficou bem afastada da mesa de Amanda, começou a murmurar baixinho consigo. — Também... O que ela poderia achar? Fica comendo os maridos das outras!

— Que mulherzinha idiota! — revoltou-se Amanda, reclamando consigo da falta de sensibilidade de Ana. — Ninguém escolhe morrer dessa forma! Espero que a polícia pegue logo esse desgraçado! Rosas? Não... Tulipas vermelhas!

Capítulo 4

Horas mais tarde, o interfone do consultório de psiquiatria de Lígia tocou. Ela olhou pelo olho mágico, achou estranho um entregador de flores logo pela manhã no seu consultório, mas não titubeou e abriu a porta.

— D. Lígia? — perguntou o entregador de flores.

— Sim.

— São para a senhora.

— Para mim?

— A senhora pode assinar a notinha para constar que recebeu as flores?

— Claro!

— Obrigado! — agradeceu o entregador.

— Eu que agradeço... Boa tarde.

— Boa tarde.

Lígia fechou a porta e ficou olhando com curiosidade para o maço de flores. Encontrou o cartão e começou a ler o que estava escrito: — "Perdoa-me pelo comportamento indelicado. Eu tive que resolver vários problemas da empresa. Mas estou bem. Espero que goste das flores e aceite o meu pedido de desculpas. Pablo."

— As flores são de Pablo... Tulipas vermelhas! Como ele soube? São as minhas preferidas! — surpreendeu-se Lígia.

Lígia pegou um jarro com água e ajeitou as flores, colocou-as em cima de uma mesa próximo à janela. Ficou olhando para as tulipas com certa inquietação e não resistiu, pegou o celular e ligou para Pablo.

— Oi! Recebeu as flores? — perguntou Pablo, atendendo a ligação.

— Recebi... São lindas! Mas...?

— Não fique brava comigo. Eu quis dar esse tempo para respirar um pouco.

— Eu passei a semana inteira ligando para você. Eu estava super preocupada.

— Eu entendo... Vamos marcar para amanhã? Acho que eu estou mais tranquilo para lidar com emoções fortes.

— Amanhã?

— Amanhã... Às quatro da tarde. Ou você prefere marcar para outro dia?

— Não! Pode ser às quatro da tarde... Eu vou ficar esperando por você.

— Às quatro horas em ponto em estarei aí. Tchau!

— Tchau!

Anoiteceu. Pablo entrou no apartamento, jogou a pasta e o celular em cima do sofá e foi se despindo até chegar ao banheiro. Abriu o registro do chuveiro e ficou, por alguns minutos, totalmente imerso em si, quieto debaixo da água, tentando relaxar a sua mente e o seu corpo. Depois que terminou o seu banho, ele se enrolou em uma toalha e foi direto para a cozinha. Ele estava faminto. Abriu a geladeira, pegou o suco, pão e frios e começou a preparar um sanduíche.

O celular tocou, mas ele não deu muita importância e continuou na cozinha saciando a sua fome. Irritou-se com a insistência da ligação, largou o sanduíche em cima da mesa e foi atender a chamada. Ficou apreensivo quando olhou para a tela do telefone e viu que a ligação era de Nádia, sua ex-mulher.

— O que aconteceu? — perguntou ele, aflito.

— Não aconteceu nada... Está tudo bem!

— Eu venho tentando falar com os meninos e não consigo... Aconteceu alguma coisa com eles? Ou você está me sabotando?

— A sua mente é muito fértil... Eu já disse que está tudo bem. É que eles querem falar com você, estão com saudades. Eu vou colocá-los no vídeo.

— Pai! Você voltou da Itália e nem veio falar com a gente? — reclamou Diego.

— Filho! O pai ligou, mas o telefone da sua mãe...

— Eu sei... — Diego fez uma cara meio tristonha. Ele sabia que a mãe interferia na relação deles com o pai. E como Nádia estava bem próxima, observando-o, ele ficou com receio e mudou logo de assunto. — Quando você vem pegar a gente para sair?

— Eu quero falar com ele — insistiu Diogo, pegando o celular da mão do irmão.

— Você sempre toma o telefone da minha mão! Eu quero ficar falando com o meu pai! — reclamou Diego.

— Ele também é meu pai, seu idiota! — disse Diogo, apossando-se do celular.

— Eu não estou ouvindo ninguém brigando, estou? — interferiu Pablo, olhando para a imagem distorcida dos meninos na tela do aparelho.

— Pai! Pai! — afobou-se Diogo.

— O que foi campeão?

— Você disse que ia levar a gente ao cinema.

— É claro que eu vou... Mas só no final de semana. Tem algum filme bom?

— Ih...! Tem algum filme bom? — perguntou Diogo, virando-se para o irmão que estava ao seu lado, deixando o pai na espera. Mas Diego não respondeu, ficou sentado no sofá com os braços cruzados e a cara amarrada.

— Diogo!

— Oi, pai! A gente vai ver com a minha mãe e fala para você.

— Está bem... Eu acho que está na hora de ir para cama, não?

— Pai!

— Oi!

— A minha mãe mandou desligar o celular... Mas eu queria ficar falando com você.

— Filho... Não vamos criar problema com a sua mãe. O pai também tem que descansar. Eu cheguei do trabalho super cansado.

— Está bem...

— Um beijão! O pai ama vocês dois.

— Eu também amo você. Pai! Diego se levantou do sofá e saiu fazendo careta só porque eu peguei o celular para falar com você. Mas eu ia devolver logo para ele.

— Ah!Ah!Ah! Boa noite, filhão!

— Boa noite, pai! — enquanto Diogo terminava de falar com Pablo, percebeu que Nádia se aproximava dele para pegar o celular. Ele rapidamente desviou o aparelho da mãe.

— Se você já acabou de falar com o seu pai, desligue o celular e já para a cama — disse ela, séria, com a mão estendida para ele.

— Você nunca me deixa falar com o meu pai. Eu não posso nem conversar direito com ele que você fica me vigiando o tempo todo. Que saco!

— O que foi que você disse? Você está ficando muito abusado, genioso igual a ele. Já para o seu quarto! E me dê logo esse celular!

— Mas o celular é meu! Foi o meu pai que comprou!

— Não interessa! Pode fechar a boquinha e ir para o seu quarto agora! — irritou-se Nádia, tentando tirar o celular à força das mãos de Diogo, que relutou, mas acabou sendo vencido pela força da mãe.

— Eu vou contar tudo para o meu pai! E tomara que ele leve a gente para morar com ele... Você vai ficar sozinha!

Nádia ainda tentou agarrá-lo pelo braço para lhe dar uma bronca mais severa pelas respostas atravessadas, mas Diogo conseguiu se desvencilhar da mãe e saiu correndo para o quarto, chorando. Ela se sentou no sofá e engoliu a sua raiva a seco. Enquanto Pablo, depois que falou com os filhos, continuou deitado no sofá, triste. Ele tentou se segurar, mas não conseguiu impedir algumas lágrimas que começaram a fugir dos seus olhos.

Pablo passou o braço no rosto, levantou-se do sofá e foi até a cozinha. Pegou o sanduíche que havia abandonado em cima da mesa, mas não conseguiu comê-lo e o jogou na lixeira. Tomou apenas o suco e foi para o quarto. Apagou a luz, jogou-se na cama e ficou olhando para o teto, esperando o sono chegar.

Um grupo de mulheres conversava na frente de uma boate. Pablo ficou na espreita, do outro lado da rua, observando-as. Ele acendeu um cigarro e continuou ali, escondido entre as sombras, com os olhos bem grudados em uma delas, que se despediu das outras e seguiu caminhando pela calçada.

A jovem, na faixa dos seus vinte e cinco a trinta anos, vestia roupas bem extravagantes. Minissaia de couro, uma blusa com muitos brilhos bem decotada e sapatos com saltos bem altos. Pablo atravessou a rua, delimitou uma distância entre os dois e começou a segui-la. Mas um carro freou abruptamente e parou próximo à jovem, deixando-o acuado.

A garota de programa parou e se aproximou mais do carro. Pablo recuou e se escondeu sob a parte escura de uma marquise. O homem que estava no banco do carona saiu do carro, pegou-a pelo braço com força e lhe deu uma bofetada. Os dois ficaram discutindo por alguns minutos e, em seguida, o indivíduo entrou no carro e o motorista saiu em arrancada.

Mas a presa sentiu que estava sendo observada pelo predador. Ela ficou toda desconfiada, ajeitando a roupa e olhando o tempo todo para trás. E quando percebeu um vulto debaixo da marquise, ficou apreensiva e saiu andando rápido. Pablo só aguardou alguns segundos, acelerou os passos e avançou atrás da garota de programa, que ao vê-lo cada vez mais perto, saiu correndo e entrou em um beco.

Pablo parou próximo à entrada do beco e ficou olhando para os lados, procurando entre as penumbras da madrugada algum vestígio sobre onde poderia ter se escondido a garota de programa. Inspirou, inspirou, buscando no vento algum aroma que pudesse revelar o seu esconderijo, mas não conseguiu encontrá-la. E quando ele ameaçou fazer o caminho de volta até a boate, escutou um barulho dentro do beco. Ele deu um sorrisinho sarcástico e foi entrando bem de mansinho no beco. Mas, de repente, quando Pablo menos esperava, um vulto surgiu por detrás dele.

— Esteban! — Pablo ficou assustado e se virou rapidamente.

— Lígia? Por quê?

Lígia disparou várias vezes com o revólver contra Pablo, que caiu de joelhos no chão e ficou com a mão estendida pedindo ajuda. Mas ela não teve piedade, aproximou-se dele friamente, encostou o cano da arma na sua testa e não desperdiçou a última bala.

Pablo acordou sobressaltado. Estava ensopado de suor. Sentou-se na cama ainda bem ofegante e arqueou as pernas, debruçando-se sobre os joelhos e escondendo o rosto entre os braços, como uma avestruz. E ficou assim por alguns minutos, quieto, esperando as suas batidas cardíacas se normalizarem.

Mas o excesso de suor no seu corpo o deixou incomodado. Ele se levantou da cama, correu direto para o banheiro e tomou uma ducha fria. Saiu do boxe ainda trêmulo, abalado com o seu pesadelo. E sem se enxugar, ainda desnudo, foi até a sala e preparou uma bebida. O copo vibrava em sua mão. Ele tomou o drinque de uma golada só, voltou rápido para o seu quarto e se jogou na cama.

Assim que amanheceu, ele ainda acordou atormentado pelas lembranças do pesadelo e continuou sentado na cama, pensativo, querendo se livrar das imagens assustadoras que passavam em sua cabeça — Que pesadelo horrível! — disse ele, fechando os olhos por alguns segundos e fazendo um exercício de meditação. Mas a sua concentração não durou por muito tempo, o celular começou a tocar. — Que merda! Só pode ser Vicente!

Pablo deixou o celular tocando e foi para o banheiro. Abriu o armário, pegou o vidro de remédio, tirou a tampa e pegou algumas cápsulas. E quando ameaçou jogá-las na boca, olhou-se no espelho e se enxergou de uma forma diferente. Ele ficou assustado e, movido por um impulso violento, quebrou o espelho com um murro — Eu vou parar de tomar esta merda! Ai!... Eu cortei a minha mão! Que inferno! — gritou ele de dor.

A irritação se transformou em ira. Pablo, instantaneamente, pegou o vidro de remédio, jogou todo o seu conteúdo no vaso sanitário e acionou a descarga. Entrou no boxe segurando a mão que estava sangrando, abriu o registro do chuveiro e fugiu de si debaixo da água fria que batia no seu corpo, no chão, um som que foi se ampliando cada vez mais, remetendo-o a sua infância.

Fazia muito calor naquela tarde de verão. E quando começou a chover, Pablo correu para o gramado do casarão e ficou debaixo da chuva. Ele abriu os braços e começou a rodar em torno de si, brincando entre os pingos da chuva que ficavam cada vez mais fortes.

— Venha! Depois a gente entra escondido e troca de roupa. Deixe de ser medroso! A mamãe e o papai não estão em casa... A empregada está na cozinha fazendo o jantar. Seu medroso! Cagão! — e voltou Pablo para correr e brincar debaixo da chuva.

— Bom dia, Amanda!

— Bom dia, Dr. Pablo! Machucou a mão novamente?

— Não foi nada. Eu me cortei com um copo que quebrou. Peça para Ana trazer um café para mim... Puro e bem forte. Vicente já chegou?

— Ainda não... Mas já ligou avisando que está a caminho.

— Eu tenho um compromisso às 16h e não volto para empresa. Se eu me esquecer, por favor, não deixe de me lembrar

— Ok!

— E não se esqueça do café.

— Já vou ligar para a copa... Dr. Pablo! Eu imprimi a documentação que chegou da matriz. Coloquei em cima da sua mesa.

— Perfeito! Eu vou dar uma olhada... Deve ser o parecer final sobre a compra da fazenda.

E enquanto Pablo seguia para a sua sala, Amanda, imediatamente, ligou para copa e pediu o seu café. E não demorou muito para que Ana chegasse com a bandeja nas mãos. Vicente chegou logo atrás.

— Parece até que eu estava adivinhando! — disse Vicente.

— Vocês combinaram? Chegaram juntinhos — brincou Amanda, jogando uma piadinha irônica para cima de Vicente.

Ana nem precisou dar mais um passo. Pablo saiu da sua sala, aproximou deles e ela o serviu gentilmente. Ele tomou um gole do café, irritou-se com o sabor e o cuspiu imediatamente na lixeira, deixando todos de queixo caído com o seu comportamento inusitado.

— Que café horrível! — reclamou ele.

— Mas, Dr. Pablo... Está do jeito que o senhor gosta! — justificou-se Ana, sentindo-se envergonhada diante de Amanda e Vicente.

— Doce demais! Eu nunca tomei um café tão horrível em toda a minha vida! — continuou ele, áspero, reclamando do café.

— Para mim está bom... — disse Vicente, após tomar o café, sentindo-se um pouco desconfortável com a grosseria que Pablo fez com a copeira.

— Eu não estou entendendo... Será que eu fiz alguma coisa errada? — Ana ficou passada, constrangida, querendo entender o que tinha acontecido com o café e o motivo de Pablo tê-la tratado daquela maneira, com tanta arrogância.

— Faça outro! Eu quero café puro, bem forte e sem açúcar — exigiu Pablo.

— Eu trago outro já, já... Com licença! — retirou-se Ana da antessala com a bandeja na mão e de cabeça baixa.

— Vamos Vicente! Eu quero falar com você.

— Eu já estou indo... — respondeu Vicente, olhando com os olhos arregalados para Amanda. Pablo continuou irritado, entrou na sua sala e bateu com a porta.

— O que foi isso? — escandalizou-se Amanda, olhando assustada para a cara de Vicente. — Ele nunca falou desse jeito com Ana. E o café? Ele sempre tomou o café do jeito que ela faz há anos. Dr. Pablo está ficando áspero e grosseiro. Que coisa estranha!

— Ele deve estar nervoso com alguma coisa.

— Nervoso? Eu já vi situações piores aqui na empresa e ele nunca tratou um funcionário dessa forma. Ana é muito chata, mas eu fiquei com pena dela. E esse show todo foi por causa de uma xícara de café? Tem alguma coisa estranha!

— Ele só está nervoso! Será que deu alguma coisa errada com a compra da fazenda?

— Chegaram alguns documentos da matriz por e-mail... Eu imprimi e coloquei na mesa dele.

— Deve ser isso... Eu vou lá conversar com ele.

— Só espero que ele não vire para o meu lado.

— Eu estou encrencado! Foi por isso que eu demorei.

— O que foi?

— A minha mulher me botou para fora de casa.

— Eu não acredito! E agora?

— Como? E agora? Eu estava pensando...

— Nem morta! Pode tirar o seu cavalinho da chuva.

— Poxa! Você não me ama, bombonzinho?

— Amo! Você na sua casa e eu na minha. Pode ir para um hotel. E vá se afastando de mim antes que o homem saia da sala e nos veja muito próximos. Se ele já fez um escarcéu por um café!?

— Poxa! Por essa eu não esperava! Rejeitado duas vezes no mesmo dia... Eu devo ser um merda de homem mesmo!

— Psiu! — repreendeu-o Amanda ao ver Ana entrando na antessala com a bandeja na mão para servir outro café para Pablo.

— Gente! Eu nunca vi Dr. Pablo fazer uma coisa dessas. Ele sempre foi tão gentil comigo! — queixou-se Ana, com algumas lágrimas nos olhos e apoiando a bandeja sobre a mesa de Amanda.

— Ele não fez por querer... Não fique magoada. Vamos! Vamos levar o café para ele — consolou-a Vicente.

Vicente bateu na porta da sala de Pablo e entrou junto com Ana. Ela colocou o café na xícara e o serviu gentilmente. Os dois ficaram se olhando, receosos, enquanto Pablo terminava de tomar o café. Ele pediu outro e, assim que terminou a segunda xícara, extravasou-se em elogios à copeira, deixando-os completamente atordoados com a mudança exacerbada do seu estado de espírito.

— Agora sim! Isso que é café! Está ótimo! Faça sempre assim desse jeito, Ana. Está perfeito! Obrigado.

Ana ficou em silêncio. Recolheu as xícaras sob o olhar de espanto de Vicente e foi se retirando cabisbaixa da sala, esperando ouvir um pedido de desculpas de Pablo. Mas ele ignorou totalmente o constrangimento da copeira, continuou agindo normalmente como se não tivesse acontecido nada.

— Gente! Que coisa estranha! Eu cheguei me arrepiar toda — comentou Ana, assim que se aproximou da mesa da secretária.

— Ué! Por quê? — perguntou Amanda.

— Eu conheço Dr. Pablo há anos... Tomei conta dos filhos dele. Ele nunca falou comigo com grosseria. Ele foi muito ignorante! Ele nunca gostou de café amargo! Teve alguém com ele na sala hoje? — perguntou Ana, aguçada pela sua curiosidade.

— Não. Por quê? — Amanda ficou ainda mais curiosa do que a copeira.

— Eu senti cheiro de cigarro... Tem um cinzeiro com dois cigarros apagados. Ele não fuma há anos!

— Mentira?!

— Ele está com algum encosto!

— Que isso?!

— Eu tô passada! Que coisa estranha! Eu fiquei até com dor de cabeça — e continuou a copeira tagarelando com a bandeja na mão.

— Volte para o seu trabalho... Vá! Vá! Encosto?! Nem fale mais nisso por aqui, pelo amor de Deus!

Pablo passou toda a manhã em sua sala com Vicente analisando toda a papelada referente à compra da fazenda. O parecer da matriz foi favorável à Rascante. A transação foi aprovada e o imóvel poderia ser incorporado aos bens da empresa para dar seguimento ao projeto.

Amanda usou o delivery e pediu a refeição para os dois, que almoçaram na sala mesmo. Claro que para ela também, que não conseguiu ficar longe do telefone e não parou um segundo nem para respirar. E sem que eles percebessem, a rotineira manhã se tornou tarde. Pablo olhou para o relógio e deu um salto da cadeira, assustando Vicente.

— O que foi? — perguntou Vicente.

— Eu tenho um compromisso... Tenho que ir. É importante.

— Namorada nova?

— O quê?

— Você mandou até flores...

— Não... É apenas uma amiga. Ah!Ah!Ah!

— E por que não poderia ser?

— Ainda é muito cedo... Eu mal saí de um relacionamento desastroso.

— O novo pode curar as mágoas do velho.

— Hum... Pode parar! Pare com essas frases feitas. Ridículo!

— Eu sou um cara romântico... Eu não tenho culpa que você não percebe a poesia da vida.

— Poesia? Ah! Ah! Ah! Eu sei... Arrume essa papelada aí para mim. Eu não quero ninguém especulando.

— Você está feliz?

— Feliz?

— É... Com o projeto.

— Claro! Mas o que deu em você? Virou poeta? Felicidade... Mágoas... Pelo amor de Deus! Agora eu tenho que ir... Eu estou atrasado.

Pablo pegou o paletó, a sua pasta, e deixou Vicente sozinho na sala. Passou rápido por Amanda sem pronunciar uma palavra, deixando-a meio apreensiva — Eu já estava ligando para avisá-lo do compromisso... Ah! Que se dane! A gente nunca tem o valor que merece mesmo! — murmurou ela consigo, irritada, batendo com o telefone.

O interfone do consultório de psiquiatria de Lígia tocou. Ela olhou para o relógio e seguiu um pouco irritada até a porta, olhou pelo olho mágico e prontamente virou a chave na fechadura para abri-la.

Naquele momento uma barreira se formou entre Pablo e Lígia, que ficaram frente a frente sem dar uma palavra.

— Você não vai me convidar para entrar? — perguntou ele, sem desviar os seus olhos dos olhos de Lígia.

— Claro! Que tolice a minha... É que já passam das quatro. Eu pensei que você não viesse mais.

— Mas eu estou aqui...

— Entre... E como você está se sentindo?

— Por favor, perdoe-me. Eu não tive a intenção de ofender você. É que eu quis fugir um pouco disso tudo. Falar com você me aproximaria de tudo, entende? Eu não sei explicar muito bem...

— Está perdoado. Mas é muito importante que você compartilhe o que está se passando com você... Faz parte da terapia.

— Eu sei... Então, vamos? Eu estou pronto. Pelo menos, eu acho que estou.

Pablo se acomodou no divã. Lígia pegou o pêndulo de cristal e começou a movimentá-lo diante dos olhos dele, para a esquerda e para a direita, induzindo-o ao estado de relaxamento. E quando Lígia percebeu que ele estava relaxado, com a respiração pausada e bem tranquila, acomodou-se na poltrona ao lado do divã.

Aguardou alguns segundos e ficou observando-o. A expressão do rosto de Pablo começou a mudar.

— O que está afligindo-o?

— Ele está gritando com ela.

— Quem está gritando?

— Deixe- a em paz! — alterou-se Pablo.

— Calma! Relaxe! — interferiu Lígia, dando três toques bem leves no seu ombro com a mão. — Onde você está? Quem está gritando?

— Eu estou na minha casa.

— Na sua casa? Com Nádia?

— Nádia? Não... Com os meus pais.

— Com os seus pais? Quantos anos você tem?

— Oito.

— Oito?

— Ele está gritando com a minha mãe. Eles estão trancados no quarto. Ele está saindo... Está furioso!

Ruan saiu do quarto com uma peça de roupa na mão. Carmem começou a lutar corpo a corpo com o marido, tentando arrancar a peça de roupa que estava na mão dele. Ele a empurrou contra a parede e olhou furioso na direção de Pablo, que estava encostado na porta do seu quarto, chorando e olhando para eles.

Mas Carmen não ficou intimidada e foi atrás dele, tentando impedi-lo de chegar perto do filho. E quando Pablo percebeu que o pai estava vindo na sua direção para agredi-lo, entrou rápido no quarto e fechou a porta, mas ele não teve tempo de trancá-la. Ruan saiu empurrando a porta juntamente com o menino e entrou no quarto.

— Não, pai! Por favor! — defendeu-se Pablo com as mãos, gritando.

— Eu avisei você, Pablo. Eu não estou criando um filho para se tornar um maricas. Pare de chorar à toa... — gritou Ruan, tirando a correia das presilhas da calça e arremessando-a contra o filho.

— Não faça isso! — gritou Carmen, entrando no quarto do filho e segurando a correia que estava na mão do marido. Os dois se atracaram e Ruan a empurrou. Carmem se desequilibrou e ficou caída no chão com a correia na mão. Mas Ruan não desistiu e continuou esbravejando com o filho, humilhando-o.

— Você está vendo isso em minhas mãos?

— Não! Eu não vou vestir isso de novo!

— Desgraçado! Venha cá! — gritou Ruan, correndo atrás de Pablo dentro do quarto.

— Solte-me! Deixe-me em paz!

Ruan agarrou o filho com brutalidade e começou a arrancar as roupas do menino. Pablo ficou completamente apático e não conseguiu mais lutar contra o pai, que o vestiu com um vestido, colocou um laçarote em sua cabeça e o arrastou até o espelho.

— Olhe para o espelho! — gritou Ruan próximo ao ouvido de Pablo, que permaneceu com os olhos fechados, em soluços, diante do espelho.

— Por favor, Ruan! Pare com isso! Você está humilhando o garoto. Eu lhe imploro! — apelou Carmen, sem forças, caída no chão em prantos.

— Cale a sua boca! Sua imprestável! — berrou ele com a mulher. — Olhe para o espelho, Pablo! — Ruan foi ficando mais agressivo e começou a sacudir o filho pelos ombros para que ele abrisse os olhos e se olhasse no espelho. E Pablo acabou sendo vencido pela força, foi abrindo os olhos lentamente e olhou para o espelho.

— Está vendo o que você é, Pablo? Uma menininha chorona! E vai ficar assim até aprender a ser um homem de verdade. Ficará assim na frente dos empregados... Irá para a escola vestido de menina... E ficará no seu quarto até eu determinar o dia que você poderá sair. Entendeu? — excedeu-se Ruan aos berros.

Ruan levantou Carmem pelo braço e saiu arrastando-a para fora do quarto do filho e trancou a porta a chaves. Pablo, ofegante e rubro de raiva, continuou parado diante do espelho. Mas de repente, o menino, tomado por uma ira incontrolável, foi até um canto do quarto, pegou uma banqueta e arremessou-a contra o espelho, deixando-o em pedaços.

Os seus pais ficaram assustados. Entraram no quarto às pressas e encontraram Pablo bufando de raiva, olhando para os cacos do espelho que estavam espalhados pelo chão. Ele arrancou o laçarote que estava na sua cabeça, tirou o vestido e começou a rasgá-lo. E sem temer novas agressões do pai, ele começou a gritar — Ah!... Eu não sou uma menina! Eu sou um menino! Seu desgraçado!

— Relaxe! Está tudo bem! Eu estou aqui com você — acalmou-o Lígia, tocando três vezes no seu ombro com a mão, induzindo-o ao relaxamento.

— Eu sou um menino! Eu sou um menino! — continuou Pablo, pronunciando bem baixinho.

Ligia tocou a sineta de ouro por três vezes e Pablo foi despertando lentamente. Ele respirou fundo e olhou para ela com algumas lágrimas nos olhos. Mas dessa vez, Lígia não burlou a ética profissional, permaneceu distante fisicamente dele e o deixou à vontade até que se recuperasse das suas fortes emoções. Pablo se sentou no divã e continuou quieto.

— Você está bem? — perguntou ela.

— Não sei... Quero dizer... Como pode?

— O quê?

— Essas coisas...

— Não são reais? Foram criadas por você?

— Não! São reais! Ficaram bem claras na minha mente. Eu sempre sonho que estou quebrando alguma coisa, mas não sabia o que era... Será que tem alguma coisa a ver?

— Pode ter sim... Os traumas que as pessoas sofrem ao longo das suas vidas provocam dor. O próprio corpo e a mente acabam bloqueando algumas informações e algumas reações. Autodefesa. Quando um corpo estranho entra em nosso organismo, ele é expulso... Ou é isolado, fica preso em algum canto do nosso corpo e depois é destruído. Se não for dessa forma, o risco de morte é altíssimo.

— Quer dizer que eu tenho uma caixa de pandora dentro de mim?

— Ah!Ah!Ah! Acredito que não. O que eu posso lhe dizer é que a terapia que nós estamos realizando, abre um caminho novo para o paciente se entender melhor e poder enfrentar os seus traumas, as suas desarmonias interiores. Vamos deixar a caixa de pandora fora disso.

— Nossa! — disse Pablo, inspirando suavemente o ar do ambiente do consultório.

— O que foi?

— Esse aroma!

— Aroma? Ah! Deve ser das tulipas. Eu nem agradeci... São lindas! Eu adoro tulipas vermelhas, são as minhas prediletas.

Ligia se levantou da poltrona, aproximou-se do jarro que estava próximo à janela e ficou olhando para as tulipas. E no momento em que ela inspirava o seu aroma e deslizava as mãos suavemente pelas finas pétalas das flores, assustou-se com Pablo, que chegou bem de mansinho e aconchegou o seu peito sobre as costas dela, deixando-a completamente paralisada.

— Realmente... São lindas como você! — disse Pablo, falando baixinho próximo ao ouvido dela.

— Por favor, não faça isso, Pablo!

— Esteban! — continuou ele, falando com o tom da voz bem baixinho. E, em seguida, deslizou suavemente o nariz pelo pescoço dela e a beijou carinhosamente no ombro.

— Esteban? E Pablo? — perguntou Lígia com a voz embargada, totalmente imóvel diante do jarro com as flores.

— Ele está bem... Eu sempre o deixo bem. Somos bem diferentes. Enquanto ele chora diante do espelho, eu quebro todo o espelho — Esteban foi se afastando elegantemente de Lígia, abriu a porta do consultório e saiu, deixando-a no mesmo lugar, estatelada, olhando para as tulipas vermelhas.

Capítulo 5

Lígia ficou muito impressionada com o desenrolar da terapia com hipnose realizada nas sessões com Pablo. Ela se debruçou sobre todo o material que tinha e começou a analisar todo o histórico, anotações, áudios e alguns vídeos.

Os registros sobre as terapias dos seus pacientes ficavam trancafiados a sete chaves, dentro de um armário na sua casa. Ela não deixava nada no consultório. E enquanto Lígia consultava alguns livros na sua saleta de trabalho, escutou o barulho de porta batendo e se desconcentrou.

— Érike?

— Fui!

— Érike! Eu quero falar com você.

— Tô atrasado! — gritou ele, batendo com a porta e saindo sem dar atenção para ela.

— Érike!

Lígia saiu apressadamente da saleta, mas não conseguiu alcançar o filho, que entrou logo no carro e pegou a estrada. Ela bufou de raiva, trincou os dentes e voltou para dentro da casa. Trancou-se novamente na saleta e começou a virar páginas e mais páginas dos livros, confrontando algumas teorias e alguns casos clínicos com as anotações que tinha sobre o tratamento psiquiátrico de Pablo.

Érike estacionou o carro em frente a uma casa noturna. Saiu tranquilamente do veículo, acionou o alarme e acendeu um cigarro. E ficou ali, olhando para a fachada do prédio enquanto terminava de fumar — Eu tenho que dar um jeito nesta espelunca! — pensou ele em voz alta, jogando a guimba do cigarro na calçada e entrando na boate.

— Está tudo tranquilo, Tony? — perguntou ele, parando próximo ao bar.

— Está meio morto hoje... Esses policiais ficam o tempo todo circulando aqui dentro. Tem dois conversando com Pâmela.

— Eles estão enchendo o saco! São os mesmos que estiveram aqui da outra vez?

— Não. Tem um cara diferente. Pâmela até perguntou por você... Você vai até lá dar uma força para ela?

— Não. Ela sabe se virar sozinha. Afinal, a garota que mataram era protegida dela. Fazia um monte de merda e ela passava a mão sobre a cabeça da putinha. Ela que se vire sozinha com os policiais.

— Você é quem manda! Vai querer alguma bebida?

— Não. Ainda é cedo para mim. Eu vou dar uma olhada nas meninas no camarim. Fique de olho!

— Pode deixar, chefe.

— Que porra é essa de chefe?

— Foi mal... Desculpa!

Érike saiu do bar olhando meio atravessado para Tony e pegou um atalho até o camarim. Assim que ele abriu a porta e entrou, começou o maior rebuliço entre as drag queens.

— E aí pessoal... Vamos deixar de lerdeza, conversa mole, e botar essa joça para funcionar. Quem vai abrir a noite?

— Euzinha! — levantou-se a travesti Ravena da cadeira e começou a circular pelo camarim como se estivesse desfilando em uma passarela. — Hoje a Donna Summer está me rasgando toda por dentro, doida para sair e cantar... cantar... cantar — e saiu ela porta afora movimentando as mãos no ar e cantarolando às alturas.

— Eu estou pensando em dar uma reformulada na boate e vou precisar da colaboração de todos. Eu estou com algumas ideias... Do jeito que está não vai dar para levar. Tudo aqui está muito ultrapassado. O que vocês acham?

— Eu gostaria de algo que me fizesse brilhar... — disse a travesti Nicole, enquanto se maquiava na frente do espelho.

— Você já está brilhando, meu bem... No seu rosto tem tanta purpurina que não dá nem para enxergar a sua cara — irritou-a Cassandra.

— Sua cadela! Você tem inveja da minha beleza e do meu talento.

— Eu? Você é que tem inveja de mim... Não tem nem bunda, tem que ficar usando calcinha com enchimento.

— Agora você me irritou! Eu vou arrancar a sua língua fora com as minhas unhas — agitou-se Nicole na cadeira, tomando impulso para se levantar e partir para cima de Cassandra.

— Ei! Ei! Ei! Pode parar com isso! Espere aí! Eu tive uma ideia...

— O quê? Que ideia? — perguntou Nicole, olhando para ele com a cara de deboche.

— Depois a gente faz uma reunião e eu falo para vocês... Agora parem com isso e vão se aprontar. Daqui a pouco vocês entram no palco.

— Mas eu não fiz nada! Foi essa bicha decadente que começou a me ofender — indignou-se Nicole.

— O quê? Isso foi demais! Eu vou fazer você engolir... — enfureceu-se Cassandra, partindo para cima de Nicole com as unhas armadas.

— Chega! Parem com essa merda! — gritou Érike. — Ou as duas preferem ficar na esquina rodando bolsinha para ganhar algum? Estamos entendidos?

— Eu? Ir para as esquinas? Eu nasci para o palco, para brilhar — esnobou Cassandra, saindo de perto de Nicole e sacudindo os ombros com deboche. — Você está certo Érike. Desculpa! Eu tenho até algumas ideias... Se você quiser ouvi-las?

— Anotem tudo que vocês têm em mente... Vamos discutir tudo isso na reunião. Agora eu tenho que conversar com Pâmela.

— Ih!... — esquivou-se Nicole, fazendo uma cara de nojo. — Ela está uma grossura só! É patada para todos os lados!

— Qual o problema com Pâmela? — perguntou ele, sem entender a ironia de Nicole.

— Não há nada de mais com Pâmela — interferiu Cassandra. — Ô bicha falsa! — murmurou ela entre os dentes ao se aproximar de Érike. — É que Pâmela ficou muito para baixo com a morte da Cris.

— Eu me entendo com ela... Vamos! Vamos! Terminem de se aprontar — apressou-as Érike, retirando-se do camarim. Cassandra e Nicole ainda continuaram torcendo o nariz uma para a outra, mas se sentaram rapidamente na cadeira diante do espelho para terminar de fazer a maquiagem.

Érike saiu do camarim e foi para o escritório. Assim que entrou, encontrou Pâmela debruçada sobre a mesa com o rosto enfiado entre os braços, chorando. Ele foi se aproximando dela com jeito e passou a mão sobre a sua cabeça, consolando-a — Não fique assim. — disse ele, puxando uma cadeira e se sentando ao lado dela. Pâmela levantou a cabeça, olhou para ele com os olhos tristonhos e começou a enxugar as lágrimas com as mãos.

— Eu não entendo por que fizeram essa barbaridade com Cris...

— E a polícia? O que eles queriam?

— As mesmas perguntas de sempre. Eu não consigo aceitar a morte de Cris... Ela era tão jovem!

— Ela se envolveu com o cara errado. Você ficou protegendo-a... Agora nós ficamos complicados com a polícia.

— Eu gostava daquela desmiolada. Ela se parecia muito comigo quando eu era mais jovem... Acho que foi por isso que eu me afeiçoei muito a ela. Mas não consegui impedir que fizessem essa crueldade com ela. Lá no fundo ela tinha uma doçura. Mas era muito ingênua, confiava em qualquer pessoa. Não conseguia enxergar o que tinha por detrás das máscaras.

— Você não pode ficar se culpando pelo que aconteceu. Nós temos que administrar isso aqui... Está cada vez mais vazio. Temos que modernizar a casa. Senão, vamos ter que fechar de vez.

— E o que vamos fazer? Eu falei para você que estava difícil, mas você insistiu, quis fazer uma sociedade comigo assim mesmo.

— Não! Eu não estou reclamando. Eu só estou falando que a gente tem que dar outra visão para o negócio.

— No que você está pensando?

— Em nada mais do que já existe... Só um pouco de sofisticação.

— Sofisticação? Aqui?

— E por que não? Quando as paredes da casa estão com a tinta desgastada, você compra uma lata de tinta, outra cor diferente, pinta essa parede e consegue mudar o visual, mas a casa continua sendo a mesma... Entendeu?

— Entendi... Mas eu estou cansada de tudo isso. Talvez eu tire algumas férias. Eu estou pensando em ficar um tempo com o meu sobrinho nos Estados Unidos.

— Você está pensando em vender a sua parte na sociedade?

— Eu também estou pensando nisso!

— Você sabe que eu tenho prioridade, não sabe?

— Sei... Mas eu ainda não decidi o que eu vou fazer. Eu estou sem cabeça para pensar nessas coisas.

— Está bem... Eu vou dar uma circulada para ver como está o movimento da casa. Você quer alguma coisa?

— Quero! Peça a Tony para trazer uma bebida bem forte para mim... Eu estou precisando relaxar!

— Pode deixar... Duplo?

— Não! Eu estou querendo relaxar... Não estou querendo apagar. Obrigado! — agradeceu Pâmela, enquanto Érike se retirava do escritório e fechava a porta.

Quando Érike chegou a casa, o dia já estava clareando. Ele deixou o carro na garagem, seguiu em direção à porta e quando colocou a chave na fechadura, percebeu que a porta não estava trancada. Érike achou estranho, franziu as sobrancelhas e entrou. Assustou-se ao encontrar Lígia acordada esperando por ele.

— O que foi? Ficou acordada até essa hora me esperando?

— Eu perdi o sono e aproveitei para ficar estudando o caso de um dos meus pacientes. As horas foram passando... Aí eu resolvi ficar logo de pé — respondeu Lígia, com a xícara de café na mão. — Nós precisamos conversar.

— Eu estou super cansado, vou para minha cama e dormir...

— Dormir... Você deveria estar acordando para ir trabalhar.

— Eu estava trabalhando!

— À noite? De madrugada? Fazendo o quê?

— Ih! Pare com isso Dra. Lígia! Eu não sou mais um adolescente... Já passei dos trinta! Eu só vou ficar aqui na sua casa por pouco tempo. É só até as coisas se ajustarem e eu arrumar um canto para ficar.

— Não é isso, Érike! É que eu fico preocupada!

— Preocupada? Eu vivi a maior parte da minha vida com o meu pai... E a senhora? Onde estava?

— Eu estava o tempo todo aqui... Na mesma casa que você está agora. Foi você que quis morar com o seu pai nos Estados Unidos. A escolha foi sua e você já tinha dezoito anos, idade suficiente para saber o que estava fazendo.

— Ah! Eu não quero discutir... Eu vou descansar.

— Mas que emprego é esse, Érike? Você não pode me contar?

— Não! É assunto meu.

— Eu não entendo por que você largou tudo tão de repente nos Estados Unidos e voltou para o Brasil. O que aconteceu?

— As coisas por lá ficaram muito ruins para mim. Depois dessa história de pandemia então, eu fiquei meio desorientado. E também fiquei de saco cheio. Os trabalhos foram ficando muito fracos.

— E os musicais? Você se empenhou tanto!

— Só coisa de quinta categoria... Pura ilusão!

— O seu pai falou o quê?

— Ele falou para caralho!

— Olha o vocabulário! Eu já vi que você recuperou bem essas expressões chulas.

— Eu nunca as deixei de lado... Eu só vivia junto com brasileiros. Não me adaptei muito bem por lá.

— Sei! E agora?

— Eu comprei parte de uma boate... É do tio de um amigo meu que mora nos Estados Unidos.

— boate?

— É... bo-a-te — soletrou Érike, debochando de Lígia. — Uma casa de show, performance de travestis.

— Você ficou louco?

— Ih! Surtou? Psiquiatra com preconceito?

— Eu não estou sendo preconceituosa... Eu só não acho adequado para você. Você é gay? Mas você sempre teve namoradas... Você quase se casou nos Estados Unidos. Era tudo mentira?

— Claro que não! Aquela piranha me botou um chifre.

— Pelo amor de Deus! Pare de falar palavrões!

— Piranha mesmo... A mulher mais vagabunda que eu já conheci.

— Então? Por que essa história agora de boate gay?

— Negócios! Está na moda e dá muito dinheiro.

— Você também gosta de rapazes, Érike?

— Eu gosto de viver a minha vida do jeito que eu quiser... Eu sou livre! Que babaquice!

— Que isso?! Você perdeu o respeito por mim?

— Respeito? Está aí a resposta para a sua pergunta. Deixe-me dormir que eu estou acabado — Érike ficou irritado, deu as costas para a mãe e foi para o seu quarto. Enquanto Lígia, completamente deslocada de si, refugiou-se na paisagem de um quadro que estava pendurado na parede. Ela ficou totalmente perplexa e atônita com o comportamento do filho.

Alguns dias se passaram e Pablo ficou todo eufórico para pegar os filhos e curtir o final de semana junto com eles. Nádia foi pressionada pelos meninos e acabou cedendo, permitiu que os gêmeos Diogo e Diego viajassem com o pai para a fazenda. Pablo precisa ver como estava indo as obras de recuperação do local e a instalação dos novos equipamentos para a implantação do projeto da Rascante.

— É aqui, pai? — perguntou Diogo, olhando com a cara de repulsa para a casa.

— É, filho.

— Que casa velha! — reclamou ele.

— Eu gostei! — discordou Diego.

— Não é velha, Diogo. É uma construção antiga. Você está acostumado com a cidade, morar em apartamento, não entende ainda essas coisas... E pare de ficar falando besteiras na frente das pessoas.

— Não tem ninguém aqui...

— Comporte-se e seja bem educado com as pessoas.

— Mas eu não fiz nada!

— Vamos! Saiam do carro e vamos entrar que D. Laura está esperando a gente.

— Quem é D. Laura? — continuou Diogo fazendo as suas perguntas indiscretas.

— Uma senhora que trabalha aqui na fazenda. Vamos!

— Dr. Pablo! — aproximou-se José. — Pode deixar... Eu levo a bagagem. São os seus filhos?

— São as minhas pimentinhas... Esse é Diogo e o outro Diego.

— Dr. Pablo! — disse Laura, assim que os viu despontar na porta. — Eu já preparei os quartos. Eu vou acompanhá-los.

— Eu não quero dormir sozinho nessa casa velha não... Eu vou dormir com você, pai — reclamou Diogo, fechando a cara.

— Que isso?!

— Eu também... — disse Diego, engrossando o coro com o irmão. — Aqui deve ter muitos bichos.

— Que vergonha! Dois homenzinhos cheios de medo na frente de D. Laura. Vocês vão ficar no quarto que ela preparou e pronto!

— Eles não estão acostumados com os animais... com a fazenda.

— Eles vivem presos dentro do apartamento, D. Laura... São viciados em joguinhos na internet.

— Eu tenho uma tartaruga! — defendeu-se Diego. — E Diogo tem um peixinho de aquário.

— Mas esses bichos não são perigosos! — argumentou Diogo.

— Então por que vocês estão com tanto medo? — perguntou o pai.

— E se aqui tiver uma onça? — disse Diogo!

— Aqui não tem nenhuma...

— Já apareceu uma aqui por perto sim, Dr. Pablo — José não teve a intenção, mas enquanto passava por eles com a bagagem, acabou colocando mais lenha na fogueira e deixou os meninos ainda mais assustados.

— Viu! — espantou-se Diogo, olhando com os olhos arregalados para o pai.

— José, por favor, coloque tudo em um quarto só. Deixe-os junto comigo. A cama é grande.

— Pode deixar, Dr. Pablo!

— O senhor vai querer que eu prepare algum lanche para os garotos? O almoço está quase pronto! — perguntou Laura.

— Vocês querem comer alguma coisa? Estão com fome? — perguntou Pablo para os filhos.

— Eu não estou com fome — respondeu Diego.

— Eu queria ter ido para outro lugar!

— Pare de reclamar, Diogo... Obrigado D. Laura. Eu vou dar uma saidinha com eles para mostrar um pouco da propriedade. Vamos! — Pablo saiu da casa com os meninos e logo avistou Jardel, que já vinha ao encontro dele.

— Dr. Pablo! — cumprimentou-o Jardel ao se aproximar deles.

— Como vai Jardel? Está tudo em ordem?

— Tudo! Do jeito como o senhor determinou... As máquinas e os equipamentos já chegaram. A empresa que o senhor contratou já agendou o dia para fazer a vistoria e começar a instalação. O senhor não vai nem reconhecer a antiga adega.

— Mas... Você deixou tudo que estava lá no lugar, não é?

— Como o senhor pediu.

— Depois eu vou dar uma olhada... Agora eu queria dar uma volta com os meninos.

— São seus filhos?

— São... O que está com a cara emburrada é Diogo. E este que está agarrado comigo é Diego.

— Não dá nem para saber quem é quem... São gêmeos?

— São! Dá para você levar a gente na picape?

— Com muito gosto, Dr. Pablo!

— O que foi? — perguntou Pablo, olhando para os filhos que ficaram cochichando um com o outro.

— A gente pode ficar na carroceria? — entusiasmou-se Diogo.

— Não! É muito perigoso!

— Puxa! Deixa, pai? — resmungou Diogo, batendo o pé e insistindo com o pai.

— Não tem perigo não, Dr. Pablo! Eu conduzo o carro bem devagar.

— Está bem... Mas eu vou ficar com vocês! — Pablo subiu na carroceria da picape com os filhos, Jardel deu a partida no veículo e eles seguiram na direção da vinícola.

No início, os meninos ficaram um pouco introvertidos, mas depois, entraram no clima de diversão junto com o pai. Pablo amparou os filhos com os braços, protegendo-os o tempo todo para não caírem da picape. E esse comportamento protetor de pai, acabou desfazendo o nó de um complexo de culpa que ele carregava por ter se afastado dos filhos. Naquele momento ele se sentiu mais solto, feliz. Pablo olhou para os meninos, sorriu e deu um grito de alegria — Uhull!...

Jardel parou a picape em um ponto mais alto da vinícola. Pablo desceu da carroceria com os filhos e saiu caminhando com eles entre os vinhedos. As uvas já estavam entrando no estágio de maturação e os meninos ficaram fascinados diante de tantos cachos de uvas pendurados. Eles ficaram inquietos, loucos de vontade de colher as frutas e saboreá-las.

— Pai, pode pegar um cacho dessa uva? — perguntou Diego.

— Pode, filho! Mas tem que lavar antes de comer... Pode ter passado algum inseto.

— Tem algumas ferramentas na picape... Eu vou ver se tem alguma tesoura — disse Jardel.

— Tem muita uva! Eu adoro uvas! É a minha fruta predileta! — Diego ficou com os olhos brilhando de satisfação em se ver diante de tantos cachos de uvas maduros e poder tocá-las ainda no pé. O que para Diogo não parecia algo tão excepcional.

— Só tem uva aqui? — perguntou Diogo, demonstrando-se totalmente desinteressado.

— Não, filho! Tem outras frutíferas. Mas o objetivo comercial da fazenda é o cultivo de uvas, fabricação de vinho. Também tem uma horta, mangueiras, goiabeiras e outros pés de frutas. Vocês vão conhecer.

Jardel voltou trazendo a tesoura e um pequeno cesto. Pablo percorreu os vinhedos com os meninos e os dois foram escolhendo os cachos de uvas mais robustos e suculentos. Encheram o cesto.

— Dr. Pablo, como o senhor está vendo, as uvas já entraram na maturação. E até que a produção não foi tão ruim assim. O que vamos fazer?

— Não temos como produzir o vinho ainda por aqui... E também não podemos perder a produção. Vamos ter que vender a safra para outros produtores.

— Mas não podemos esperar muito tempo.

— Não! Depois a gente conversa mais sobre isso.

— Ah!... — gritou Diogo, paralisado diante de uma moita de capim. — Pai! Pai! — e continuou o garoto a gritar e chamar desesperadamente pelo pai.

Pablo e Jardel, que estavam um pouco distantes dos meninos, assustaram-se e correram para ver o que estava acontecendo. Diego e Diogo não se mexiam e Jardel logo percebeu que havia algo estranho acontecendo. Ele foi se aproximando bem devagar e viu uma cascavel toda eriçada entre o capim, ameaçando atacar os filhos de Pablo.

— Não se mexam! Fiquem parados! — acalmou-os Jardel, falando mais baixo.

— O que está acontecendo? — perguntou Pablo todo nervoso, querendo se aproximar dos filhos, mas foi logo contido por Jardel, que colocou o braço na frente dele, impedindo-o de se movimentar e atiçar ainda mais a cobra.

— Fique calmo, Dr. Pablo! Não se mexa! Não faça barulho!

Jardel tirou a sua jaqueta e foi se aproximando lentamente dos meninos. Colocou-se na frente deles e no momento em que a cobra ameaçou dar o bote, ele jogou a jaqueta sobre ela. Pablo, imediatamente, correu, pegou os filhos pelos braços e os puxou para trás. Diogo ficou olhando para ele assustado, mas permaneceu sério, arredio, enquanto Diego o abraçou e começou a chorar.

— Calma, o pai está aqui! Não aconteceu nada!

— Eu não disse que aqui era perigoso? Você largou a gente sozinho!

— Diogo, eu não deixei vocês sozinhos! Nós não estávamos todos juntos? — Pablo ficou apreensivo e dividido. Justificando-se o tempo todo diante dos ataques de Diogo e tentando acalmar Diego que chorava de soluçar. — Calma, filho, não chore! Já passou!

— Era uma cascavel! — preocupou-se Jardel. — De uns tempos para cá, começou aparecer algumas por estas bandas. Eu vou mandar dar uma olhada... Pode haver ninhos pelos vinhedos.

— Faça isso, Jardel!

— Nós tivemos muita sorte dela não ter picado o menino. Essa é daquela bem venosa!

— Viu! E se eu morresse? — atacou-o Diogo novamente.

— Mas não morreu! E agradeça a Jardel... Todos os dois!

— Obrigado! — agradeceu Diego ainda bem choroso.

— Diogo! Eu não estou ouvindo...

— Ih, Pai! Você não está vendo que eu estou nervoso?

— Filho!

— Obrigado! Mas eu quero sair logo daqui!

Jardel recolheu o cesto com as uvas, pegou a sua jaqueta e todos entraram na picape. Quando chegaram a casa, Laura logo percebeu que os meninos estavam aborrecidos e olhou meio apreensiva para Pablo.

— D. Laura, eu vou colocá-los para tomar um banho e daqui a pouco a gente desce para almoçar.

— Tá... Eu vou colocar a comida na mesa. Mas aconteceu alguma coisa? Os meninos estão meio aborrecidos!

— Aconteceu sim... Eles quase foram picados por uma cobra.

— Meu Deus! Está aparecendo muitas delas por aqui. Eu morro de medo!

— Eu fiquei apavorado! Ainda bem que Jardel estava por perto... Ele foi bem habilidoso e livrou os meus filhos de serem picados pela cobra. Mas já passou!

— Já! Daqui a meia horinha o senhor já pode descer com os meninos... Está bom assim?

— Está ótimo!

Enquanto Pablo seguia para o quarto, Laura o acompanhou com os olhos até perdê-lo de suas vistas. E, no momento em que ela se movimentou para retornar para a cozinha, sentiu um calafrio. Laura ficou imóvel por alguns segundos e colocou a mão sobre o peito. E quando ela se sentiu mais aliviada do seu mal-estar, caminhou apressada, atropelando-se nos próprios passos, até a cozinha.

Depois do almoço, os meninos foram para o quarto. Pablo e Jardel se acomodaram na sala para conversar sobre os assuntos da vinícola. Laura trouxe um café para os dois e depois se retirou, deixando-os bem à vontade.

— Nós temos que vender logo a safra, Dr. Pablo. Senão o senhor vai acabar tendo muito prejuízo. Já pensou? Perder toda aquela belezura de uva?

— Você está certíssimo! Você sempre acompanhou as negociações com Alexandre?

— Sim... Eu cuidava de tudo.

— Então, fica resolvido assim... Faça do jeito que sempre foi feito. Surgindo qualquer problema, você liga para mim. Pode até cair um pouco o preço... Para garantir o escoamento da produção. Mas só se você perceber que está havendo alguma resistência por parte dos compradores.

— Pela minha experiência, eu não acredito que vá ocorrer isso não. As uvas daqui são de ótima qualidade.

— Mas mesmo assim... É melhor garantir do que arriscar e perder a safra. Ainda não temos condições de produzir vinho por aqui. Vamos lá dar uma olhada na adega?

— Vamos! — Jardel, prontamente, levantou-se junto com Pablo e os dois se deslocaram para o subsolo da casa. E quando Pablo colocou os olhos na adega, percebeu logo a diferença.

— Ficou espetacular! Nem parece aquela adega de antes. Hum!... Que cheiro diferente! Parece canela... Mas os barris não são de carvalho?

— A maior parte deles... Eu não estou sentindo nenhum cheiro diferente.

Pablo começou a andar pela adega seguindo a fragrância de canela que uma corrente de ar conduziu até as suas narinas. E quando ele chegou bem próximo a um canto, avistou pequenos barris amontoados e olhou para Jardel com curiosidade.

— O que tem nestes barris? O cheiro vem daqui... A madeira é canela!

— Cachaça!

— Cachaça?

— É... Aquela especial que o senhor tomou da outra vez. O senhor Alexandre fazia só para o consumo da casa.

— Ah! Ah! Ah! Ainda tem dela na casa?

— Tem sim senhor!

— O nosso projeto aqui, Jardel, consiste mais em pesquisar e aprimorar as qualidades das espécies das uvas. Entendeu?

— Eu acho que comecei a entender um pouquinho, Dr. Pablo.

— Mas isso não quer dizer que nós não vamos aproveitar o espaço ocioso, como a outra parte da propriedade que está intocável.

— Seu Alexandre tinha até intenção de investir naquela área... Mas ele foi se desinteressando e o dinheiro também foi ficando curto.

— Mas nós vamos trabalhar nelas... Por enquanto, deixe-as quietas, descansando.

— Perfeitamente!

— E os equipamentos?

— Estão armazenados no galpão! O senhor quer dá uma olhada?

— Vamos sim! Logo chegará uma equipe de técnicos para começar a preparar a incubadora, uma espécie de local para estudos e experiências. Como eu havia lhe falado antes.

— O senhor também pretende construir?

— Creio que não será necessário... Talvez eu utilize algum espaço da casa.

— A casa é muito grande... Têm cômodos que ninguém entra.

— Então... Vamos adequar todo o espaço da casa ao projeto. E os equipamentos?

— Vamos para o galpão... Tudo que foi recebido está armazenado lá.

Os dois saíram da adega e seguiram até o galpão. Pablo verificou todo o equipamento e confrontou com a documentação. Ele se sentiu realizado com o andamento do seu projeto. Mas de repente, Pablo olhou para o lado e avistou uma espécie de tampo no chão totalmente lacrado e ficou muito intrigado.

— O que é isso? — perguntou ele para Jardel, aproximando-se mais do tampo no chão.

— Era uma passagem subterrânea... Mas foi lacrada há muito tempo.

— E onde vai dar essa passagem?

— Eu não sei... Quando eu vim trabalhar aqui, a passagem já estava fechada. Seu Alexandre nunca falou sobre isso — Jardel ficou arredio e foi se esquivando das perguntas que Pablo fazia, deixando-o ainda mais intrigado e muito curioso.

— Será que a planta da casa indica onde começa e termina essa passagem? — insistiu Pablo, tentando arrancar mais informações de Jardel. Mas isso não aconteceu, o administrador da fazenda foi ficando cada vez mais reticente, encabulando-o.

— Eu não sei, Dr. Pablo. Eu acho melhor o senhor perguntar sobre isso para o senhor Alexandre — respondeu Jardel, desviando o olhar de Pablo.

— Eu vou olhar na planta da casa... Se a passagem não estiver nela, eu vou fazer contato com Alexandre para ele me explicar melhor sobre isso. Vamos! Está tudo ok!

Pablo saiu do galpão meio insatisfeito. Ele percebeu que Jardel sabia alguma coisa sobre a passagem subterrânea e não quis falar. E assim que entrou no casarão e viu José vindo ao encontro dele, uma pequena luz se acendeu na sua mente.

— Dr. Pablo!

— Como vai, José?

— Está tudo funcionando?

— O quê?

— A internet... Os técnicos vieram e instalaram a antena nova.

— Eu nem tive tempo de verificar... Mas, pelo visto, como os meninos estão quietos, deve estar funcionando. Eles devem estar vendo algum filme ou jogando. E a casa? Já consertou?

— Já, Dr. Pablo. Eu agradeço muito ao senhor pela ajuda.

— Não precisa! Ah! Eu... Você... Hum... Não! Deixe isso para lá! — hesitou Pablo, receoso em causar algum constrangimento em José.

— Está bem, Dr. Pablo! O que o senhor precisar, pode falar comigo.

— Obrigado!

Pablo foi direto para o quarto. Diego estava assistindo a um filme, enquanto Diogo estava grudado no celular, jogando. E, de repente, sem perceber que o pai estava entrando no quarto, Diogo ficou irritado com a internet e começou a xingar.

— Que porcaria! Que merda!

— Opa! O que é isso, cara?

— Desculpa, pai! Eu não vi que o senhor estava no quarto. É que a internet a toda hora cai.

— Venham cá os dois... Pare um pouco com o filme e com o jogo.

Diogo e Diego se olharam, deixaram o que estavam fazendo de lado e se sentaram ao lado do pai. Pablo abraçou os dois, deu um beijo em cada um deles e os apertou contra si.

— Eu estou muito feliz por nós estarmos juntos... Há quanto tempo que nós não ficávamos assim, não é? Os três bem juntinhos!

— Eu estou gostando! — disse Diego, aconchegando-se mais ao pai.

— Eu não gostei nem um pouco daqui... E a mamãe não vai gostar de saber que a gente quase foi mordido por uma cobra.

— Diogo! Essas coisas acontecem! É isso que eu queria conversar com vocês. Não falem para a sua mãe sobre isso... Não agora. Eu vou conversar com ela depois. Senão, ela não vai mais deixar vocês passarem o final de semana comigo.

— Ué?! Mas o senhor não fala sempre com a gente para não mentir?

— Diogo! Não é para mentir... É para não fazer nenhum comentário sobre o que aconteceu antes de mim. Eu vou conversar com ela. Entendeu? Os dois me entenderam?

— Está bem — concordou Diego, balançando a cabeça e olhando meio escabreado para o irmão.

— Você entendeu o que o pai falou, Diogo?

— Entendi! Eu posso voltar para o jogo agora?

— Pode! — Pablo passou a mão sobre a testa e ficou olhando com preocupação para Diogo, que se soltou logo do braço dele e voltou rapidamente para o jogo na internet. Enquanto Diego permaneceu abraçado com ele.

Mais tarde, depois que os filhos foram dormir, Pablo desceu e ficou circulando pela casa. Abriu a porta de algumas dependências, olhou para as paredes, para o corredor. Imaginando várias possibilidades de utilizar algumas dependências da casa no seu projeto. E inesperadamente, ele se deparou com Laura a sua frente e se surpreendeu por ela ainda não ter se recolhido.

— D. Laura! A senhora ainda não se recolheu?

— Eu estava arrumando a cozinha e deixando alguma coisa preparada para o almoço de amanhã. Eu ouvi uma movimentação pela casa e vim dar uma olhadinha! O senhor está precisando de alguma coisa?

— Não... Ah... A senhora sabe onde Alexandre guardava os documentos da fazenda? Os livros de contabilidade? A planta da casa?

— Ele guardava tudo em uma sala no final do corredor... Ele até recebia algumas pessoas nessa sala para tratar dos negócios da fazenda. Algum problema?

— Não... Eu só queria dar uma olhada na planta da casa.

— Eu vou mostrar a sala para o senhor? O senhor quer que eu passe um café fresco?

— Não precisa... Eu já vou me recolher.

Laura seguiu com Pablo pelo corredor até a sala que servia de escritório para o antigo proprietário da fazenda, deixou-o à vontade e se retirou. Pablo ficou parado diante da porta, pensando se adentraria a sala ou não. Mas a sua curiosidade foi maior do que o seu receio. E depois de refletir bem por alguns segundos, ele meteu a mão na maçaneta, abriu a porta e entrou.

A sala estava toda empoeirada, com muitos livros amontoados e objetos entulhados. E quando ele se aproximou da mesa, com estilo bem antigo, sentiu no ar a doce fragrância que aguçava os seus sentidos e que o transportava de volta à sua infância, o aroma da madeira envelhecida, o cheiro de canela.

Pablo abriu os armários, mexeu nos livros e olhou em uma estante, mas não encontrou a planta da casa que estava procurando. Mas algo chamou a sua atenção. Em um canto da sala havia algumas caixas empilhadas, todas muito empoeiradas. Ele hesitou, mas se sentiu plenamente instigado a saber o que tinha dentro daquelas caixas.

E ao abri-las, Pablo encontrou alguns documentos, fotografias antigas e um caderno amarelado pelo tempo que revelava uma lista, datada há décadas, com vários nomes de pessoas estrangeiras... Poloneses. Ele não contou, mas eram muitos. Um após o outro até a última folha do caderno. Pablo ficou ainda mais intrigado.

Noutra caixa, ele encontrou uma folha de papel com o rabisco de uma passagem secreta. O local foi logo reconhecido por Pablo, que não demorou muito para chegar à conclusão de que não estava enganado, que existia realmente um túnel ligando o galpão à adega do casarão.

Pablo ficou alucinado. Sentou-se às pressas na cadeira, debruçou-se muito pensativo sobre a mesa e ficou tentando juntar as peças do quebra-cabeça. Ele precisava encontrar uma resposta que confirmasse a existência de uma ligação daquelas pessoas com a vinícola, com a casa e com a misteriosa passagem subterrânea. Pablo sabia que tinha algum mistério, uma ligação entre os fatos, mas não conseguiu decifrar o enigma, não conseguiu vencer o desafio.

E no momento em que ele se levantou da cadeira, sentiu um rangido oco no assoalho debaixo da mesa e, imediatamente, ajoelhou-se e começou a dar leves socos na madeira do assoalho para descobrir o local exato que tinha ouvido o barulho. Pablo percebeu que havia algo mais escondido naquela sala e que ele precisava descobrir. Levantou-se rápido, correu até a cozinha, pegou uma faca e voltou com a respiração ofegante para a sala.

Ao perfurar com a faca as fendas da madeira do assoalho, foi ficando visível a emenda de um pequeno quadrado, sugerindo a existência de uma pequena câmara de madeira no chão. Ele pressionou a faca com força e um pequeno tampo soltou, revelando aos seus olhos algo surpreendente.

Pablo pegou a pequena caixa de madeira com muito cuidado e ficou olhando para ela como se tivesse descoberto um tesouro. Colocou-a em cima da mesa, sentou-se novamente na cadeira e ficou parado diante da sua descoberta, refletindo se deveria ou não abri-la.

E quando a caixa foi aberta, Pablo não encontrou nenhum tesouro, mas algumas relíquias que resistiram por algumas décadas: brincos, pulseiras, relógio de ouro e algumas notas de dinheiro bem antigo, marco alemão e dólar. Ele ficou fascinado.

Mas a caixa de madeira guardava um grande mistério. Quando Pablo a movimentava em suas mãos, escutava algo correndo e batendo na madeira, como um tilintar de chaves. Ele, então, percebeu que existia um fundo falso nela e começou a forçá-la de todo jeito, mas não conseguiu remover o tampão do fundo.

O barulho das chaves batendo uma contra a outra o deixou cada vez mais inquieto. Pablo insistiu, olhou a caixa por todos os lados, de cima a baixo, mas não encontrou nenhuma cavidade ou relevo que pudesse destravar o fundo falso. Ele, então, inspirou lentamente para se acalmar e novamente foi envolvido pelo aroma suave de canela que exalava da madeira envelhecida da mesa.

Esteban sorriu serenamente. Fechou os olhos e começou a deslizar os dedos por dentro da caixa. E, instintivamente, ao pressionar o fundo falso para baixo, o tampo soltou e ele abriu um largo sorriso no rosto. Esteban pegou o molhe de chaves antigas e ficou com elas suspensas no ar diante dos seus olhos, imaginando quais seriam as portas que elas poderiam abrir.

Capítulo 6

As primeiras horas de trabalho na Rascante começaram bem agitadas. Amanda não conseguiu largar o telefone. A matriz na Itália estava ligando insistentemente para falar com Pablo, que ainda não tinha chegado à empresa. O final de semana na fazenda com os filhos o deixou exausto e ele aproveitou algumas horas a mais para relaxar e recuperar as suas energias.

— Pablo já chegou? — perguntou Vicente, chegando agitado na antessala da presidência.

— Ainda não! A matriz está ligando a toda hora, querendo falar com ele.

— E por que você não passou a ligação para mim?

— Eu pensei nisso... Mas eles só querem falar com ele.

— Será que deu algum problema com o projeto?

— Eu não sei dizer o que é... Olha ele aí! — suspirou Amanda de alívio ao vê-lo chegar.

— Bom dia!

— Dr. Pablo!

— Agora não, Amanda. Venha, Vicente! Eu quero conversar com você.

— Agora?

— É... Agora!

— Dr. Pablo! É...

— Agora não, Amanda... Peça a Ana para trazer o meu café.

Depois que os dois entraram na sala, Amanda ligou logo para a copa e pediu para Ana trazer o café. E Vicente ficou olhando para Pablo, esperando que ele falasse logo sobre o assunto tão importante. Mas Pablo permaneceu tranquilo, tirou o paletó, colocou a pasta sobre a mesa e deu uma esticada no corpo.

— Ué?! O que você queria falar comigo?

— Calma! Deixe-me relaxar um pouco. Eu dormi o final de semana com os meus filhos na mesma cama. Eles ficaram, praticamente, agarrados comigo o tempo todo. Eu estou exausto!

— Você levou os meninos com você? Que legal!

— Sente-se aí, Vicente!

— Mas...

— Eu não estou entendendo você, Vicente?

— Está bem... Ó, mas Amanda falou que a matriz está ligando e só quer falar com você.

— Eles que esperem! Você não imagina as coisas que aconteceram comigo na fazenda.

— Pegou alguma mulher?

— Eu estou falando sério!

— Eu também!

— Cara, eu estava com os meus filhos nos vinhedos, mostrando os pés de uvas para eles... Rapaz, enquanto eu conversava com Jardel, Diego e Diogo foram se distanciando da gente. De repente, Diogo começou a gritar. Apareceu uma cobra e quase picou os meninos... Se não fosse a habilidade de Jardel, nós estaríamos em apuros! O meu filho poderia até estar morto!

— Que isso?! — Vicente colocou a mão sobre a boca e ficou olhando espantando para Pablo.

— E depois disso, os dois não quiseram colocar os pés para fora da casa de jeito nenhum. Ficaram no quarto o tempo todo jogando e assistindo filmes.

— Mas eles ficaram bem? E Nádia?

— Ela não pode nem saber disso! Pelo menos, agora não.

— Você conversou com os meninos?

— Conversei... Mas eu não confio muito em Diogo. Ele tem um mau humor!

— Com licença, Dr. Pablo! — entrou Ana porta adentro com o café de Pablo. — O seu café! Está no ponto! Do jeito que o senhor gosta!

— Obrigado, Ana... Hum! Está uma delícia!

— Ai! Está amargo! — reclamou Vicente, insatisfeito com o paladar do café. — Urgh!... Eu não sei por que você passou a tomar café amargo? De amargo já basta a vida!

— E a sua vida é amarga, Vicente? Pare com isso!

— Eu estou sofrendo, Pablo!

— Obrigado, Ana!

— De nada, Dr. Pablo! Com licença! Dr. Vicente, o senhor quer que eu vá pegar o adoçante?

— Não precisa, Ana! Depois eu dou uma passadinha lá na copa e tomo o meu café direito. A minha boca ficou até amarga, cheia de saliva! Urgh!...

— Mas você está sofrendo por quê? — perguntou Pablo, olhando para a cara de Vicente com um sorriso irônico.

— A minha mulher não quer que eu volte para casa!

— Ah! Ah! Ah! E você não encontrou ninguém para acolher o sem-teto, não?

— Quem?

— Alguém bem próximo...

— Ninguém quer saber de mim! Você já falou o que queria falar? Eu estou doido para tomar um café descente.

— Você não vai acreditar... Não dá nem para imaginar o que eu descobri!

— Você está me deixando nervoso! Fale logo!

— Eu fui fazer a vistoria com Jardel... Verificar se os equipamentos tinham sido entregues e armazenados adequadamente. Ele colocou todo o material no galpão. Dentro do galpão tinha um alçapão lacrado! Eu achei isso muito estranho!

— Alçapão?

— É... Eu descobri que existe uma passagem subterrânea que liga o galpão a casa. Quando eu perguntei para Jardel sobre o alçapão, ele ficou escabreado, foi se esquivando e disse que não sabia de nada, que era uma coisa muito antiga. Impossível, não é? Eu fiquei com a pulga atrás da orelha e não sosseguei. Perguntei para D. Laura onde Alexandre guardava os documentos da fazenda e ela me levou até uma sala. Revirei tudo procurando a planta da casa, mas não encontrei nada.

— Não deve ser nada tão importante... Deve ser um porão antigo que foi desativado.

— Nada disso! Eu encontrei algumas caixas amontoadas na sala. Revirei tudo que havia dentro delas e achei um caderno que tinha uma lista com os nomes de várias pessoas. Coisa para lá de antiga.

— E daí...

— Eu até achei estranho, mas não dei muita importância. E quando eu me levantei da cadeira para colocar as caixas no lugar, ouvi um rangido e também percebi o som de madeira oca. Peguei uma faca na cozinha e forcei a tábua do assoalho. Tinha uma caixa de madeira escondida debaixo do piso da sala.

— Caixa?

— É... Dentro da caixa tinha algumas joias, um maço de notas de dinheiro alemão, americano e inglês. Notas bem antigas que circularam na década de trinta e quarenta.

— Mas por que Alexandre deixou isso por lá?

— Não sei... Talvez ele tenha se esquecido ou não sabia da existência da caixa.

— Será?

— E sabe o que eu encontrei também?

— Não faço ideia!

— Um molhe de chaves bem antigas!

— Deve ser da casa... Ou foram.

— Até que enfim, você falou alguma coisa coerente!

— Coerente?

— As chaves são bem antigas...

— Antigas? Quanto tempo?

— Mais de cinquenta anos!

— E onde você está querendo chegar com essa sua investigação?

— A sua mente é mesmo limitada! Você não está vendo que tem algo a ver com esconderijo de pessoas, saída de fuga, lista de nomes, relógio de ouro antigo de marca estrangeira. No subsolo da casa existiu algum tipo de abrigo para refugiados. E pela época, pode ter sido no tempo da perseguição dos judeus.

— Ai! Meu Deus! Você deve ter tomado muito vinho nesse fim de semana. Que história sem fundamento!

— Mas o que me interessa mesmo é saber se realmente existe um túnel ligando o galpão à adega.

— Por quê?

— Vicente! Você não está acompanhando o meu raciocínio...

— Não! O que tem isso a ver com os judeus?

— Nada! Eu estou falando sobre a implantação do nosso projeto. Se o galpão tiver uma ligação com a adega, nós não precisaremos reduzir o espaço da casa, que poderá ser utilizada para receber os visitantes, o pessoal da matriz. Entendeu?

— Mas aí vai demorar mais tempo... O pessoal da matriz vai ficar nervoso.

— Eu me viro com eles.

— Você viaja mesmo com os seus projetos, hein?! Você tem que colocar um pouco os seus pés no chão firme, cara.

— Ah! Vá tomar o seu café! Eu vou conversar com Alexandre sobre isso... Vou ver o que ele tem para me falar.

— Isso! É a melhor coisa a fazer!

Vicente saiu meio abobalhado da sala de Pablo, fechou a porta e seguiu na direção da mesa de Amanda. Parou perto dela, colocou a mão no queixo e começou a gesticular com as mãos, balbuciando algumas palavras truncadas.

— O que é isso? Mímica? Linguagem de surdo e mudo? — perguntou Amanda, olhando séria para a cara dele.

— Eu estou ficando muito preocupado com Pablo.

— O que aconteceu?

— Cada dia que passa ele fica mais...

— Louco?

— Psiu! Fale baixo!

— Desculpa! Foi só um impulso... É que eu também não estou entendendo muito bem algumas coisas que andam acontecendo na empresa.

— Você também está percebendo algo estranho nele?

— Várias coisas! Tem hora que ele não parece ser ele mesmo!

— Como pode ser isso? Uma pessoa não parecer com ela mesma!

— Sei lá... O comportamento dele de uns tempos para cá está bem diferente. Parece que eu estou trabalhando com outra pessoa.

— Não deve ser nada... Você não disse que ele mandou flores para uma mulher?

— Foi!

— Então? Ele deve estar empolgado com o namoro. Depois do divórcio ele ficou muito amargurado... Deve ser isso que a gente está estranhando nele. É o amor, bombonzinho!

— Será? E pare de me chamar de bombonzinho!

— Vamos deixar ele para lá e vamos falar da gente. Eu posso dormir no seu apartamento hoje?

— Hoje? Não sei! Eu vou pensar! E a sua mulher?

— Ela não quer mais saber de mim.

— Ah! Ah! Ah!

— E você ainda ri? A culpa é toda sua!

— Minha? Eu nunca prometi nada para você! Eu sou livre! E pretendo permanecer livre por muitos anos. Você que é casado. E foi você que deu em cima de mim, esqueceu?

— Mas eu sou homem!

— Machista! Depois dessa...

— Não! É brincadeira! A gente janta em um restaurante bem aconchegante e depois... Terminamos no seu apartamento. O que você acha?

— Eu acho ótimo! Eu estou precisando mesmo limpar a minha mente disso aqui!

— Eu amo você, sabia?

— Sabia! Você fala isso para todas.

— Mas você é especial.

— Vicente! Vá para a sua sala! Eu estou atarefada, você não está vendo? Daqui a pouco, Dr. Pablo sai da sala dele e fica olhando de cara feia para mim.

— Está bem! Eu já estou indo... Mais tarde a gente se vê. Hoje, aquele apartamento vai pegar fogo.

— Ah! Ah! Ah! Coitado!

Horas mais tarde, o delegado Siqueira sentou-se em sua cadeira, apoiou os cotovelos sobre a mesa e ficou puxando os fios da sua barba, pensando, analisando o caso do assassinato da garota de programa.

— Mandou chamar a gente, chefe? — perguntou a detetive Flávia, entrando na sala do delegado junto com o seu parceiro de trabalho, o detetive Caio.

— Mandei! E não precisa nem sentar... Eu vou ser rápido e rasteiro. Que porra é essa em cima da minha mesa?

— Chefe! Foi o que a gente conseguiu até agora — respondeu a detetive Flávia, olhando para Caio.

— Eu estou sendo pressionado! Tem uma organização não governamental enchendo o saco do governador... Eles estão marcando em cima de mim. Eu só estou vendo em cima da minha mesa depoimentos vagos... Não há sequer um suspeito! E que merda é essa? — perguntou Siqueira, pegando um envelope plástico e mostrando para os detetives. — Isso é uma pena? Foi um pássaro que matou a vítima?

— Eu achei relevante, chefe! — justificou-se a detetive Flávia.

— Ah! Achou relevante?

— É uma pluma... Ou melhor, parte dela!

— Então? Diga-me o que isso tem a ver com o assassinato?

— Esses fiapos de pluma estavam presos na roupa da vítima... Destoando totalmente das roupas que ela estava usando. Isso sugere que pode ser do assassino.

— E você, detetive Caio? O que acha disso?

— Eu concordo com Flávia, delegado.

— Mas ela não trabalhava na boate? Não usava esse tipo de roupa para fazer o show?

— Esses tipos de adereços são mais utilizados pelos travestis. E pelo o que eu fiquei sabendo, com as investigações, algumas garotas frequentavam a boate para fazer programas.

— Mesmo assim, detetive Flávia, nós continuamos totalmente no escuro... Não há evidências de abusos sexuais. Não há uma arma. Não há imagens registradas em câmeras de segurança. E o que temos? Uma pena cor-de-rosa?

— Isso não é uma pena!

— Não importa, detetive Flávia! Como eu vou informar aos meus superiores que a única prova que nós temos é uma pena cor-de-rosa? E qual é a graça, detetive Caio? — virou-se Siqueira, encarando-o.

— Não é nada, chefe. É que eu fiquei imaginando a cena... Desculpa! — respondeu Caio, quase implodindo com as suas risadas.

— Eu também estou aqui imaginando uma cena... E sabe qual é? A suas cabeças rolando porta afora desse departamento de polícia. Agora, podem ir!

— Sim, senhor — responderam os dois detetives.

Caio e Flávia saíram da sala do delegado quase explodindo de vontade de rir. Eles passaram apressados pelo corredor, entraram em uma pequena copa com uma cozinha improvisada, e não aguentaram mais, caíram na gargalhada.

— Eu vou passar mal de tanto rir... O delegado quase teve um infarto. Que loucura! Você o deixou nervoso! Ele quase explodiu de tanta raiva! — Caio se curvou sobre o estômago e continuou a rir da cara do delegado. Flávia, ainda com dificuldades de respirar de tanto rir, fez uma força descomunal para abrir a tampa da garrafa térmica. Colocou um pouco de café no copo e ficou olhando meio perdida em seus pensamentos para o colega, deixando-o cismado.

— Ih!... Eu não gosto quando você começa a olhar desse jeito. Tem alguma coisa podre nessa história!

— Siqueira bem que mereceu! Ele fica empurrando a gente para esses casos merdas. Mas eu não coloquei os fiapos da pluma como elemento de prova só para sacanear ele não. Eu achei que tinha alguma relação com o assassinato.

— Por quê?

— Eu não sei... Apenas tive uma intuição de que seria importante.

— Você ouviu o seu sexto sentido?

— Claro, meu bem! Intuição de uma boa policial junto com a intuição de uma mulher super feminina. Você nunca vai saber o que é isso!

— Mas esse caso não vai dar em nada. Não temos nada além dos fiapos de uma pluma cor-de-rosa... Ah! Ah! Ah! — e começou Caio a rir novamente.

— Pare, por favor! Senão, eu vou acabar mijando nas calças de tanto rir. Vamos! Vamos lá para fora!

— Eu acho melhor mesmo! Ah! Ah! Ah!

Pablo retornou do almoço e ficou inquieto, incomodado com a existência da suposta passagem secreta que ligava a adega ao galpão. Ele saiu da sua sala e procurou por Amanda, mas não a encontrou. Ficou parado próximo à mesa da secretária, meio perdido, e quando ameaçou retornar para a sua sala, ela apareceu com o nécessaire na mão.

— Dr. Pablo! Já voltou do almoço? Algum problema? Eu estava no toalete.

— Não... Nenhum! Eu vou fazer uma ligação e não quero ser interrompido. Não passe nenhuma ligação para mim, eu preciso ficar um pouco sozinho.

— O senhor quer que eu faça a ligação?

— Não! Não! Pode deixar! Eu mesmo faço!

Pablo saiu murmurando baixinho, deixando Amanda encabulada. Ele entrou na sua sala meio desligado e empurrou a porta com força, assustando-a com o barulho. E assim que se acomodou em sua cadeira, pegou logo o celular e ficou procurando o número do telefone do antigo proprietário da vinícola, Alexandre. Quando achou, ele hesitou e ficou olhando para o celular em suas mãos, refletindo se ligaria ou não. Mas a sua curiosidade ultrapassou os limites do seu bom senso e ele resolveu ligar.

— Alô!

— Alexandre! É Pablo!

— É um prazer estar falando com você! Está tudo correndo bem pela vinícola?

— Está sim! Eu estou incomodando-o? Você pode falar comigo agora?

— Perfeitamente! O que houve?

— Nada de mais... É que eu fiquei intrigado com um alçapão lacrado no galpão. Existe alguma passagem subterrânea do galpão até a casa?

— Ah! Ah! Ah! — surpreendeu-o Alexandre com a sua risada.

— O que foi? Eu disse alguma besteira?

— Não! Você não disse nenhuma besteira... É que eu fiquei tão abalado com a morte dos meus pais e dos meus empregados na pandemia, que eu me esqueci de lhe falar sobre certos detalhes. Perdão! Foi um erro da minha parte!

— Então, eu estou certo?

— Está certíssimo! Existe uma passagem sim... Isso é coisa antiga. Do tempo do meu avô.

— Mas ela foi soterrada?

— Não! Pablo, eu gostaria de lhe contar muitos detalhes sobre a história da minha família, mas por telefone, não teríamos tempo suficiente... É uma história muito longa!

— É que eu tive a ideia de utilizar essa passagem no processo de expansão das instalações do projeto.

— Você é bem criativo... Eu acho que ficaria bom. Essa passagem vai até a adega. Foi feito um paredão bloqueando essa ligação.

— Eu imaginei isso!

— Nós somos descendentes de poloneses, Pablo. O meu avô e os meus pais acolheram muitos judeus na época do holocausto. Eu também não lhe falei, mas tem uns escombros de uma construção mais antiga na outra área.

— O Jardel me mostrou.

— Lá também serviu de abrigo para muitos poloneses. O meu pai conheceu a minha mãe aqui. Ela era brasileira. O meu avô não gostou muito deles terem se casado. Mas ela era muito corajosa e se empenhou muito em ajudar os outros poloneses. O meu avô com o tempo acabou aceitando o casamento dos dois.

— Puxa! Que história!

— E é só um pouquinho dela... Precisaríamos de muitas horas para contar o restante.

— Eu não achei as plantas das construções.

— Você já olhou na sala que era o meu escritório?

— Laura me levou até lá... Mas eu não encontrei nada. Eu vou olhar novamente. E tem outra coisa.

— O quê?

— Eu achei um fundo falso no assoalho da sala onde era o seu escritório.

— Ah! Ah! Ah! — divertiu-se Alexandre.

— Por que você está rindo?

— O meu avô e o meu pai tinham essas manias.

— Eu achei uma caixa de madeira com dinheiro antigo, algumas joias, relógios... Objetos de ouro.

— Eu estou rindo, mas lá no fundo eu estou sentindo um pouco de tristeza.

— Desculpe-me! Não foi a minha intenção.

— Eu sei disso, meu amigo. Deve ser objetos de uso pessoal dos meus avós ou algumas joias que foram reservadas na época para negociar a vinda de poloneses para o Brasil... Coisas assim.

— Mas, então, o que eu faço?

— Como?

— São pertences da sua família... Você vai deixá-los para trás?

— Eu bem que gostaria... Mas eu tenho uma irmã. Se você puder me fazer o favor de guardar esses objetos com você, eu agradeço. Eu vou conversar com a minha irmã e depois a gente vê o que faz. Está bem assim?

— Perfeito!

— Uma boa tarde para você e boa sorte com o seu projeto!

— Obrigado! E tudo de bom para você também. Tchau!

— Tchau!

— Eu sabia! — entusiasmou-se Pablo, dando um soco sobre a mesa.

— Você sabia o quê? — perguntou Vicente, entrando na sala da presidência.

— Eu sabia que as minhas suspeitas tinham um quê de verdade.

— Você está falando sobre o quê?

— Da passagem subterrânea na vinícola.

— De novo com esse assunto?

— Eu liguei para Alexandre e ele confirmou tudo.

— Existe mesmo?

— Claro que existe!

— Mas por que ele não falou antes?

— Ele disse que estava sem cabeça para falar sobre essas coisas.

— Ué?! E se tivesse um fosso com crocodilos debaixo da casa? Ele ia esperar a gente ser devorado para depois falar?

— Deixe de drama, Vicente!

— E as joias? Será que tem algum tesouro enterrado debaixo da casa também?

— Tem a ver com o que eu falei... Eles são descendentes de poloneses. Judeus poloneses! Época do holocausto, Vicente!

— Eles esconderam mesmo judeus na adega da casa?

— Esconderam...

— Caramba! Será que tem gente morta enterrada por lá?

— Eu não havia pensado nisso!

— E o que você vai fazer?

— Vou alterar o projeto.

— Que isso?! Por causa de uma bobeira dessas? Você vai precisar da aprovação da matriz.

— Eu sei disso.

— E aí?

— Eu vou alterar assim mesmo... Vou alegar que é só o reaproveitamento de um espaço que já existia. Eu não vou construir nada além do que já foi aprovado.

— Mas eles vão questionar assim mesmo!

— Depois de pronto?

— Que merda!

— Galpão, adega... adega, galpão. Ah! Ah! Ah!

— Você está cada vez mais louco!

— Quem não sonha, não vive!

— Eu sei disso... E eu continuo com o meu pesadelo.

— Ah, não! De novo com essa história da separação? Deixe essas duas e arrume outra.

— Eu não posso! Eu amo as duas!

— Isso não existe! Amar duas mulheres ao mesmo tempo?

— As duas para mim são uma só... Elas se completam e se tornam a mulher ideal.

— Pelo amor de Deus, Vicente! Ah! Ah! Ah!... Vamos trabalhar!

— Eu trouxe as planilhas para a gente analisar... Temos que fazer uma pressão maior sobre o financeiro. O pessoal está muito lerdo. Estão passando as informações muito atrasadas. Qualquer hora a gente perde uma oportunidade de investimento ou de uma ação mais enérgica no mercado. Tem que dar uma dura neles, Pablo.

— Você está certo! Eu também tenho achado isso. Vamos fazer uma reunião com a diretoria. Mas se continuar assim... O jeito é cortar a cabeça fora! Infelizmente, não há outro jeito!

— Eu também não gosto disso! Mas a empresa está em primeiro lugar.

— Vamos! Vamos ver o que nós temos nas planilhas!

À noite, os detetives Caio e Flávia estacionaram o carro em frente à boate de Pâmela. Eles saíram do veículo e ficaram olhando em volta do local com a cara de quem não estava entendendo nada. A área em torno da casa noturna estava erma, um deserto. Eles seguiram em direção da porta de entrada da boate, mas foram logo barrados pelo segurança.

— A boate está fechada para obras — disse o segurança entre os dentes, olhando para Caio com a cara amarrada.

— Obras? Mas nós precisamos entrar para falar com Pâmela — insistiu Caio.

— Eu já falei que vocês não podem entrar... Tem um mandado?

— Que mandado?

— Do juiz!

— Ih, olha só! O pau-mandado está curtindo com a nossa cara — irritou-se Flávia. — Você está querendo passar a noite em um hotel de cinco estrelas e ver o sol nascer quadrado, meu irmão? — intimidou-o a detetive.

— Eu só estou cumprindo ordens do dono.

— Então vá chamar Pâmela... Diga que nós estamos aqui fora querendo falar com ela — afrontou-o Caio.

— Eu não conheço nenhuma Pâmela.

— Como não? Você está pensando que está falando com quem? Você quer que eu enquadre você por desacato à autoridade? — Caio endureceu o tom do seu discurso e enfrentou o segurança da boate.

— Mas o dono da boate é Érike.

— Érike? — estranhou Flávia. — Mas o que aconteceu com Pâmela?

— Eu já disse que não conheço nenhuma Pâmela — e continuou o segurança justificando-se diante da intimidação dos policiais.

— Pode deixar comigo! — disse Érike, aproximando-se da porta assim que ouviu a discussão. — Pode entrar! Eu falo com vocês!

Caio e Flávia ficaram um pouco desconfiados, preocupados, afinal eles não sabiam que a boate tinha um novo dono. Eles conheciam o reduto, Pâmela, mas não sabiam nada sobre Érike. E mesmo assim, eles entraram e o acompanharam até o bar. Érike pegou uma bebida, tomou um gole e ficou olhando para a cara dos dois detetives sem pronunciar uma palavra, esperando que eles começassem a falar sobre o motivo da visita.

— Eu não estou entendendo o silêncio? Vocês estavam dando uma dura no meu segurança e agora ficam mudos, olhando para minha cara sem falar nada. Vocês querem uma bebida? É por conta da casa!

— Não, obrigado! Nós estamos de serviço! — respondeu Caio secamente, rebatendo a ironia de Érike. — O que houve com Pâmela?

— O meu nome é Érike. Eu sou o novo dono da boate. Pâmela ficou muito abalada com a morte da garota. Com o dinheiro da venda da boate ela foi passar um tempo com o sobrinho nos Estados Unidos. Eu nem sei se ela volta.

— E por que ela vendeu tão rápido assim a boate para você?

— Eu já era sócio dela...

— E quando a garota foi assassinada você já era sócio da boate?

— Eu não sei o que isso tem a ver, mas eu vou responder assim mesmo... Já!

— Eu não me lembro de ter conversado com você da outra vez que estive na boate.

— E não conversou... Pâmela ficou encarregada de receber vocês e colaborar com a investigação.

— Sei... E você percebeu alguma movimentação estranha, pessoas diferentes circulando pela boate no período em que aconteceu o assassinato da garota?

— Percebi... O que eu mais vi nesses meus dias por aqui foram pessoas diferentes e movimentações estranhas. Vida noturna! Tem de tudo!

— Você conhecia a garota?

— Muito pouco! Não trabalhava na boate. Ela era vidrada em pó! Pâmela era uma espécie de protetora dela. Ela entrava aqui, pegava uns caras e fazia o dela.

— E não deixava nenhuma comissão para a boate?

— Aqui é uma casa de show... Como vocês estão vendo eu estou reformulando o espaço. Não é uma casa de prostituição. Eu estou até pretendendo colocar algumas meninas e alguns rapazes para fazer um show erótico no pole dance, mas eu não poderei impedi-los se eles quiserem fazer um extra com algum cliente.

— É... Se já estava bom, vai ficar melhor ainda — disse a detetive Flávia, usando um tom de deboche, provocando Érike.

— Eu não tenho mais nada para falar... Se vocês me dão licença, eu tenho que voltar para o meu trabalho. Eu vou mandar uns convites para vocês.

— E quando será a inauguração? — perguntou Caio, curioso, sob o olhar de espanto de Flávia.

— Logo! Daqui a alguns dias. Estamos acelerando! Tony! Acompanhe os policiais até a porta, por favor!

— Pode deixar! — prontificou-se Tony, saindo de trás do balcão todo serelepe e parando diante dos detetives.

— Não será preciso! Nós conhecemos a saída! — antecipou-se Flávia, deixando Tony parado no meio do caminho como um poste.

Os detetives saíram apressados, passaram pelo segurança da boate de cara amarrada e seguiram para o carro. Caio entrou no automóvel e se debruçou sobre o volante esperando por Flávia, que entrou em seguida e bateu a porta com raiva, totalmente irada com o sarcasmo de Érike.

— Não gostei nem um pouco desse tal de Érike! — desabafou-se ela. — Que carinha mais petulante!

— Tem alguém que não vai gostar nem um pouco disso! — disse Caio, levantando a cabeça que estava apoiada sobre o volante do carro. — Que merda!

— Eu já estou até visualizando a cena... Vamos! Vamos sair logo desse lugar! — apressou-o Flávia, fechando os olhos, bufando de raiva e jogando a cabeça para trás sobre o encosto do banco da viatura.

Caio ligou o carro e meteu o pé no acelerador. E os dois detetives foram embora sob o olhar curioso de Érike, que ficou observando-os próximo à porta de entrada da boate, escondido atrás do segurança.

Capítulo 7

Uma semana depois, Pablo e Vicente retornaram à fazenda. Pablo estava afoito, muito curioso para ver com os seus próprios olhos como estava o andamento das obras. E logo que chegou, antes mesmo que colocasse os pés dentro do casarão, foi abordado por Jardel.

— Dr. Pablo! Nós estávamos esperando pelo senhor!

— Por quê? Aconteceu alguma coisa?

— A passagem... Eles removeram o tampão!

— Eu tenho que ver isso de perto! Vamos Vicente! — entusiasmou-se Pablo, vibrando de alegria como se tivesse ganhado um prêmio milionário. Enquanto Vicente permaneceu contido diante da euforia do amigo.

— O engenheiro e os técnicos estão fazendo a vistoria no local para ver se é seguro... Eles estão querendo falar com o senhor. Eles até me perguntaram sobre a planta da construção da casa, mas...

— Isso não tem importância, Jardel... Vamos lá! Você não vem, Vicente? — perguntou Pablo ao perceber que Vicente não fez nenhum movimento para acompanhá-los.

— Eu não quero ver isso agora não! Eu vou entrar e descansar... Tomar uma água e comer alguma coisa — esquivou-se Vicente, criando as suas desculpas para não acompanhar Pablo até o galpão.

— O que foi, Vicente? Você está com medo de encontrar algum fantasma? Ah! Ah! Ah! Vamos Jardel!

Pablo seguiu com Jardel para o galpão, enquanto Vicente entrou no casarão e se despojou no sofá. E Laura assim que o viu desvanecido sobre o sofá, veio ao encontro dele com um copo e um jarro de água.

— Obrigado D. Laura! A senhora acertou na mosca. Eu estou sedento... A minha garganta está até ressecada. E nada melhor do que água para matar a sede.

— E Dr. Pablo?

— Ele foi até o galpão com Jardel.

— Ele não deveria mexer com as coisas que já foram enterradas... Não é bom!

— O quê? — assustou-se Vicente, quase se engasgando com a água. — A senhora acha que tem gente enterrada por lá?

— Eu já ouvi muitas histórias sobre esta fazenda... Mas nem tudo que a gente escuta é verdade, não é? — continuou Laura com os seus presságios, enquanto Vicente permaneceu olhando assustado para ela e tomou às pressas o restante da água que estava no copo.

— A senhora acredita em alma penada, fantasma?

— Acredito! — respondeu Laura, olhando bem nos olhos dele e assentindo com a cabeça.

— Vicente! Vicente! — chamou-o Pablo, surgindo inesperadamente na sala e falando alto.

— Ai, meu Deus! O que foi? — assustou-se Vicente.

— Você não vai acreditar... — mas Pablo nem terminou de completar a frase e ficou olhando para a cara de pavor que Vicente fez, quebrando todo o seu entusiasmo. — O que há com você? Você está se assustando à toa! Deixe de besteira, cara!

— Não vá me dizer que você encontrou restos de ossos de gente morta por lá?

— Não tem nada disso, Vicente! O local está perfeito! Só tinha alguns ratos!

— Ratos? Pelo amor de Deus, Pablo! Deixe isso para lá!

— Não! Eu vim pegar o croqui que está no escritório para o engenheiro ver o local exato da ligação com a adega.

— E os ratos?

— Já foram embora! É perfeito, Vicente! Como eu imaginei! — Pablo deixou Vicente na sala e saiu cheio de empolgação em direção ao antigo escritório para pegar o croqui.

— Isso é o que ele mais tem feito... Imaginar! — murmurou Vicente olhando para Laura, que continuou parada na frente dele sem entender sobre o que ele estava falando. — Não ligue não, D. Laura! É que às vezes eu fico reclamando comigo mesmo.

— O senhor deseja mais alguma coisa?

— Não, obrigado! Eu vou ficar por aqui mesmo, esperando para ver até onde essa maluquice toda vai dar.

— Com licença! — assentiu Laura com a cabeça, recolhendo o copo que ainda estava na mão de Vicente.

— E obrigado pela água!

— De nada! — retirou-se Laura da sala, deixando Vicente sozinho, encabulado com os desvarios de Pablo.

— Eu achei o croqui! — retornou Pablo cheio de entusiasmo para a sala. Mas Vicente sequer moveu um músculo do corpo. Permaneceu de olhos bem fechados e com a cabeça reclinada no encosto do sofá.

— Vicente! Você não está se sentindo bem?

— Não! Eu estou com dor de cabeça.

— Você vai ficar aí? Não virá comigo até o galpão?

— Não! Agora não!

— Mas por quê?

— Eu não vou entrar naquele buraco cheio de ratos e sei lá mais o quê?!

— Deixe de ser medroso! Não há perigo algum! O local está limpo... Só tem um pouco de umidade e um cheirinho desagradável. Estava muito tempo lacrado.

— Então? Eu sou alérgico! Não posso sentir o cheiro de lugar muito fechado, úmido e fedor de bichos.

— Alérgico? Desde quando?

— Atchim! Atchim! Viu? Eu já comecei a espirrar!

— Ah! Fique aí com a sua alergia psicológica... Eu tenho mais o que fazer!

Pablo deixou Vicente sentado no sofá, saiu rápido do casarão e seguiu em direção ao galpão. Juntou-se a

Jardel e a equipe da empresa de engenharia que estava realizando as obras. Eles iluminaram todo o interior da passagem, mas no meio do percurso, foram surpreendidos por mais ratos, que ficaram espantados e desapareceram pelas suas tocas.

Mas mesmo assim eles prosseguiram com a exploração e chegaram até o paredão que bloqueava a comunicação da passagem subterrânea com o casarão. O engenheiro olhou o croqui, localizou o ponto exato da ligação e começou a perfurar a parede. E quando se abriu uma pequena janela, pode-se avistar o que havia do outro lado, a adega.

— Dr. Pablo! Temos que desobstruir a área do outro lado antes de derrubar a parede — alertou-o o engenheiro.

Pablo olhou pela pequena janela perfurada e constatou que havia muitos barris e outros materiais próximos à parede que seria derrubada. E imediatamente pediu a Jardel para que fosse até a adega com alguns homens e deixasse todo o espaço livre.

Quando o trabalho foi concluído, não se perdeu mais tempo. Os operários começaram logo a colocar a parede no chão. Um clarão foi se abrindo diante dos olhos de Pablo, deixando-o ainda mais empolgado.

Ele cerrou os punhos da mão e vibrou de satisfação — Magnífico!

— Dr. Pablo! Nós vamos realizar novas análises e vistoriar o local com mais cuidado, para depois apresentar o relatório final. Mas não fique preocupado, a parede que foi derrubada não fazia parte da estrutura da passagem subterrânea e nem da casa. Deveria ser algum acesso antigo com portas duplas para facilitar o manuseio das uvas e do vinho. Mas mesmo assim, temos que analisar melhor para verificar a segurança do local — explicou-lhe o engenheiro.

— Faça isso! Mas parece que está bem seguro... É uma base toda feita com pedras. E se precisar fazer algum reforço para dar mais segurança, será feito. Eu só não gostaria de perder o espaço. Eu tenho urgência!

— Vamos fazer o melhor possível! Com licença!

Pablo ficou encantado e, ao mesmo tempo, meio abobalhado com a concretização de parte do seu projeto. Ficou circulando no meio de toda a poeira e dos entulhos, indo e voltando pela passagem, da adega até o galpão e do galpão até a adega sem parar, visualizando e esquematizando em sua mente o que poderia ser feito.

Ao entrar no casarão, Pablo encontrou Vicente ainda jogado no sofá, adormecido. Ele coçou o queixo, aproximou-se mais e começou a fazer um gesto negativo com a cabeça, contrariado com a atitude do amigo. Vicente percebeu que tinha alguém bem próximo dele e começou a se agitar no sofá. Virou-se para um lado, virou-se para o outro. Mas quando abriu os olhos e se deparou com Pablo todo empoeirado na sua frente, tomou um susto.

— Ah!... — gritou ele, apavorado. — O que é isso? Você está querendo me matar do coração? Parece até uma assombração parado aí na minha frente!

— Eu acho que você está precisando tirar umas férias, Vicente! Você está muito estressado!

— O que aconteceu com você?

— Comigo?

— Você está todo sujo! E como a gente vai embora com você assim desse jeito?

— Não! Eu não vou embora hoje!

— Mas como? Você não me falou nada que ia ficar aqui.

— Eu resolvi ficar. Se você não quiser ficar, pode ir.

— Eu não vou ficar aqui... E a empresa?

— O que tem?

— O que tem? Quem vai resolver os problemas?

— Mas nós estamos aqui resolvendo os problemas da empresa. Você se esqueceu disso?

— Dr. Pablo! Eu já deixei algumas roupas para o senhor em cima da cama. Assim que o senhor terminar o seu banho, deixe essas no banheiro para que eu possa lavá-las — disse Laura, aproximando-se deles.

— Obrigado, D. Laura!

— O senhor deseja comer alguma coisa? Eu fiz uma carne assada com um purê de batatas. Coisa simples!

— Está ótimo! Vicente não vai ficar... Não precisa colocar mais de um prato na mesa.

— Carne assada? — animou-se Vicente.

— É... Carne assada com molho madeira. Receita da minha avó.

— É... Pode colocar dois pratos na mesa sim, D. Laura. Eu posso partir mais tarde.

— Ah! Ah! Ah! — desmanchou-se Pablo em gargalhadas, olhando para a cara de Vicente e seguindo em direção ao quarto para tomar o seu banho.

— Babaca! — murmurou Vicente, seguindo Pablo com os olhos. E quando ele se deu conta de que Laura ainda estava na sala, ficou todo envergonhado. — Desculpe-me, D. Laura! É que esse cara gosta de me irritar. A senhora não imagina o meu sofrimento em ter que aturá-lo doze horas por dia.

— Com licença, eu vou colocar a mesa — retirou-se Laura, sem dar muita importância para as queixas de Vicente.

— Eu vou ficar por aqui, aguardando-o terminar o seu banho.

Pablo e Vicente se sentaram à mesa super descontraídos para fazer a refeição. A comida simples e bem temperada feita por Laura, deixou-os completamente com o apetite aguçado e quase insaciáveis. A garrafa de vinho em poucos minutos ficou vazia e Pablo, automaticamente, colocou outra sobre a mesa.

— Não! Chega de vinho! Eu já bebi além da conta! Eu tenho que dirigir — reclamou Vicente, colocando a mão sobre a borda da taça, impedindo que Pablo lhe servisse mais vinho.

— Você é um beberrão, Vicente! Está com medo de encarar algumas taças de vinho?

— A minha relação com o vinho é meio constrangedora... Ah! Ah! Ah!

— Ih!... Já deu para perceber!

— Você está fazendo isso de propósito, seu canalha!

— Eu? Você tomou o vinho porque quis!

— Ah! Ah! Ah! Você me sacaneou, seu safado! E eu caí direitinho. E agora? Como eu vou embora?

— Fique aqui... Tem tantos quartos na casa. Vamos quebrar um pouco a rotina de empresa, casa... casa, empresa.

— E o meu bombonzinho?

— Eu já falei com ela pelo telefone. Está tudo em ordem na empresa. E falei também que você só ia embora amanhã.

— Safado! Pablo, isso é traição!

— Você nem foi ver como ficou a abertura da passagem para a adega. Amanhã, a gente vai dar uma olhada melhor e eu quero ouvir a sua opinião.

— Mas... E os ratos?

— Que ratos? Eles já limparam tudo!

— Que comida deliciosa, rapaz! Então... Coloque mais vinho para mim... Só mais um pouquinho!

— Isso! E vamos fazer um brinde a nós e ao sucesso do nosso projeto!

Eles levantaram as mãos, fizeram o brinde e após o tilintar das taças, começaram a rir. Vicente, estimulado pelo efeito do vinho, e Pablo, pela peça que pregou no amigo, embriagando-o para forçá-lo a ficar na fazenda.

Durante a madrugada, Vicente despertou. Abriu os olhos preguiçosamente e ficou rolando pela cama, estranhando o quarto. Sentou-se na cama e ficou por alguns segundos parado no tempo, situando-se onde estava. E depois que ele se recuperou do seu estado de letargia, levantou-se e se enrolou na coberta para se esquentar da friagem.

Só que Vicente não voltou para a cama. Ele sentiu sede e resolveu ir até a cozinha para tomar um pouco de água. E quando passou pelo corredor, percebeu que a porta do quarto de Pablo estava aberta e a sua cama vazia. Vicente não deu muita importância. Mas quando chegou ao salão de entrada do casarão, ouviu alguém cantando uma canção em italiano do lado de fora da casa. Ele reconheceu a voz de Pablo e olhou pela vidraça da janela para ver o que estava acontecendo.

Os seus olhos não acreditaram no que viram. A madrugada estava muito fria e Pablo, somente com o short de dormir, estava sentado na escada com uma garrafa de vinho ao lado e uma taça cheia na mão. Vicente ficou perplexo. Pablo sorria, cantava a canção italiana e olhava para o lado, como se estivesse cantando para alguém.

— Ele está ficando maluco ou está completamente bêbado! — murmurou Vicente baixinho consigo.

De repente, Pablo se levantou com a taça de vinho na mão e começou a cantar e dançar com os braços abertos, sorrindo, rodopiando de mãos dadas com a sua companhia imaginária. Vicente ficou escandalizado e não conseguiu mais ficar na sombra, abriu a porta e foi averiguar o que estava se passando com o amigo.

Mas Pablo não gostou, olhou para ele com a cara amarrada e desviou rapidamente os olhos para a outra direção, seguindo os movimentos do visitante invisível que se assustou e saiu correndo.

— Olha só o que você fez? — irritou-se Esteban.

— Você está bêbado! Vamos entrar! Você pode ficar doente... Está muito frio e serenando.

— Ela se assustou com você e saiu correndo... Foi embora!

— Ela? Quem?

— A menina!

— Que menina? Você está vendo coisas! Não tinha nenhuma menina aqui quando eu cheguei! Você está bêbado!

— Eu não estou bêbado! Você que é estúpido como ele.

— De quem você está falando?

— De Pablo!

— Ué?! Mas você é Pablo! Não é? Que besteira! Claro que é!

— Ah! Ah! Ah! Você é um imbecil!

— Você agora está me ofendendo!

— Mosca morta!

— Pare com isso, Pablo! Eu estou ficando com raiva!

— Você não consegue nem segurar uma mulher e quer ter duas! Ah! Ah! Ah! — zombou Esteban, caindo na gargalhada na cara de Vicente.

— Repete! Repete! Se você for macho, repete! — descontrolou-se Vicente, avançando para cima de Esteban e o empurrando com as mãos.

— Seu frouxo! Frouxo! — gritou Esteban, debochando de Vicente.

Vicente ficou cego e deu um soco no rosto de Esteban, que recuou com o impacto do golpe. Esteban passou o braço na boca, olhou para o sangue, e devolveu o soco em Vicente. E os dois começaram a rolar atracados pelo chão até ficarem totalmente exaustos, sem forças, com os seus corpos inertes estirados no barro úmido, um ao lado do outro.

— Seu filho de uma puta! Você acabou comigo! — gritou Vicente, ainda muito ofegante e estirado no chão. — Puxa! Há quanto tempo que eu não sei o que é uma boa briga. Pablo! Pablo!

Vicente estranhou o silêncio. Virou-se e percebeu que Pablo estava desacordado. Começou a sacudi-lo e dar tapas no seu rosto, mas nada de Pablo voltar a si. Ele se levantou um pouco atordoado e o puxou pelos braços, mas não teve forças para suportar o peso do corpo do amigo e acabou deixando-o sentado no chão, apoiado nas suas pernas.

Jardel veio correndo ao encontro deles e quando se aproximou, ficou olhando assustado para Vicente e Pablo, que estavam sangrando e sujos de barro. Ele franziu as sobrancelhas e colocou a arma de volta no cós da calça.

— O que está acontecendo? — perguntou Jardel.

— Ajuda-me a levá-lo para dentro — disse Vicente, sem dar muitas explicações para Jardel.

Vicente e Jardel carregaram Pablo às pressas para dentro do casarão e colocaram-no deitado no sofá da sala. Laura também acordou com a movimentação na casa e se levantou para verificar o que estava acontecendo. Ela ficou assustada ao se deparar com Vicente dando tapas no rosto de Pablo, que ainda estava desacordado.

— Pablo! Pablo!

— Hã?... — respondeu Pablo ainda apático, abrindo os olhos lentamente. — O que foi? O que está acontecendo? — assustou-se ele, fazendo um movimento brusco para ficar de pé. Mas Pablo não conseguiu sustentar o seu corpo por muito tempo e se sentou novamente no sofá.

— Nós brigamos!

— Nós o quê? — perguntou Pablo, sentindo-se muito confuso e passando a mão sobre a cabeça. Ele ainda estava um pouco tonto, com dificuldade de assimilar o que Vicente estava falando.

— Você me ofendeu! Eu lhe dei um soco e depois você revidou! Aí... A gente saiu na porrada e se atracou pelo chão.

— Eu? E por que eu fiz isso, cara?

— Sei lá?! Foi tudo tão de repente... Eu acordei, vim na cozinha para tomar água e você estava lá fora, com uma garrafa de vinho e uma taça na mão, cantando em italiano e falando sozinho.

— Eu não me lembro!

— Não? Mas como? Não é possível que você não se lembre de nada.

— Eu só me lembro de ter ido para o quarto me deitar... Quando nós subimos juntos. Mas por que nós brigamos?

— Você começou a me ofender... Eu perdi a cabeça! E não vou pedir desculpas. Eu só não vou embora daqui agora porque está muito escuro ainda. Mas assim que começar a clarear o dia, ninguém me segura. Eu vou entrar no meu carro e vou sair batido deste lugar. E nunca mais eu vou colocar os meus pés aqui novamente.

— Eu estou um pouco confuso, Vicente. Eu não me lembro de nada! Por que eu xinguei você?

— Foi... — Vicente ficou quieto de repente e olhou com receio para Jardel e, em seguida, para Laura que vinha se aproximando, trazendo uma bandeja com uma garrafa de água e gelo para colocar nos hematomas deles. Mas Pablo ficou impaciente e insistiu em querer saber o motivo da briga.

— Fale, Vicente!

— É... — Vicente olhou novamente para Laura e Jardel, respirou fundo e tomou coragem. — Você estava sentado na escada conversando sozinho. Eu saí e pedi para você entrar porque estava frio e você também estava bê... embriagado.

— Que estranho?! Eu ofendi você por isso?

— Não! Você ficou furioso porque... — Vicente se perdeu nas palavras e começou a gaguejar. — Você... É... Eu não sei como explicar... Você disse...

— O que foi que eu disse? — alterou-se Pablo. — Se eu falei algo tão grave assim que ofendeu você, eu peço mil desculpas.

— Você disse que estava conversando com uma menina que estava sentada ao seu lado na escada — atropelou-se Vicente, despejando de uma vez só o que ele temia em falar.

E no mesmo instante em que Vicente terminou de revelar o motivo do desvario de Pablo, Laura deixou a bandeja cair das suas mãos, chamando a atenção de todos pelo barulho inesperado de vidro quebrando e se espalhando pelo chão. Jardel ficou paralisado por alguns instantes com o susto, mas correu logo em seguida para acalmá-la. Laura ficou pálida, trêmula e ameaçou um leve desmaio. Jardel a amparou em seus braços e a conduziu até o sofá.

— O que está acontecendo? — perguntou José, aparecendo assustado na sala. — Laura! — desesperou-se ele ao ver a mulher desfalecida sentada no sofá sob os cuidados de Jardel. — Assaltaram a casa?

— Não! Fique calmo! — respondeu Jardel.

— Mas Dr. Pablo está ferido! O outro também!

— Fique calmo, José! Foi só um desentendimento que nós tivemos. Está tudo bem! — explicou-lhe Pablo, procurando deixá-lo mais calmo.

— E Laura? O que ela tem?

— Nós estávamos conversando e de repente a gente escutou o barulho de tudo quebrando. Ela deve ter ficado nervosa com a história que eu estava contando — disse Vicente.

— Que história? — perguntou José, enquanto se sentava ao lado da mulher, pegava na sua mão e afagava os seus cabelos.

— Da menina...

— Virgem Maria! — benzeu-se José por várias vezes, fazendo o sinal da cruz no peito.

— Por que ele ficou assim? — perguntou Vicente para Jardel, espantado com José que não parava de fazer o sinal da cruz no peito.

— Superstições bobas! — respondeu Jardel.

— Faz muito tempo que essa alma penada não ronda por aqui! — disse José, segurando na mão de Laura e afagando o seu ombro. Enquanto ela permaneceu de cabeça baixa, quieta, sentada no sofá.

— José, pode se recolher com D. Laura. Eu já estou bem. Jardel está aqui... Ele ajuda a retirar os cacos de vidro. Amanhã todos nós conversaremos melhor sobre essa história.

— Você quer dizer... Hoje?

— Tanto faz Vicente! — retrucou Pablo, tentando se levantar do sofá, mas se sentindo ainda um pouco tonto.

— Eu ajudo o senhor a ir para o quarto, Dr. Pablo — apressou-se Jardel.

— Não precisa, Jardel. Dê um jeito aí nessa bagunça, por favor. Tem muito vidro quebrado pelo chão. Vicente me ajuda!

— Eu?

— É... — Pablo se apoiou no ombro de Vicente, que ficou empacado e olhando para ele com a cara fechada.

— Vamos, Vicente! Eu quero tomar um banho e limpar esse sangue do meu corpo.

— Engraçado?! Você me agride e depois me abraça?

— Quando a gente ama a pessoa, perdoa!

— Ama? Perdoa? Mas eu não fiz nada, foi você que me deu um soco primeiro. Que amor é esse?

— Amor verdadeiro, não é Jardel? — brincou Pablo, deixando Jardel meio sem graça, que não falou nada, apenas baixou a cabeça e suprimiu uma risada.

Mas Vicente continuou com a cara fechada, carregando Pablo em seu ombro até o quarto sem dar uma palavra. Enquanto Jardel, contendo-se em respeito ao patrão, disparou até a cozinha e caiu na gargalhada — Ah! Ah! Ah! — e só voltou para a sala, com a vassoura e a pá nas mãos, depois de extravasar a sua crise de riso.

Horas depois, Pablo acordou, levantou-se da cama ainda sentindo o corpo dolorido e foi até o espelho. Ficou olhando para o corte no lábio, tentando se lembrar da briga que teve com Vicente, mas nenhuma imagem veio a sua mente.

E no momento em que ele vestia a camisa, um vento esvoaçou a cortina da janela do quarto, chamando a sua atenção. Ele olhou meio encabulado para a janela por alguns segundos e voltou a se ajeitar diante do espelho. E novamente o vento voltou a esvoaçar a cortina. Pablo ficou impressionado e saiu rápido do quarto. Desceu as escadas apressadamente e foi até a cozinha para tomar o seu café. Ele ficou um pouco sem jeito diante de Laura e se sentou à mesa um pouco arredio. Sentiu-se envergonhado com a briga que teve com Vicente.

— Bom dia, D. Laura!

— Bom dia, Dr. Pablo! O senhor está se sentindo melhor?

— Estou sim... A senhora me desculpe pelo vexame!

— Não precisa se desculpar... O senhor está na sua casa.

— E Vicente?

— Tomou o café e foi embora.

— Ele foi embora sem falar comigo? Ele deve ter ficado muito zangado mesmo!

— Briga de irmãos é assim mesmo!

— Não! Ele não é meu irmão! Ele trabalha na empresa comigo.

— Desculpa! Eu pensei...

— É que nós dois somos muito amigos.

— O senhor viu a menina?

— Que menina?

— A menina... O senhor estava conversando com ela nesta madrugada do lado de fora da casa.

— Eu não me lembro! Mas quem é essa menina? Onde ela mora?

— É um espírito perdido!

— Fantasma?

— De vez em quando ela aparece... Mas já faz muito tempo que ela não aparece por aqui. Eu também já a vi algumas vezes.

— Por isso que a senhora ficou tão nervosa?

— Eu tomei um susto!

— D. Laura, eu não acredito muito nessas coisas... Eu tomei muito vinho, deveria estar bêbado!

— Outras pessoas também já viram essa menina!

— Não vamos fazer comentários sobre isso com o pessoal que está trabalhando na obra. Senão, eles vão ficar assustados e poderão até abandonar o serviço. Avise ao José para ter esse cuidado. Eu vou conversar com Jardel.

— Jardel não gosta de falar sobre isso... Ele também conhece a história.

— Melhor ainda... Eu vou tomar o meu café e depois vou dar uma olhada na obra.

Mas enquanto Pablo tomava o seu café, a janela da cozinha bateu, fechou, abriu novamente e bateu. Ele procurou Laura com os olhos, mas ela já havia se retirado da cozinha para cuidar dos outros afazeres da casa. Pablo ignorou a situação e continuou tomando o seu café. E a janela novamente bateu, fechando e abrindo sozinha por várias vezes. Ele ficou apreensivo e se levantou da mesa, foi até a janela e percebeu que não havia corrente de ar, que não havia vento suficiente para ficar batendo com a janela.

Mas os seus olhos permaneceram vidrados para além da janela. A menina estava do lado de fora da casa, parada, acenando com a mão para ele, chamando-o. Pablo saiu apressadamente da cozinha e foi para fora do casarão. E a menina continuou acenando com a mão para ele, chamando-o. Laura saiu toda aflita de dentro da casa, mas não conseguiu detê-lo. Esteban saiu correndo atrás da menina. Laura ficou nervosa, colocou as mãos sobre a cabeça e foi até o galpão procurar por Jardel.

— O que foi Laura? — aproximou-se Jardel, preocupado com o estado emocional dela. — Você está pálida!

— Venha comigo, por favor!

— O que está acontecendo? — perguntou Jardel, saindo às pressas do galpão junto com Laura.

— Vá atrás do Dr. Pablo! Ele saiu correndo na direção do vinhedo.

— Mas o que houve? Por que ele fez isso?

— Eu não sei... Eu o deixei tomando café e quando eu voltei, ele não estava mais na cozinha. Eu olhei pela janela e o vi do lado de fora da casa, parado, e de repente ele saiu correndo, desembestado.

— Será que ele tem algum problema de cabeça?

— Não faça mais perguntas... Pegue o carro e vá atrás dele. Eu estou com um mau pressentimento.

— Ih! Agora eu fiquei preocupado! Eu vou fazer isso imediatamente!

Jardel entrou na picape e foi atrás de Pablo. E quando avançou alguns metros à frente, avistou-o correndo feito um louco, sem destino. Ele acelerou a picape e se aproximou dele.

— Dr. Pablo! O que está acontecendo?

— Vamos! Siga em frente! — disse Esteban, entrando apressado na picape.

— Mas...

— Vamos! E só pare quando eu mandar — Jardel ficou olhando assustado para a cara de Esteban e hesitou em acelerar a picape. — Então saia da picape. Eu mesmo dirijo... Saia! — alterou-se Esteban, gritando com Jardel.

Jardel meteu o pé no acelerador com raiva e arrancou com a picape. Esteban nem piscava os olhos, olhava fixamente para frente sem contrair um músculo da face. E quando eles foram se aproximando dos escombros da antiga casa da fazenda, Esteban fez sinal com a mão para que Jardel parasse imediatamente a picape.

— Dr. Pablo! — chamou-o Jardel, saindo do veículo e indo atrás dele.

— Psiu! — interrompeu-o Esteban, com a mão suspensa no ar e os ouvidos bem atentos. Em seguida, ele começou a cantar uma canção em italiano e seguiu na direção dos escombros.

— Dr. Pablo! Dr. Pablo! — Jardel tentou impedi-lo, mas Esteban continuou andando até os escombros. — Dr. Pablo, este lugar está abandonado há anos, pode ter alguma cobra venenosa.

— Veja se tem alguma pá na picape.

— Pá? Eu acho que tem sim.

— Então, vá logo e pegue a pá para mim!

Jardel ficou confuso, desorientado, dando volta em torno de si, mas preferiu não desobedecer ao patrão. Foi até a picape, pegou a pá, e quando retornou para o escombro da casa, não encontrou Esteban no local em que ele havia deixado. Jardel começou a gritar, chamando-o. Ficou aliviado ao ouvi-lo responder do outro lado e saiu correndo na direção do eco da voz que saía de dentro dos escombros.

— Dr. Pablo!

— Eu estou aqui! Venha logo e traga a pá! — Jardel entrou por uma passagem estreita, desceu algumas escadas e chegou a uma velha adega que estava com uma parte dela soterrada. Ele passou por alguns ratos e insetos que encontrou pelo meio do caminho e foi se aproximando cautelosamente de Esteban, que estava em um canto conversando sozinho. — Dê-me a pá!

Esteban pegou a pá e, imediatamente, começou a cavar em um canto do chão da adega. E Jardel permaneceu completamente estatelado diante do patrão, que cantava uma canção em italiano e cavava sem parar. Até que, depois de alguns minutos de escavação, ele parou e largou a pá. Esteban olhou com tristeza para o buraco escavado, ajoelhou-se no chão e começou a chorar.

— Dr. Pablo! O que está acontecendo? — perguntou Jardel, aproximando-se do buraco que ele havia escavado. — Santa mãe de Deus! — assustou-se Jardel, caindo de joelhos ao lado de Esteban e fazendo o sinal da cruz no peito.

— Nós vamos precisar de algo para colocá-la.

— Na picape tem uma lona... Eu vou buscar — apressou-se Jardel.

Jardel foi até a picape, pegou uma lona e voltou às pressas para os escombros. Esteban, cuidadosamente, retirou um esqueleto humano junto com os trapos de uma boneca do buraco escavado e os envolveu com a lona. E enquanto eles saíam do local com os restos mortais da menina fantasma, Esteban ainda correu os olhos procurando-a, mas ele não a viu mais por perto.

Os dois permaneceram em silêncio durante todo o percurso de volta para o casarão. Os seus olhos sequer se desviaram para os lados, sempre fixos e para frente, além do capô da picape. E quando eles foram se aproximando do casarão, Esteban pediu para que Jardel parasse o automóvel imediatamente. E foi o que ele rapidamente fez.

— Jardel... Não comente isso com os outros. Eu vou conversar com D. Laura e José, para ver o que nós vamos fazer.

— Tudo bem, Dr. Pablo. Mas aonde nós vamos colocar os ossos...?

— Deixe-os na picape por enquanto... Eu vou pensar no que eu devo fazer. E obrigado! Coloque o carro em um lugar mais reservado, afastado dos curiosos.

— Pode deixar!

Esteban entrou rápido e seguiu às pressas para o quarto, sem dar a chance de encontrar com Laura pelo caminho. O que ela também fez ao escutar os seus passos pela casa. Permaneceu quietinha na cozinha.

Pablo tomou o seu banho e minutos depois desceu. E enquanto se deslocava para chegar até a cozinha, escutou um barulho na sala do antigo escritório. Laura também ficou encabulada com o barulho e saiu da cozinha para averiguar.

— A senhora também ouviu o barulho?

— Ouvi! Que estranho! Não tem ninguém na casa além da gente.

— Depois nós vamos nos reunir... Eu, Jardel, a senhora e o seu marido. Precisamos conversar sobre o que está acontecendo.

— Sim, Dr. Pablo!

— Outra vez! Escutou? — Laura não respondeu, ficou quieta, mas assentiu com a cabeça.

Pablo imediatamente foi até a sala para ver o que estava acontecendo. Ele abriu a porta bem devagar e entrou. Percebeu alguns objetos caídos pelo chão e olhou desconfiado para os cantos, na expectativa de encontrar algum roedor, mas não viu nada além do normal, apenas a gaveta da mesa que estava entreaberta. Ele empurrou a gaveta e saiu da sala. Mas assim que fechou a porta, escutou outro barulho.

E rapidamente, ele voltou para a sala. A gaveta da mesa estava novamente entreaberta. Pablo, então, sentou-se na cadeira, puxou a gaveta e pegou a caixa de madeira que ele tinha encontrado debaixo do assoalho. Tirou a tampa e começou a olhar os objetos e a folhear as notas antigas de dinheiro. Mas quando olhou para as fotografias, surpreendeu-se — É ela! A menina! — disse Esteban, saindo da sala com a fotografia na mão e indo direto para a cozinha.

— D. Laura! D. Laura! A senhora não vai acreditar!

— O que foi, Dr. Pablo?

— Veja esta fotografia... É ela! A menina!

— Como?

— Veja com os seus próprios olhos!

— Meu Deus! E quem é essa menina?

— Eu não sei! Esta foto é muito antiga. Talvez tenha uns oitenta... cem anos.

— Deve ter acontecido alguma coisa muito ruim com ela?

— E por que a senhora acha isso?

— Por ela estar vagando... Perdida!

— Eu fico meio desconfiado com essas coisas... Como pode?

— Depois de tudo que o senhor viu?

— Eu e Jardel fomos até os escombros da antiga casa.

— Foram? Ninguém se aproxima de lá... Algumas pessoas dizem que o lugar é mal-assombrado.

— A menina?

— É...

— Ela me mostrou o lugar onde o seu corpo foi enterrado. Eu cavei e achei as ossadas dela junto com uma boneca. Eu trouxe para cá. Está na picape.

— Meu Deus! O senhor não deveria ter feito isso.

— Por que não? Ela me pediu!

— Pediu? Ela falou com o senhor?

— Mais ou menos... Foi como se tivesse falado.

— E o senhor vai fazer o quê?

— Eu deveria avisar a polícia. Mas isso é coisa muito antiga. A fazenda serviu de esconderijo para muitos imigrantes judeus que vieram para o Brasil ilegalmente. A senhora sabia disso, não é?

— Eu já ouvi falar sobre isso.

— E outras coisas mais, não é D. Laura? Mas isso não vem ao caso. Temos que descobrir o que vamos fazer.

Naquele momento, Laura ficou quieta, sem saber o que responder, e continuou a fazer o seu refogado. De repente, o fogo tomou conta da panela, assustando-a. Pablo a afastou imediatamente de perto do fogão e tampou a panela. Os dois, então, ficaram se olhando e ele logo percebeu o que deveria fazer.

E assim que anoiteceu, Pablo, Jardel, Laura e José, depois que todo o pessoal da obra já tinha ido embora, acenderam uma fogueira. E os quatro, em reverências crédulas ou não, agruparam-se próximo à fogueira. E ali permaneceram em silêncio, acompanhando os restos mortais da menina fantasma se juntar às fagulhas do fogo e seguir a sua viagem junto com o vento.

Capítulo 8

Após a cremação dos restos mortais da menina fantasma, Pablo ainda permaneceu por alguns dias na vinícola, fiscalizando e atuando junto com a equipe de obras na instalação das máquinas e dos equipamentos para a montagem da fábrica e do laboratório. Ele deixou a empresa Rascante sob a direção de Vicente e aproveitou para tirar alguns dias de folga para relaxar na Fazenda.

— Bom dia!

— Bom dia, Dr. Pablo! — cumprimentou-o a secretária.

— E Vicente!

— Está na sua sala!

— Está tudo em ordem, Amanda?

— Do jeito que o senhor gosta!

— Isso é muito bom! Já vi que o senhor presidente trabalhou bem.

— Trabalhou! Só está um pouco mal-humorado!

— É o poder, Amanda! O poder mexe com a cabeça das pessoas... Deixe-me começar a trabalhar! — Pablo entrou na sua sala e encontrou Vicente sentado na sua cadeira, de costas para a porta e falando ao telefone. Ele se aproximou bem devagar e colocou a pasta sobre a mesa.

— Hum-hum!

— Agora eu tenho que desligar... Eu tenho que resolver um assunto muito importante! — disse Vicente ao telefone, após perceber a presença de Pablo na sala.

— Bom dia, senhor presidente! O senhor me permite...? — perguntou Pablo, fazendo um gesto com a mão para que Vicente desocupasse a sua cadeira.

— Eu já estava de saída... — Vicente se levantou sério da cadeira e começou a recolher os documentos que ele estava analisando em cima da mesa. Permaneceu o tempo todo de cabeça baixa, sem olhar para a cara de Pablo. — Eu só vim pegar algumas coisas que eu deixei... Alguns pepinos que eu tive que resolver enquanto o senhor presidente passava o final de semana tomando ar fresco e enchendo a cara de vinho. E eu só estava esperando você chegar para apresentar a minha carta de demissão.

— Nós já brigamos outras vezes... Pare com essa idiotice!

— Idiotice? Você me deu um soco na cara! — exaltou-se Vicente.

— Eu não me lembro! E pelo o que você mesmo falou, eu só revidei. Foi você que me agrediu primeiro.

— Mas... Mas eu não ofendi você — Pablo tentou se aproximar mais de Vicente e colocar a mão sobre o seu ombro, mas ele foi se esquivando e seguiu em direção a porta.

— Está bem... Mil perdões! — desculpou-se Pablo, mas Vicente continuou ignorando-o. — Não saia da sala, eu quero conversar com você.

— Eu estou muito ocupado! Não estou com tempo para ficar ouvindo as suas maluquices — respondeu Vicente, colocando a mão na maçaneta da porta.

— Vicente! — gritou Pablo, dando um soco na mesa.

Vicente se assustou e largou rapidamente a maçaneta da porta. Ele se virou e olhou com a cara amarrada para Pablo, que ficou apontando com o dedo para a cadeira que estava próxima a sua mesa, mas Vicente não arredou o pé do lugar.

— Por favor! Sente-se aqui comigo, eu quero conversar com você. É um assunto muito sério!

— Mais sério do que todos os outros assuntos? — perguntou Vicente, cedendo ao apelo de Pablo e ficando menos resistente.

— Bem mais sério do que todos os outros assuntos que nós já conversamos — Vicente franziu as sobrancelhas e foi caminhando bem devagar até a mesa de Pablo. Puxou a cadeira e se sentou de frente para ele.

— Eu não estou bem, Vicente. Eu preciso do seu apoio para seguir com o projeto, para conduzir a Rascante.

— O que você tem? Você está doente?

— A minha cabeça não está legal... A minha vida não está legal!

— É alguma doença grave?

— Eu não sei o que está acontecendo comigo.

— Mas você não está indo ao psiquiatra? Não está tomando o remédio?

— Estou... Mas isso é para ficar só entre nós dois.

— Eu sei!

— Não me deixe sozinho agora, cara. Fique do meu lado. Nós somos amigos e você é o meu braço direito na empresa. Não vá embora!

— Eu vou pensar direito sobre o que eu vou fazer.

— Deixe isso de lado e pense no bem-estar da empresa. Esqueça as minhas maluquices, eu não vou mais perturbar você com elas.

— Não? E para quem você irá contá-las?

— Existe sempre um louco querendo ouvir as loucuras do outro!

— Isso é verdade! Eu vou para a minha sala... — concordou Vicente, levantando-se da cadeira. Pablo também se levantou e ficou na expectativa de ter resolvido o mal-entendido entre os dois. Mas Vicente não pensou da mesma forma que ele.

— Você não vai apertar a minha mão e nem me dar um abraço? — perguntou Pablo, estendendo a mão para ele.

— Não!

— Não? Mas por quê?

— Eu ainda estou muito magoado com você! — respondeu Vicente, saindo apressado da sala e deixando Pablo com a mão estendida no ar.

— O que aconteceu lá dentro? Eu ouvi o berro que Dr. Pablo deu? — perguntou Amanda, assustada, assim que Vicente se aproximou da mesa dela.

— Eu não quero falar sobre isso, bombonzinho!

— Pare de me chamar de bombonzinho! E se alguém escuta?

— Que se dane!

— Ih! Está acontecendo alguma coisa que eu não sei?

— Muitas! Mas vamos trabalhar... É o melhor que a gente pode fazer.

— Eu trouxe o café para Dr. Pablo... Eu posso entrar na sala dele para servi-lo? — perguntou Ana, aproximando-se de Amanda e Vicente com a bandeja na mão.

— Pode! E bem amargo! Do jeito que eu estou! — e saiu Vicente soltando faísca.

— Nossa! O que deu nele? — espantou-se Ana com a ignorância de Vicente, apoiando a bandeja sobre a mesa de Amanda.

— É que os dois andaram se arranhando!

— Eles brigaram? — surpreendeu-se a copeira, colocando a mão sobre a boca e fazendo uma cara de espanto.

— Acho que sim! Eu não sei muito bem o que aconteceu, mas eu acho que eles saíram na porrada.

— Agora?

— Não! Quando eles foram para a fazenda! Os dois estão com a boca um pouco ferida, machucada.

— Gente! Mas eles são unha e carne! Deve ter sido alguma coisa muito grave!

— Chega! Chega de fofocas! Saia com essa bandeja logo daqui e leve o café para o maioral! Antes que ele saia da sala e esgane a gente!

— Credo! Agora mesmo!

— E bico calado! Sua fofoqueira!

— Eu? Você que está fazendo a fofoca! — Ana pegou a bandeja, bateu na porta e assim que colocou o pé dentro da sala da presidência, olhou para o rosto de Pablo para ver se ele estava realmente com algum ferimento.

— Ai! — reclamou Pablo, colocando a mão sobre a boca enquanto tomava o café.

— Algum problema, Dr. Pablo? — perguntou ela, examinando-o cuidadosamente.

— Não! Está uma delícia o seu café! É que está um pouco quente! Eu queimei o lábio.

— O senhor machucou a boca?

— Não foi nada... Foi na obra da fazenda. Um pedaço de madeira escapuliu e bateu na minha boca. Já está cicatrizando. Obrigado pelo café!

— De nada, Dr. Pablo!

— Qualquer dia desses, eu vou convidar você para passar um final de semana na fazenda. Eu, você e os meninos.

— Sério?

— Eu estou falando sério. De repente, com você junto, eles se animam mais. Da outra vez que os levei comigo, eles nem saíram do quarto.

— Eu vou adorar, Dr. Pablo. Pode marcar o dia que eu largo tudo e vou. Eu adoro aqueles meninos!

— Eu sei... Assim que a mãe deles liberá-los, eu combino com você.

— Eu vou ficar esperando! Com licença! — Ana recolheu a xícara, pegou a bandeja e saiu intrigada da sala de Pablo. E quando chegou perto da mesa de Amanda, ela não resistiu e começou a tagarelar, despejou logo o que viu. — Menina! Ele até reclamou que o café estava muito quente e queimou os lábios dele. Mas não foi isso não... Foi o machucado na boca. Você estava certa, eles brigaram mesmo!

— Olha só! Esqueça isso! Senão, vão acabar nos envolvendo em alguma fofoca. Eles que se virem diante dos funcionários.

— É mesmo! Eu não consigo nem imaginar... Será que foi por causa de alguma mulher?

— Mulher?

— Ah! Eu só falo besteiras! Claro que não! Dr. Vicente já tem duas, não é? Ah! Ah! Ah! — e saiu a copeira com a bandeja na mão curtindo da cara de Amanda.

— Você vai voltar... E na volta eu esgano você! — irritou-se Amanda com a indireta de Ana. Mas, ao mesmo tempo, ela não conseguiu resistir à brincadeira irônica da copeira, colocou a mão sobre a boca e também começou a rir. — Ah! Ah! Ah! Sua suja!

O dia na Rascante foi passando despercebido. Amanda, envolvida com os telefonemas e com a organização das pastas e documentação. Vicente, recluso na sua sala, perdido no meio das suas planilhas. E Pablo, concentrado diante do computador, envolvido com os seus projetos.

Quando o cansaço foi chegando. Pablo afastou a cadeira e esticou os braços. Levantou-se e foi até a janela. Já estava entardecendo e as luzes da cidade começavam a acender. Ele olhou para o relógio, pegou o celular e fez uma ligação. Ficou aguardando. Mas só conseguiu ouvir o toque da chamada telefônica e depois a queda do sinal. Ligou novamente, insistiu por vários minutos, mas acabou desistindo após ouvir o pedido de gravação da sua mensagem na caixa postal.

Pablo pegou o paletó, a pasta, e passou por Amanda sem ao menos justificar a sua saída repentina da empresa. Tomou o elevador e foi direto para o subsolo, entrou no carro e saiu às pressas da garagem do prédio. E ao parar no semáforo, ele olhou pensativo para o celular e não pensou duas vezes. Assim que o trânsito ficou liberado, ele fez o retorno e acelerou com o carro. Quando as portas do elevador se abriram, deparou-se com Lígia no hall, pronta para ir embora.

— Pablo?!

— Oi! — respondeu ele, um pouco ofegante, saindo às pressas do elevador.

— O que você está fazendo aqui?

— Eu vim conversar com você. Eu estou ligando para você há um tempão, mas o seu celular chama e ninguém atende.

— Eu saí de casa apressada e esqueci o telefone em cima da minha cama. Quando eu me lembrei, já estava quase chegando ao consultório. Mas... Qual é o assunto tão urgente que você quer falar comigo? Algum problema?

— É que... Está acontecendo alguma coisa estranha comigo.

— Mas você já desmarcou algumas sessões e faltou a outras... Agindo assim, todo o progresso que a gente fez ficará comprometido.

— Você tem razão! Mas... Você não teria alguns minutos para escutar o que eu tenho para falar?

— Hoje não dá... Eu vou olhar na minha agenda e passo uma mensagem para você.

— Você está sendo fria comigo!

— Não é isso! Eu estou cheia de problemas. O meu filho estava morando nos Estados Unidos com o pai e, de repente, ele caiu de paraquedas na minha casa. Pelo que você está vendo, hoje sou eu que estou precisando falar, desabafar.

— Fale!

— Falar o quê?

— O que você quer jogar para fora.

— Mas Pablo... Você é meu paciente! Eu fico em uma situação fragilizada.

— Agora, nós estamos conversando como amigos que somos desde muito tempo.

— Eu sei... É que fica um pouco difícil para mim. Talvez você não consiga separar a pessoa Lígia da psiquiatra, mas existe essa diferença.

— Eu sei que não sou a pessoa apropriada para você conversar sobre os seus problemas... Mas, pelo menos, poderíamos tomar um café, comer alguma coisa... Espairecer as ideias.

— É que eu estou sem carro... E mais tarde, o trânsito vai ficar super congestionado. Eu vou chegar muito estressada em casa. Eu tenho relatórios para terminar. Eu ainda trabalho em casa, não é só no consultório não, sabia?

— Eu também... Eu levo você em casa. Pronto! Está resolvido!

— Mas só um café e bem rapidinho!

— Está ótimo!

Pablo estacionou o carro em frente a uma cafeteria já conhecida e bem frequentada há tempos pelos dois. E enquanto o atendente anotava o pedido, ele ficou olhando para as mãos de Lígia agitadas sobre a mesa. Ela estava evasiva, alheia às movimentações das pessoas dentro da cafeteria, como se não tivesse prazer algum de estar ali naquele momento.

— Eu vou querer um café puro e bem forte — disse Pablo para o atendente da cafeteria, assim que ele se aproximou da mesa para anotar o pedido. — E você, Lígia?

— Pode ser um... cappuccino.

— Adoçante ou açúcar, senhor? — perguntou o atendente.

— Não, por favor! Puro e sem açúcar. Amargo!

— Amargo? — espantou-se Lígia com a mudança de hábito de Pablo.

— É... Amargo!

— Mas... Desde quando você toma café amargo?

— De uns tempos para cá... Eu experimentei e gostei.

— E a senhora? — interferiu gentilmente o atendente, dirigindo-se à Lígia.

— Adoçante! Por favor!

— Desejam mais alguma coisa?

— Não, Obrigado! — respondeu Pablo.

— Com licença! — disse o atendente, fechando o pedido e retirando-se.

— Eu não quero ser intrometido, mas, eu estou percebendo que você está muito nervosa.

— E estou... Eu estou uma pilha de nervos.

— Desculpe-me, mas eu posso ajudá-la em alguma coisa?

— Não... Ah! Pode sim! Eu vou agora mesmo ver de perto o que Érike está aprontando. Você pode me levar até lá? Eu tenho que pegar o meu carro... Isso não está certo!

— Érike é o nome do seu filho?

— É.

— Mas o que ele está fazendo de tão grave?

— Eu não sei! Ele não fala!

— E quantos anos ele tem?

— Trinta e poucos...

— Ah! Já é um homem. Eu pensei que fosse algum adolescente... — descontraiu-se Pablo, olhando para o atendente da cafeteria que se aproximava da mesa com o café.

— E é... Não tem juízo. Ele preferiu morar com o pai nos Estados Unidos desde os seus dezoito anos ou quase isso. O pai dele tem uma construtora há muitos anos por lá. Ele não quis seguir a profissão do pai, não quis trabalhar na construtora e também não quis voltar para o Brasil. Ficou por lá estudando e fazendo teatro. Já deu para perceber que nós não nos damos muito bem... Eu acho que é porque nós temos o mesmo gênio.

— Eu também sinto isso com um dos meus filhos... Diogo. Diego é mais carinhoso e me obedece em tudo. Mas Diogo está sempre me desafiando.

— É isso... Ele sempre faz tudo ao contrário só para me desafiar. Sempre foi assim desde pequeno.

— E por que ele voltou para o Brasil?

— Então... Ele começou a fazer teatro. Fez alguns musicais, mas não prosperou muito nas suas investidas. Ele disse que com a pandemia ficou muito ruim e que só conseguiu trabalhos de quinta categoria. Ele resolveu voltar para o Brasil para ficar por uns tempos e investir em coisas novas.

— Não estou vendo nada de mais nas ideias dele. Eu também sou empresário, sou investidor e viajo com os meus projetos. Vicente fica louco comigo!

— Quem é Vicente?

— O vice-presidente da Rascante.

— Você pode mesmo me levar até onde ele está... Eu preciso pegar o meu carro. Ele já me irritou demais com isso.

— Vamos! E onde é?

— Agora você vai entender melhor porque eu estou assim desse jeito. É uma boate.

— Boate? É um tipo de negócio que dá dinheiro!

— Boate gay!

— Gay?

— Isso! Ele disse que não se usa mais o termo gay e sim lgbtqia+... Eu acho gay bem mais fácil de falar.

— Ele é...?

— Não sei! Ele tinha uma noiva lá nos Estados Unidos. Eu perguntei isso para ele... Antes eu não tivesse nem perguntado. Ele me arrasou! Disse que é livre para viver a vida dele como bem quiser.

— Ah! Ah! Ah! Ele só está provocando você.

— Tem algum problema de você ir até lá comigo?

— Nenhum... Eu já fui muitas vezes com Nádia em boates desse tipo.

— Já?

— Já! Nádia recebia sempre alguns convites... Ela tinha muitos amigos que frequentavam a vida noturna, entendeu?

— Entendi! Então vamos?

— Vamos! Eu só vou pagar a conta.

— Eu vou até o toalete... Não demoro!

Enquanto Lígia foi ao toalete, Pablo pagou a conta, levantou-se da mesa e foi para o lado de fora da cafeteria. Encostou-se no carro, acendeu um cigarro e ficou aguardando-a. E quando Lígia saiu da cafeteria e o viu fumando, ficou encabulada e olhou para ele com certa estranheza. Pablo percebeu a reação dela, mas continuou com o cigarro entre os dedos, fumando.

— É só para relaxar! — justificou-se ele.

— Eu pensei que você tinha parado!

— E parei... De vez em quando eu fumo alguns, mas não como antes, quando eu fumava quase duas carteiras de cigarros por dia.

— Eu também estou precisando de um.

Pablo pegou a carteira de cigarros e ofereceu para Lígia. Ela rapidamente pegou um cigarro e ele o acendeu. E os dois ficaram encostados no carro, em frente da cafeteria, descontraídos, sem dar uma palavra, apenas saboreando o prazer entre uma tragada e outra, tentando se desligar dos seus problemas.

Minutos depois, Pablo estacionou o carro em frente à boate. Eles saíram do automóvel e Lígia ficou olhando assustada para a fachada do prédio, que estava coberta com um plástico preto.

— Que espelunca! — murmurou ela, completamente chocada com a aparência do lugar.

— Você tem certeza que é aqui?

— Está parecendo que sim. Acho que está em obras. Ele não me fala nada... Mas eu o escutei falando ao telefone com alguém que ia fechar a boate para reformas.

— Ele tem tino de empreendedor!

— Ele é muito teimoso!

— É isso mesmo! Tem que ser teimoso e acreditar que vai dar certo!

— Ouvir você falando assim, até me dá mais tranquilidade... Mas, conhecendo o meu filho como eu conheço, nada fica tranquilo com ele.

— Você não está exagerando um pouco?

— Não!

— Ah! Ah! Ah!

— Vamos! O meu carro está ali. Ele deve estar lá dentro. Eu não vou demorar... Só vou pegar as chaves do carro e partir para casa — Lígia respirou fundo e seguiu com Pablo até a porta da boate, mas de cara foi logo barrada pelo segurança.

— A boate está fechada para obras — interceptou-os o segurança.

— Érike está aí dentro? — perguntou Lígia.

— Érike está ocupado e disse que não pode atender ninguém.

— Não? Então diga para ele, que a mãe dele está aqui fora e quer falar agora com ele!

— Quê?

— A mãe dele... — gritou ela. — Você é surdo?

— Fique calma, minha senhora! Aguarde um minuto! Eu vou avisar que a senhora está aqui fora querendo falar com ele — o segurança foi desfazendo o tipo marrento, entrou rápido e chamou um dos funcionários.

— Eu nunca imaginei que você fosse...

— Atrevida!

— É...! — concordou Pablo, surpreso com a atitude de Lígia para cima do segurança. — Você deixou o cara com medo... Ah! Ah! Ah!

— Érike pediu para a senhora entrar e esperar um pouco — disse o segurança, retornando à porta de entrada da boate.

— Eu? Entrar? — respondeu ela, fazendo uma cara de repúdio.

— Isso! Ele está ensaiando as meninas... — explicou-lhe o segurança, com o olhar meio arredio para Lígia.

— Não há problema algum... Não tem expediente, está em obras. Vamos entrar Lígia! Você já está aqui mesmo! — insistiu Pablo.

— Pablo, desculpe-me pelo transtorno... Eu acabei envolvendo você nessa minha confusão. Eu só vou entrar e pegar as chaves do meu carro — desculpou-se Lígia, um pouco sem jeito, sentindo-se envergonhada.

— Não precisa se desculpar! Vamos entrar! E pare de ficar imaginando coisas... Deixe isso só para mim! Ah! Ah! Ah!

— Ah! Ah! Ah! Eu estou imaginando milhões de coisas...

Pablo e Lígia passaram pelo segurança e entraram na boate, que estava toda reformada, com uma roupagem nova, bem diferente dos tempos de Pâmela.

Érike estava no palco, ensaiando com as drag queens e alguns rapazes.

— Aquelas são as meninas que o segurança falou? — perguntou Lígia, olhando assustada para Pablo.

— Eu acho que sim. Ele viu você. Está acenando com a mão para você esperar... — disse Pablo, com os olhos vidrados no palco.

— Até que o espaço não é tão ruim assim.

— Não! — respondeu Pablo, com o olhar ainda fixo na direção do palco, acompanhando os movimentos do ensaio.

— Você não se importa?

— Com o quê? — perguntou ele, totalmente alheio às perguntas de Lígia.

— De estar aqui?

— Não! Eu passei uns tempos viajando pela Europa... É comum esse tipo de casa de show por lá. No Brasil, as pessoas ainda têm muito preconceito!

— Você acha que eu estou sendo preconceituosa?

— Só um pouquinho!... — insinuou Pablo, divertindo-se.

— Ai, meu Deus! Você acha? — Lígia ficou totalmente desconcertada com a sinceridade de Pablo.

— Um pouco de preconceito misturado com excesso de preocupação de mãe.

— É que eu tive uma criação bem reservada... Outra geração. Sempre fui bem retraída. Acho que estudar psiquiatria foi uma porta de saída para eu fugir de várias coisas que me deixavam completamente engessada... Eu quis me entender melhor. E também para ajudar as pessoas a enxergar aquele pontinho de luz no final do túnel.

— E você faz isso muito bem!

— Você só está sendo gentil para me agradar.

— Nunca!

— Dra. Lígia! — disse Érike, aproximando-se deles inesperadamente. — Você veio conhecer a boate e trouxe o seu namorado? — Lígia ficou ainda mais irritada com a insinuação de Érike e começou a falar rispidamente com ele, ignorando a presença dos funcionários da boate.

— Érike! Isso não se faz! Você me deixou sem carro o dia inteiro! E esse aqui é um amigo, não é meu namorado — respondeu Lígia grosseiramente e sem tirar os olhos da roupa que ele estava usando.

— Poderia ser! — insinuou Érike, lançando um olhar observador sobre Pablo, deixando Lígia constrangida.
— Tony! Traga uma água com gás para mim. Vocês querem beber alguma coisa?

— Não! Eu só quero as chaves do meu carro — alterou-se Lígia, elevando o tom da voz e olhando séria para a cara de Érike. A discussão entre os dois deixou Pablo constrangido. Ele passou a mão na cabeça, disfarçou, olhou para um lado, olhou para o outro, e arranjou uma desculpa para deixá-los sozinhos.

— Eu vou deixar vocês a sós... Eu posso ir ao banheiro? — perguntou Pablo, sem tirar os olhos de cima de Érike.

— Tony! Mostre para ele onde fica o banheiro — gritou Érike, olhando na direção de Tony e fazendo um sinal com a mão.

Pablo deixou os dois a sós e acompanhou Tony até o banheiro. Lígia ficou olhando séria para Érike, riscando-o de cima a baixo. E quando ele se virou, ela tomou um susto ao ver as suas nádegas à mostra.

— O que é isso? Essa roupa é para fazer o show? Assim com a bunda toda de fora? — escandalizou-se ela.

— Eu já fiz peças até nu... Qual é o problema?

— Nu?

— Eu sou um artista, Dra. Lígia!

— Érike, querido! As meninas estão ficando cansadas de esperar. E aqueles bofes gostosos esparramados pelo palco... Elas estão ficando nervosas. E eu também! — disse Ravena, aproximando-se dos dois e se pendurando no pescoço de Érike. — Nossa! E quem é essa gatona?

— Minha mãe!

— Sua mãe? — surpreendeu-se Ravena, soltando-se de Érike.

— Eu já estou indo para terminar o número... E eu nem posso ficar aqui perdendo tempo. A inauguração da boate é daqui a uma semana e nós estamos muito atrasados.

— Prazer em conhecê-la! Hum... Ela é séria! — e saiu Ravena cantarolando e rebolando até o palco sob o olhar de espanto de Lígia.

— Tony! — gritou Érike, olhando na direção do bar.

— Já sei! A chave do carro! Está aqui comigo... Você esqueceu em cima do balcão.

— Tony, eu acho que vou me casar com você! Você adivinha até os meus pensamentos! — Lígia continuou quieta e mordendo os lábios. E quando Tony se aproximou, ela arrancou as chaves do carro da sua mão com ignorância, deu as costas para Érike e saiu em disparada da boate.

— Fique mais um pouco! Tome um drinque! — gritou Érike, provocando-a com deboches enquanto ela saía às pressas da boate.

— Ela ficou furiosa! — disse Tony.

— Eu sei... Eu vacilei! — mas ela não precisava ter feito aquela grosseria toda com você. — Ih! Cadê o cara que estava com ela?

— Ele tinha ido ao banheiro... E já faz um tempão que ele está lá.

— Eu vou lá dar uma olhada! A minha mãe quando fica nervosa... Fica cega e surda. Ela já deve ter pegado o carro e saído fora.

Quando Érike entrou no banheiro, tomou um susto ao se deparar com Pablo encostado na parede e fumando. Os dois ficaram se olhando por alguns segundos sem pronunciar uma palavra. Pablo estava sem o paletó, com a camisa entreaberta e os cabelos molhados jogados para trás.

— Você se assustou? — perguntou Esteban para Érike.

— Cara! Eu não me assustei... Eu só achei estranho!

— Estranho como?

— Você está diferente! — respondeu Érike, olhando nos olhos de Esteban, examinando-o.

— Diferente? Você consegue me enxergar como outra pessoa? Eu não sou a mesma pessoa que entrou na boate junto com a sua mãe?

Érike, por um momento, ficou preso no seu tempo e no seu espaço. Mas continuou olhando para o homem que estava na sua frente como se ele não fosse Pablo. Ficou observando-o enquanto fumava. Seguiu os movimentos dos seus lábios e das suas gesticulações. E, sem titubear, surpreendeu-o com uma resposta clara e precisa.

— Não! Você não se parece com a mesma pessoa que entrou na boate junto com a minha mãe — Esteban não se conteve diante da resposta de Érike e deixou escapar um sorriso irônico pelo canto dos lábios. Ele ficou instigado... — Ih! — lembrou-se Érike, dissolvendo todo o clima de mistério entre os dois. — Ela se mandou! Foi por isso que eu vim procurar você.

— Vocês brigaram?

— A toda hora... Já é normal.

— Ah! Ah! Ah! Eu dei um tempo aqui no banheiro para vocês ficarem conversando. Eu não queria deixar Lígia constrangida.

— Vocês dois estão juntos?

— Não! Nós somos apenas amigos. Aqui está quente, não?

Esteban terminou de fumar o cigarro, jogou a guimba no vaso sanitário e se deslocou até o lavatório. Abriu a torneira e começou a lavar o rosto. Depois, ele abriu alguns botões da camisa e começou a passar a mão molhada sobre o peito e pelo abdômen. E sempre olhando, através do espelho, para Érike, que também não tirava os olhos dos seus movimentos sensuais.

— O seu nome é...? — Esteban foi se aproximando mais de Érike e encostou os seus lábios bem próximos ao ouvido dele.

— Esteban! — pronunciou ele, pegando o paletó e passando pela porta do banheiro, deixando Érike mais confuso e totalmente desorientado com a sua investida.

Mas Érike tinha toda a razão. Pablo e Esteban eram totalmente diferentes. E ele pôde perceber isso quando Esteban saiu caminhando na sua frente. Érike o seguiu e ficou examinando-o minuciosamente. O andar dele era mais elegante e a sua postura era visivelmente adversa da postura de Pablo. Ele parecia ser mais alto, ter mais massa muscular e andava deslizando sobre o chão como se estivesse flutuando.

— Se você quiser... Eu o deixo na sua casa.

— Eu ainda não terminei o ensaio... Mas, encarar Dra. Lígia depois da nossa discussão, não seria uma boa ideia. Eu acho que vou ficar por aqui mesmo!

Talvez, depois do ensaio, eu saia para dar uma volta, esfriar um pouco a cabeça.

— Será que eu posso me servir de um drinque? — perguntou Esteban assim que eles se aproximaram do bar.

— Claro! Tony! Prepare um drinque para o nosso visitante.

— Já está saindo...! — respondeu Tony, correndo para trás do balcão e olhando para Esteban. — O que o senhor vai querer?

— O melhor que tiver na casa... E duplo! — respondeu Esteban, acompanhando Érike com os olhos enquanto ele seguia em direção ao palco para terminar o ensaio.

— O clima ficou quente entre Érike e a mãe dele. Ela só faltou dar na cara dele — começou Tony a tagarelar enquanto preparava o drinque e o servia para Esteban.

— Família é assim mesmo... Hum! Espetacular!

— O quê?

— O seu drinque!

— Eu criei esse coquetel para a inauguração da boate.

— Muito bom! Acho que eu vou querer outro!

— O senhor vai esperar Érike?

— Não sei... Talvez sim, Talvez não! Eu vou ficar assistindo um pouco do ensaio daqui. Tem algum problema?

— Nenhum! Fique a vontade!

— Eu estou... — Esteban acendeu um cigarro, pegou o drinque e se aproximou mais do palco. Sentou-se em uma das mesas e ficou assistindo ao ensaio.

Érike incorporou à apresentação das drag queens algumas atuações teatrais. A ideia surgiu quando ele presenciou a briga entre Nicole e Cassandra no camarim. Ele mesmo criou o roteiro e se dedicou arduamente durante os ensaios com o grupo para surpreender o público na noite da inauguração da boate.

Esteban ficou sentado à mesa, tomando o seu drinque e apreciando a desenvoltura de Érike e dos bailarinos. Os seus olhos acompanhavam cada movimento, o esvoaçar das plumas e os brilhos das roupas que ficavam mais intensos com a luz dos refletores.

Érike marcou as posições mais uma vez: Cassandra e Nicole ficam diante do espelho se produzindo e de repente começam uma discussão, depreciando uma a outra. Em seguida, elas se levantam das cadeiras e se atracam. Ravena entra no meio das duas para apartar a briga, mas Cassandra e Nicole continuam se estranhando. E no final é lançado um desafio para ver qual das duas canta e dança melhor. Durante o desafio, os rapazes aparecem em cena e começam a dançar com elas.

— Está ótimo! Ficou perfeito! Estão todos liberados! — Érike encerrou o ensaio e olhou para a mesa em que Esteban estava sentado. E enquanto o pessoal foi se dispersando, ele desceu do palco e se aproximou dele. — Você ainda está por aqui?

— Eu fiquei distraído assistindo ao ensaio... E entre um drinque e outro, acabei ficando. Muito bom! Você está de parabéns!

— Você gostou mesmo? Não está escandalizado como a minha mãe?

— E por que eu deveria? Somos pessoas diferentes.

— A sua cabeça é mais aberta... Atualizada!

— E você? Já resolveu se vai para casa ou não?

— Não! Eu vou trocar de roupa e vou dar uma caminhada... Talvez pela areia da praia.

— Já não está um pouco tarde para isso?

— Eu sou da noite! Não tenho medo do escuro! E você?

— Talvez eu tenha medo de mim... De você. Somos imprevisíveis!

— Eu gosto de ser imprevisível... Não gosto das coisas marcadinhas.

— Mas você não estava fazendo isso lá em cima do palco? Marcando as posições e as falas do pessoal?

— Ih! O papo já começou azedar...

— Ah! Ah! Ah! Por que você está falando isso?

— Eu estou falando da vida real... Não gosto de me sentir preso a nada. Eu gosto de ser livre!

— Então vamos à praia!

— Você também vai?

— Claro! Enquanto você troca de roupa... Eu vou pagar os drinques que tomei.

— Não precisa! A bebida é por conta da casa.

— Você também gosta de usar roupas femininas?

— Como?

— Desculpe-me! Eu me expressei mal! Você também atua com roupas femininas?

— Eu sou um artista... Se for interessante? Eu vou para o camarim trocar de roupa. Acho que caminhar na praia ficou bem desinteressante.

Érike foi para o camarim trocar de roupa e deixou Esteban sentado à mesa terminando o seu drinque. Assim que ele tomou o último gole da bebida, seguiu o mesmo caminho de Érike e ficou parado em frente de uma porta, deduzindo que ali seria o camarim. Ele colocou a mão na maçaneta e foi abrindo a porta lentamente.

Ao entrar no camarim, Esteban se deparou com Érike travestido, maquiado e com uma peruca loura, esperando-o. Ele fechou a porta e foi se aproximando dele sorrateiramente, escondendo entre os seus lábios um sorriso bem malicioso.

— É assim que você gosta? — perguntou Érike, olhando-o dentro dos olhos.

— Sim... Está perfeito! — respondeu Esteban, aproximando-se mais de Érike e sussurrando próximo ao seu ouvido. — Dance! Dance para mim!

Érike começou a dançar ao redor de Esteban com um colar de plumas em volta do pescoço, deixando-o cada vez mais com os seus sentidos aguçados. Os seus olhos brilhavam como os olhos de um felino, acompanhando os movimentos sensuais das plumas que Érike deslizava sobre o seu corpo, ao redor dos seus lábios e carinhosamente pelo o seu rosto, provocando-o.

Esteban começou acariciá-lo no pescoço, encaixou a sua mão na garganta dele e foi apertando com força, deixando-o desconfortável. Mas Érike não relutou e ficou olhando dentro dos olhos dele com a respiração ofegante, desafiando-o. E, inesperadamente, Esteban o jogou de bruços em cima da mesa e começou a se esfregar nele. E quando o penetrou, Érike se agarrou à mesa e gritou. Os seus gemidos de dor, misturados com os gemidos de prazer, foram logo suprimidos pela mão de Esteban, que o dominou e se arremessou violentamente contra ele para saciar a sua fome de prazer.

— É assim que você gosta? Vagabunda! Sua puta! — extravasou-se Esteban, descarregando sobre Érike toda a sua fúria sexual.

E quando ele, tomado pela sua explosão de prazer, saciou-se vorazmente da sua presa, afastou-se imediatamente. Érike, totalmente exaurido, deslizou pela mesa e caiu esmorecido ao chão, enquanto Esteban fechou o zíper da calça, saiu do camarim sem pronunciar uma palavra e fechou a porta.

Capítulo 9

O delegado Siqueira não conseguiu ficar sentado em sua cadeira. Estava agitado e não parava de bater com os dedos sobre a mesa. De repente, ele se levantou e começou a andar de um lado para o outro pela sala, aguardando com ansiedade a chegada dos detetives Caio e Flávia. E quando eles entraram porta adentro, Siqueira quase teve um infarto. Ele estava ávido por notícias sobre o caso dos assassinatos em série.

— E aí? O que vocês têm para me dizer?

— Chefe! O crime parece ter correlação com o outro caso. A vítima foi estrangulada! — disse a detetive Flávia.

— Assassinato em série?

— Não podemos afirmar ainda se é o mesmo assassino. Não era uma mulher... Era um travesti!

— Travesti? Mas eu fui informado de que era uma mulher.

— Não! Nós fomos ao necrotério e acompanhamos os esclarecimentos do médico legista. Não havia lesões pelo corpo, mutilações e nem sinal de luta... Só as marcas no pescoço.

— Eu estou ferrado! Já estão querendo me detonar pelo primeiro assassinato e agora acontece mais esse. Vocês não encontraram nenhuma evidência, revólver, facas, drogas...? Uma pena cor-de-rosa?

— A vítima tinha um colar inteiro enrolado no pescoço — prosseguiu Flávia com o seu relatório, enquanto Caio permaneceu quieto, contido diante do ataque de nervos de Siqueira.

— Um colar de quê?

— De penas cor-de-rosa!

— Meu Deus! Lá vem você de novo com essa história! — exaltou-se Siqueira.

— Foi o senhor que perguntou.

— Você está querendo me dizer que o assassino enforcou a vítima com um colar de plumas cor-de-rosa?

— Talvez sim, talvez não. Mas ele está deixando fugir do seu controle algo que pode denunciá-lo. Ele não está percebendo isso... E a polícia também não!

— O que você está querendo dizer com isso, detetive Flávia?

— Delegado... Nós podemos estar diante de um caso de psicopatia grave, alguém está perdendo o controle sobre si. Já são dois assassinatos em um curto espaço de tempo.

— Isso não quer dizer nada. Prostitutas, travestis, drogados, traficantes... Eles são mortos todos os dias em uma esquina pela madrugada. Eu não estou entendendo onde você está querendo chegar, detetive Flávia.

— E não temos nenhum suspeito! — disse o detetive Caio. — Eu não acho que um caso tenha ligação com o outro. Embora as duas vítimas tenham sido estranguladas. Um homicídio foi nas proximidades da boate e o outro corpo foi encontrado na praia.

— O assassino pode ter deixado o corpo na praia para despistar a polícia — retomou Flávia as suas hipóteses, jogando sobre a mesa do delegado as suas suspeitas sobre o caso. Enquanto Siqueira começou a balançar a cabeça negativamente e passar a mão sobre a testa para se livrar do excesso de suor.

— E as câmeras de segurança? Esse travesti também trabalhava na boate? — perguntou o delegado.

— Nós vamos voltar ao local do crime e verificar se há algum ponto de visibilidade mais próximo e solicitar as imagens... Mas será um pouco difícil. O local é bem afastado e de madrugada fica muito ermo.

— Faça isso detetive Flávia... E Caio volte a boate para ver se eles conheciam a vítima.

— A boate está fechada para obras, chefe — respondeu Caio.

— Deve ter alguém por lá... Não tinha ninguém circulando por lá?

— Tinha o segurança, o pessoal da obra e o novo dono da boate que se chama Érike.

— Novo dono?

— É... A travesti Pâmela vendeu a parte dela e se mandou para os Estados Unidos.

— Isso está ficando estranho... Então dê uma dura nesse Érike e fale também com os funcionários... Não deixe ninguém de fora.

— Uma coisa é certa... — deduziu a detetive Flávia. — Esse cara é bem forte. Provavelmente com a estatura acima de 1,80 de altura. O assassino pode ser até mesmo um desses travestis que trabalham na boate.

— Por hoje é só... Já temos suposições demais. Vamos trabalhar! O dia vai ser daqueles!

— Já estamos indo, chefe — apressou-se Caio, tocando com o cotovelo no braço de Flávia e fazendo sinal com a cabeça para eles saírem rápidos da sala do delegado.

Érike abriu a porta e entrou em casa tranquilamente, achando que Lígia estava no consultório, mas o seu bom humor foi por água abaixo quando ele escutou um barulho na saleta de trabalho da mãe. Ele seguiu pelo corredor e parou meio ressabiado perto da porta da saleta.

— Ué?! Não foi para o consultório?

— Não! Eu transferi as sessões para outro dia... Hoje eu não estou em condições de ficar ouvindo histórias na minha cabeça. Ela já está muito cheia! — respondeu ela, olhando para o filho com a cara de mal-humorada e murmurando entre os dentes.

— Esse mau humor todo é por causa da boate? Eu já estou arrumando um canto para ficar.

— É sobre isso mesmo que precisamos conversar! Sobre esse seu comportamento!

— Ah! Não! Eu não quero continuar a discussão! Eu nem dormi direito por causa da grosseria que você fez na boate diante de todo mundo. Foi ridículo!

— E onde você estava?

— Eu? Eu fiquei pela boate mesmo! O seu namorado acabou ficando por lá também.

— O meu namorado? Meu Deus! Pablo!

— Pablo? — Érike ficou confuso ao ouvir Lígia se referir a Esteban pelo nome de Pablo. — Mas o nome dele...

— O nome dele é Pablo! O que ele ficou fazendo por lá?

— Sei lá?! Quando eu terminei o ensaio e olhei... Ele estava em uma mesa, sentado na cadeira tomando uns drinques. Ele ficou assistindo ao ensaio. Eu pensei até que ele também tinha ido embora.

— Que vergonha! Ele foi tão gentil em ter me acompanhado até lá... Mas ele não é meu namorado! É um amigo! Eu tenho que ligar para ele e me desculpar. Como eu vou conseguir encará-lo nas consultas... Nas sessões de terapias — Lígia, ao perceber que tinha se traído com as suas próprias palavras, ficou paralisada e olhou meio constrangida para Érike.

— Ele é seu paciente? Você está se relacionando com o seu paciente? Ah! Ah! Ah! E ainda quer me dá lição de moral?

— Não é nada disso! Nós nunca tivemos envolvimento algum. Ele está separado da mulher há alguns anos. Não conseguiu superar o divórcio e sofre muito em ter que ficar longe do convívio com os filhos.

— Sei... E por que ele estava com você lá na boate?

— Eu já falei! Ele só me acompanhou. Ele não estava conseguindo falar comigo por telefone e foi até ao consultório. Eu estava nervosa e ele me ofereceu uma carona. Como ele nunca tinha me visto daquele jeito, eu acabei desabafando... Eu também sou de carne e osso! E eu aproveitei que ele estava disponível e fui até a boate para pegar as chaves do carro. Você me deixou sem carro o dia inteiro!

— Desculpa! Eu me envolvi em tantas coisas... Compras de materiais, o ensaio, e acabei me esquecendo.

— É isso mesmo que você quer fazer?

— Se é o que eu quero fazer, eu não sei. Eu só sei que já estou fazendo. Se der certo, deu. Se não der, eu parto para outra. Eu vou tomar um banho e descansar um pouco. Mais tarde eu vou dar uma passadinha na boate para ver como estão indo as coisas por lá.

— Se é isso mesmo que você quer... Fazer o quê? Eu vou aproveitar que não vou para o consultório e vou ao supermercado comprar algumas coisas que estão faltando. Você poderia ir comigo, eu não estou a fim de dirigir.

— Ué?! Ontem, você fez um escândalo por causa do carro e hoje você não quer dirigi-lo? Não dá para entender... E eu também estou muito cansado!

— Deixa! Não precisa ser hostil! Você acaba com o meu bom humor! — disse Lígia em um rompante, dando às costas para o filho e se deslocando apressadamente até o quarto para pegar a bolsa e as chaves do carro.

— Nunca teve bom humor comigo mesmo! — murmurou ele consigo, fazendo uma cara de nojo pelas costas da mãe.

Érike continuou no corredor encostado próximo a porta da saleta. Ele olhou para as pastas que estavam em cima da mesa e ficou curioso, instigado a bisbilhotar. Mas quando ele ameaçou a colocar os pés para dentro da sala, Lígia surgiu no corredor com as chaves tilintando em uma das mãos. E, imediatamente, ela trancou a porta, ajeitou a bolsa sobre o ombro e saiu rápido sem olhar para a cara dele.

Depois que ouviu o barulho do carro saindo da garagem, Érike jogou um pouco com a sorte e avançou sobre a maçaneta para abrir a porta da saleta, mas a porta estava realmente trancada. Ele ficou irritado e saiu xingando pelo corredor — Que merda! Porra!

Horas mais tarde, enquanto saía do departamento de medicina legal da polícia, onde o corpo do travesti ainda aguardava o reconhecimento dos parentes, a detetive Flávia avistou um grupo com três indivíduos cabisbaixos e tristonhos. Um deles chorava sem parar. O outro, que trajava uma blusa amarela, amparava o que estava chorando, enquanto o de blusa vermelha o abanava com um pedaço de papelão. Ela olhou bem para o grupo, reconheceu uma das figuras e não perdeu tempo, foi logo se aproximando.

— Vocês não trabalham na boate de Pâmela? — perguntou ela, persuadindo o grupo.

— Vocês tratam a gente como lixo! — gritou o indivíduo que estava chorando, amparado pelos os outros dois amigos.

— Moça, a gente não tem nada para falar — retrucou o de blusa vermelha, olhando meio assustado para a detetive.

— Eu sou a detetive Flávia... Eu só queria fazer algumas perguntas.

— Para quê? Todos os dias uma bicha é morta, jogada no esgoto e vocês da polícia não fazem nada! —

e continuou o indivíduo que estava chorando com as suas agressões verbais contra a detetive.

— Isso não é verdade! Nós estamos trabalhando para descobrir quem fez isso com o amigo de vocês — respondeu Flávia, sentindo-se meio constrangida, mas partindo em sua autodefesa. — Vocês conheciam a vítima?

— O que isso importa? Ela está morta! — alterou-se o de blusa amarela, enquanto confortava o amigo que estava chorando sobre o seu ombro.

— Ele está morto, mas podemos evitar a morte de outros mais. Se esse doente não for parado, outros poderão morrer pelas mãos dele como o amigo de vocês morreu.

— Nós não sabemos de nada... Apenas viemos reconhecer o corpo. Nós ficamos chocadas quando soubemos da notícia. Nós morávamos todas juntas, no mesmo apartamento — esquivou-se o de blusa vermelha.

— Ele não tinha família? Parentes?

— Tinha... Mas ela não se dava muito bem com eles. Nós éramos a família dela.

— E ele também trabalhava na boate?

— Por quê?

— Trabalhava sim! — confirmou o que estava chorando. — Mas depois que a boate trocou de dono, a maioria foi dispensada. Ela ficou arrasada e teve que voltar para as ruas. Aquele filho da puta! Ele ainda teve a coragem de falar que ela estava muito caída. Desgraçado! Filho da puta! Enrustido! E ela acabou morrendo daquele jeito! Coitadinha da nossa amiga! — desabafou ele, enquanto se agarrava ao amigo de blusa amarela e desabava a chorar.

— Ela está descontrolada! Não sabe o que está falando... — amenizou o desabafo do amigo, o de blusa vermelha, desconfiado da investida da detetive.

— Eles tiveram algum desentendimento? — continuou Flávia com as suas perguntas, tentando arrancar alguma informação deles.

— Quem? — fez-se de desentendido o de blusa vermelha, tentando fugir da armadilha da detetive.

— Érike e o amigo de vocês que morreu.

Os três indivíduos se entreolharam e ficaram com receio de continuar a conversa com a detetive Flávia. E quando um deles ameaçou abrir a boca para falar mais alguma coisa, foi logo contido pelos outros dois.

— Nós não sabemos e nem vimos nada sobre alguma briga entre os dois. Agora nós temos que ir. E pegue esse desgraçado! Senão eu mesma vou caçá-lo e arrancar os pedaços dele — disse o de blusa vermelha, forçando os outros dois amigos para apressarem os passos e fugirem do interrogatório da policial.

— Não! Não faça isso! Nós estamos investigando e vamos descobrir quem é esse assassino — advertiu-o Flávia. Mas eles foram se distanciando dela e nem olharam mais para trás. Deixaram-na falando sozinha.

— Obrigado pelas informações. Não precisam ficar preocupados, foi só uma conversa informal. Passar bem... Arrivederci!

Depois do almoço, Pablo e Vicente retornaram juntos para a empresa Rascante. Eles saíram conversando descontraidamente do elevador, como se não tivesse ocorrido nenhuma briga anteriormente entre os dois. Principalmente, a briga que tiveram na fazenda. E que briga! Daquelas de arrancar sangue da cara do adversário. Vicente parou perto da mesa de Amanda e Pablo foi direto para a sua sala.

— Já vi que os adolescentes já fizeram as pazes, não é? — disse Amanda, gastando um pouco da sua ironia com Vicente.

— O que eu posso fazer... Esse cara não me larga!

— Ah! Ah! Ah! — divertiu-se Amanda, colocando a mão sobre a boca para conter os risos diante da piada de Vicente. — Você é um canalha mesmo!

— Que isso, bombonzinho! — e continuou Vicente jogando o seu charme para cima dela. Mas Amanda se segurou e fez uma cara de enfezada para ele.

— E pare de me chamar de bombonzinho aqui na empresa. Alguém pode ouvir! Se eu virar chacota nas bocas dos fofoqueiros, eu me mando daqui e você nunca mais verá a minha cara. E vocês foram almoçar aonde?

— Na churrascaria.

— Vocês não mudam o cardápio... Só carne, carne. Olha o coração!

— Hum!... Está preocupada!

— Eu? Coitado! — balançou ela os ombros, debochando da cara de Vicente. — E vá para a sua sala... Deixe-me trabalhar.

— Vicente! Pegue os relatórios e as planilhas para a gente analisar — disse Pablo, abrindo rapidamente a porta da sua sala e fechando-a na mesma ligeireza.

— Porra! Eu estou aqui me sentindo uma jiboia, empanturrado de carne, tentando fazer a digestão, e ele já vem com trabalho — reclamou Vicente, passando a mão sobre a barriga, totalmente empanzinado.

— Tome um sal de frutas! Agora que está tudo bem, que vocês fizeram as pazes, ele vai arrancar o seu couro. Vai ser só love!

— Psiu! Que isso, bombonzinho! — espantou-se ele. — Você fica falando essas coisas... Daqui a pouco os funcionários vão pensar que a gente tem um caso.

— Ah! Ah! Ah! Mais um concorrente eu não aguento.

— Bombonzinho! Você sabe que eu a amo de verdade, não sabe?

— Sei... E vá logo, antes que ele saia novamente da sala dele e veja a gente ainda aqui conversando — despachou-o Amanda, abrindo a gaveta da mesa e pegando um sachê com o sal de frutas. — E tome o antiácido para você não ter uma congestão.

Vicente pegou o antiácido e foi saindo cheio de preguiça. E quando já estava quase próximo da porta, virou-se e jogou um beijo para Amanda. Ela torceu o nariz e fez uma careta para ele, que saiu rindo em direção a sua sala.

— E Vicente? — perguntou Pablo, abrindo novamente a porta da sua sala e olhando para Amanda.

— Dr. Pablo, ele foi pegar...

— Peça-o para se apressar!

— Sim, senhor — respondeu Amanda, passando a mão imediatamente no telefone.

— E o meu café? Por que Ana ainda não apareceu com o meu café? — irritou-se Pablo, batendo com a porta da sala e correndo para atender o celular que estava tocando. Ele olhou para o visor e, sem hesitar, atendeu logo a ligação.

— Alô!

— Oi! Desculpe-me por não ter ligado para você antes... Eu fiquei tão desorientada que esqueci — disse Lígia, enquanto consultava alguns livros e analisava o prontuário de um paciente.

— Não tem importância... Você está se sentindo melhor?

— Na medida do possível, sim. Mas eu fiquei muito envergonhada... Eu saí da boate tão brava com Érike que acabei me esquecendo de você — de repente, Lígia se levantou e foi até ao armário, um arquivo onde ela guardava as pastas com os prontuários dos pacientes. — Mas eu queria mesmo agradecê-lo por ter ido comigo até a boate. Desculpe-me pelo transtorno que eu lhe causei.

— Você não está exagerando um pouco?

— Você viu com os seus próprios olhos que não foi exagero meu — justificou-se ela, enquanto pegava uma pasta no armário e retornava para a sua mesa. Ela se sentou, abriu a pasta e continuou conversando ao telefone com Pablo.

— Mas eu não vi nada de mais. E eu também não demorei muito tempo por lá... Quando eu voltei do banheiro, o cara do bar disse que você já tinha ido embora e eu saí logo atrás.

— Que estranho?! — disse ela, enquanto folheava o prontuário de Pablo.

— O quê?

— Érike disse que você ficou um bom tempo por lá, assistindo ao ensaio.

— Ele disse isso?

— Bom... Eu não acredito muito nas coisas que ele fala. Ele mente muito!

— Não! Ele pode estar falando a verdade. Foi sobre isso que eu fui falar com você.

— O que está acontecendo?

— Há momentos que eu não me lembro de certas coisas... Onde estive ou o que fiz.

— Você está tomando os remédios direito?

— Os remédios? Acho que sim... Às vezes só me vêm flashes na cabeça, fragmentos, e eu fico totalmente perdido. Aconteceram coisas surreais comigo na fazenda!

— Alucinações?

— Não! Foi bem real! Outras pessoas também presenciaram.

— Coisas naturais?

— Não! Sobrenaturais!

— O quê? Por acaso você viu um fantasma? — Lígia não se conteve e começou a ri. — Ah! Ah! Ah! — Desculpe-me!

— Pior que vi!

— Sério? — perguntou ela, contendo as risadas. — E as outras pessoas que moram por lá também já viram esse fantasma?

— Já!

— Uma alucinação coletiva?

— Eu não sei explicar o que aconteceu. Mas foi bem real! Podemos marcar a sessão de terapia?

— Claro! A minha agenda ficou um pouco tumultuada com essa história de boate... Eu desmarquei algumas consultas de ontem, todas as consultas de hoje e as encaixei mais para frente. Eu resolvi trabalhar hoje em casa, não estava com cabeça para me enfiar no consultório. Mas eu vou abrir uma exceção para você. Amanhã, às dezoito horas, no finalzinho da tarde. Está bom para você?

— Está ótimo! Mas eu não vou atrapalhar você?

— De jeito algum!

— Então ficamos combinados assim... E não brigue com Érike!

— Isso é uma coisa meio difícil de não acontecer. Até amanhã!

— Tchau!

— Tchau! — despediu-se ela, encerrando a ligação. Lígia voltou a remexer na pasta de Pablo e começou a remontar o quebra-cabeça, com o intuito de descobrir alguma informação que poderia ter ficado para trás durante todo o tratamento psiquiátrico dele. Ela ficou confusa e, ao mesmo tempo, assustada com a mudança de comportamento do seu paciente.

Pablo continuou sentado em sua cadeira, roçando a ponta do celular nos lábios, tentando se lembrar sobre o que poderia ter acontecido com ele na boate depois que Lígia foi embora. Ele ficou intrigado, temeroso, suspeitando de que algo poderia ter fugido do seu controle. De repente, Vicente entrou na sala e bateu com a porta, assustando-o.

— Para que essa violência toda?

— Ih! Já sei! Você estava viajando com os seus projetos?

— Não... Eu só estava pensando em outra coisa.

— Eu acho que você está precisando arrumar uma namorada e se casar o mais rápido possível.

— Casar?

— É... Para você ficar mais centrado. Você anda muito desligado com você mesmo. Só pensa em trabalho! Você tem que viver mais para você!

— Onde você leu isso, Vicente?

— Eu estou lendo um livro de autoestima.

— Logo vi! Você quando começa a filosofar, não para... Vamos trabalhar!

À noite, Pablo entrou no apartamento completamente exausto e um pouco estressado. Deixou a pasta em cima do móvel, tirou o paletó e se jogou no sofá. Na sua cabeça havia uma confusão só. Ele tentou se lembrar sobre o que aconteceu com ele na boate, mas as suas lembranças fugiram da sua mente, deixando somente um grande vácuo no tempo.

As suas têmporas latejavam como se fossem explodir e ele começou a pressioná-las com os dedos para aliviar o seu desconforto. Mas não funcionou. Ele se levantou rápido do sofá e foi até o banheiro. E quando abriu o armário para pegar os remédios, não os encontrou. Pablo ficou agitado, furioso, e começou a jogar tudo que havia dentro do armário no chão.

Depois da sua crise de histeria, ele fechou o armário e ficou se olhando no espelho. O seu rosto estava transtornado, pesado, intranquilo. Ele tirou os sapatos, as meias, despiu-se e entrou no boxe. Abriu o chuveiro e entrou debaixo da água fria. Mas não conseguiu relaxar. O seu corpo foi ficando trêmulo e ele não conseguiu mais ficar em pé. Encostou-se na parede do boxe e foi deslizando com as costas até o chão, chorando, lamentando-se — Você está me destruindo! Deixe-me em paz, por favor!

Depois que se esvaziou do seu tormento, Pablo se levantou e fechou o registro do chuveiro. Passou as mãos sobre os cabelos, enxugou-os e os jogou para trás. Vestiu o seu roupão e foi para a sala. Mas ele continuou muito incomodado com ele mesmo, agitado. Preparou uma bebida, acendeu um cigarro e se pôs diante da vidraça da janela, tomando o seu drinque, olhando para os espectros da noite e tentando fugir dos seus.

Algumas horas se passaram. Érike terminou o ensaio com as drag queens e foi até o camarim para trocar de roupa. Quando retornou para o salão, Tony já estava com a sua mochila arrumada, esperando por ele para apagar as luzes e saírem da boate.

Tony desligou a chave de energia elétrica e os dois passaram pelo segurança, que foi logo puxando as grades e trancando a porta. Pablo estava a alguns metros distantes. E antes que Érike pegasse logo a estrada, ele saiu rápido do seu carro e o chamou. Érike o reconheceu. Dispensou a carona e seguiu meio desconfiado até Pablo, que acendeu um cigarro e ficou parado diante dele sem saber o que falar, deixando-o ainda mais furioso.

— O que você está fazendo aqui? — perguntou Érike, encarando-o, deixando Pablo sem jeito e todo encabulado.

— Eu não estava conseguindo dormir... Aí eu resolvi dar uma volta — respondeu ele mansamente, mas Érike continuou atacá-lo.

— Uma volta por esses lados? Você sai do outro lado da cidade no meio da madrugada e vem parar nesse fim de mundo para passear na boca do lixo?

— Boca do lixo? — perguntou ele, olhando para Érike sem entender a indireta.

— É o nome que batizaram este reduto. Eu não preciso nem dizer o porquê, não é?

— Não! Não! — Pablo jogou a guimba do cigarro fora, acendeu outro e continuou insistindo com a conversa, ignorando totalmente a irritação de Érike. — É que... Eu queria mesmo conversar um pouco com você.

— Acho melhor não! Da última vez que nós conversamos você não foi muito agradável.

— É sobre isso mesmo que eu queria falar... — insistiu Pablo, desconcertado e procurando se desculpar com Érike. — Eu não me lembro muito bem o que aconteceu. Se eu falei ou fiz alguma coisa que ofendeu você, eu peço desculpas! — Mas Érike continuou agressivo e começou a ofendê-lo.

— Porra, cara! Era só uma brincadeira! E você me machucou! Qual é a sua?

— Como? — questionou-o Pablo, perdido no meio da explosão sentimental de Érike.

— Você está saindo com a minha mãe e dá em cima de mim? Você gosta de mulher, gosta de homem... Do que mais você gosta?

— Não é nada disso... Eu sou hétero!

— Todos dizem isso! Tem até aqueles que dizem que são gay, mas continuam transando com mulher e homem ao mesmo tempo. Ninguém mais sabe o que é ou do que gosta. Está todo mundo maluco!

— Não! Eu fui casado com uma mulher e tenho dois filhos.

— Então o que deu em você para me atacar daquele jeito?

— Desculpa! Eu não tive a intenção de ofender e nem machucar você. Eu acho que estava muito bêbado. Eu não me lembro muito bem sobre o que aconteceu.

— Ninguém nunca se lembra! Se as pessoas fossem mais honestas com elas mesmas... Estaríamos vivendo em um mundo bem melhor.

— Você fica aí filosofando... Quem é você? Diga-me com franqueza! — irritou-se Pablo com as indiretas de Érike, contra-atacando-o. Ele jogou a guimba de cigarro fora, acendeu outro cigarro e o apressou, fazendo um gesto com a mão para que ele desse logo uma resposta. — Vamos! Diga-me! — mas Érike ficou meio perdido e só encontrou meias-palavras para se defender.

— Eu sou eu!

— Isso não é uma resposta! Você também não sabe! — continuou Pablo, provocando-o.

— Ah! Vá se foder! — irritou-se Érike, virando-se de costas para Pablo e saindo rapidamente, afastando-se dele.

— O que você disse? — e saiu Pablo atrás dele, segurando-o pelo ombro.

— Qual é? Tire as mãos de cima de mim! — exaltou-se Érike, elevando o tom da voz e retirando a mão de Pablo de cima do seu ombro. Mas Pablo o encarou bem de frente e o segurou pela camisa.

— Ninguém fala na minha cara para eu me foder, depois dá as costas e vai saindo de fininho não! — gritou Pablo, olho a olho com Érike.

— Pegue o seu carro e vá embora daqui, cara! Deixe-me em paz! Eu já apaguei o que aconteceu. Foi só mais uma experiência ruim na minha vida.

— Eu só vim aqui para conversar... E você me ofende desse jeito? — justificou-se Pablo, ainda muito irritado e agressivo, mas afrouxando um pouco a sua truculência.

— Eu nem conheço você direito... Você conhece a minha mãe, não tem nada a ver comigo. Vamos fazer de conta que não aconteceu nada. Você fica no seu canto que eu fico no meu. Vá embora!

— Está bem... — concordou ele, soltando a camisa de Érike.

— O que deu em você? — perguntou Érike, assustado, afastando-se dele e ajeitando a camisa no corpo.

— Desculpe-me mais uma vez... Eu só queria entender o que aconteceu. Pelo visto foi uma coisa bem ruim.

— Você não se lembra de nada mesmo ou está de gozação com a minha cara?

— Não! Eu não me lembro!

— Você toma algum remédio?

— A sua mãe falou alguma coisa sobre isso? — Pablo ficou retraído com a pergunta de Érike e tentou especular sobre o que mais Lígia poderia ter falado sobre ele.

— Não! Eu descobri por acaso... Depois do ataque de histerismo que ela teve na boate, nós tivemos uma discussão e eu insinuei que vocês dois estavam transando. Ela ficou nervosa e acabou deixando escapar que você era paciente dela.

— Nós não estamos transando! Somos penas amigos de muitos anos. Vamos sair daqui? O local está muito ermo e nós podemos ser assaltados.

— Pode se mandar... Eu chamo um carro de aplicativo ou pego um táxi.

— Venha comigo! — insistiu Pablo, pegando-o pelo braço. Mas de repente, ele fechou os olhos e foi inspirando lentamente, quase roçando o nariz no pescoço de Érike, que ficou totalmente arredio.

— O que foi?

— Esse cheiro!

— Que cheiro? — estranhou Érike, olhando para Pablo sem compreender o que ele estava insinuando.

— Aroma de canela! — pronunciou Esteban, trazendo Érike mais para perto de si e deslizando o nariz sobre o pescoço dele.

— Solte o meu braço! — irritou-se Érike, incomodado com a investida de Esteban e fazendo força para se soltar da mão dele.

— Você quer mesmo que eu solte o seu braço? — perguntou Esteban, olhando-o bem dentro dos olhos e desafiando-o, sem preocupação alguma de se revelar para ele.

— Quero! — apesar de ter sido bem convicto e não ter titubeado na sua resposta, Érike já tinha começado a perceber as mudanças no comportamento de Pablo. Elas eram bem perceptíveis e ele já sabia que Pablo não estava mais ali.

— Eu tenho uma ideia melhor! A gente entra no carro e vai dar uma volta pela praia. Caminhar pela areia e conversar... Como você queria no outro dia.

— Mas... Esteban?

— Esteban ou Pablo? O que importa? Qual deles você prefere?

— Eu? Eu estou achando tudo isso muito estranho!

— Tudo é estranho! O mundo é estranho! O desconhecido é estranho!

— Você me deixa muito confuso, mas, ao mesmo tempo, eu me reconheço um pouco em você. Eu entendo o que você está querendo dizer.

— Eu sei disso! Senão, eu não estaria aqui. Vamos? — Érike se deixou envolver pela sedução de Esteban e entrou no carro.

— Calma aí! Assim você vai acabar nos matando! — reclamou Érike, segurando-se na poltrona do automóvel enquanto Esteban pisava fundo no acelerador.

— Você não gosta de aventuras? — provocou-o Esteban, acelerando ainda mais o carro, deixando-o inseguro. Érike ficou assustado e se apoiou com as mãos no porta-luvas e no teto do carro.

— Pare com isso! Você vai nos matar!

Mas Esteban não lhe deu ouvidos, continuou com as suas brincadeiras pelas pistas, acelerando o carro e fazendo algumas ultrapassagens. Ele se divertia ao olhar para a cara de Érike e vê-lo apavorado. E quando ele parou o carro em frente a um prédio e ficou esperando o portão da garagem abrir, Érike ficou sobressaltado, desconfiado.

— Mas você disse que nós íamos para a praia... Você mora aqui?

— É... Moro!

— Não! Não! Eu vou para casa! — agitou-se Érike, tentando abrir a porta do carro.

— Você não gosta de liberdade e de aventuras? Eu estou oferecendo as duas coisas para você.

— Você me entendeu mal! Eu não sou isso que você está pensando!

— Eu não estou pensando nada! Você me diverte... Você, o Érike, mistura-se um pouco comigo. Entendeu?

— Um pouco... — respondeu ele, sem tirar os olhos dos olhos de Esteban, que estavam mais cintilantes e as suas pupilas mais dilatadas.

E mais uma vez, Érike não conseguiu resistir à sedução de Esteban, que se sentindo bem seguro do seu assédio, acelerou o carro e entrou na garagem do prédio. Os dois caminharam tranquilamente até o elevador, mas Érike continuou bem atendo às suas movimentações. Esteban estava cada vez mais excitado e elétrico. O cheiro de canela que exalava do perfume que Érike estava usando o deixou totalmente enlouquecido, como se ele estivesse sob o efeito de algum entorpecente.

Assim que eles entraram no apartamento, Esteban trancou a porta e retirou a chave. Érike percebeu a sua artimanha e o acompanhou com os olhos para ver onde ele iria colocar a chave da porta. Mas Esteban também o observava pelos cantos dos olhos. Ele começou a balançar o molhe de chaves para que elas tilintassem e as colocou em cima do móvel bem às vistas dos olhos de Érike.

— Hábito de quem mora sozinho! Você quer beber alguma coisa?

— Seu apartamento é legal! — disse Érike, tirando a mochila e colocando-a no chão, perto do sofá. — Eu queria mesmo comer alguma coisa... Eu estou morrendo de fome!

— Deve ter alguma coisa na cozinha... Olhe lá na geladeira!

— Você não se importa?

— Não! Eu nem sei o que tem nela! Eu vou tomar uma ducha!

Enquanto Esteban seguia para o banheiro, Érike ficou observando-o. E ele, mesmo de costas, intuitivamente, presumiu com um sorriso cínico pelo canto dos lábios, que estava sendo observado e desejado por Érike. Isso o deixou ainda mais sagaz. Esteban abusou do seu cinismo e foi tirando a camisa enquanto caminhava elegantemente pelo corredor, esfregou-a no seu corpo e a deixou cair propositalmente no chão.

Esteban ouviu uma movimentação no banheiro, mas continuou virado para a parede, debaixo do chuveiro, deliciando-se com a água fria que batia no seu corpo. Érike se despiu, entrou no boxe e ficou atrás dele. Esteban sorriu cinicamente. Érike se aproximou mais e o beijou nas costas. Esteban foi se virando bem devagar e os dois ficaram se olhando através da água que caía do chuveiro.

E sem conseguir resistir por mais tempo à sedução do seu algoz, Érike tomou um impulso e o beijou na boca, mas Esteban interrompeu logo o beijo e conduziu a sua mão até o pescoço dele, trazendo-o para junto de si. E de repente, agarrou-o com uma força estrondeante e o comprimiu contra a parede, buscando no seu pescoço a fragrância que elevava os seus sentidos. Érike dessa vez não resistiu e se entregou a Esteban, que o virou contra a parede do boxe, comprimiu-o com mais força, como se fosse esmagá-lo, e o penetrou, arrancando da sua vítima, dessa vez, somente gemidos de prazer.

Capítulo 10

No dia seguinte, no início da tarde, Lígia estacionou o carro no pátio da faculdade de medicina e, sem desperdiçar um só minuto do seu tempo, saiu do veículo apressadamente e seguiu direto para a praça de alimentação do prédio. E quando ela olhou para uma das mesas, viu alguém acenando, chamando-a. Lígia abriu um largo sorriso no rosto e seguiu na direção da mesa em que estava sentado o seu antigo professor de psiquiatria.

— Professor Fausto! Não precisa se levantar! — apressou-se ela, cumprimentando-o com um beijo no rosto. — Há quanto tempo nós não nos víamos! — continuou Lígia, eufórica, puxando a cadeira, jogando a pasta sobre a mesa e se sentando ao lado dele.

— Doutora Lígia! Minha aluna preferida! Eu estou muito feliz em revê-la. E não faz tanto tempo assim... Uns cinco anos, não é? Ah! Ah! Ah!

— Eu acho que tem mais tempo, professor!

— Mas... O que fez você procurar o seu velho mestre?

— Eu vou logo direto ao assunto para não tomar muito do seu tempo. Eu estou com uma batata em brasa nas mãos. Um paciente complicado!

— Todos eles são, minha querida! — disse o professor, torcendo o nariz e coçando a testa.

— É... Eu sei disso!

— Você perdeu o controle sobre a situação, não foi?

— Creio que sim.

— Envolveu-se com ele? Cuidado com isso!

— Não, professor! Não é nada disso! Ele é um velho amigo.

— E por que você não o recomendou para outro especialista?

— É por isso que eu estou aqui... Eu estou precisando de algumas orientações. Eu já trabalhei com esse paciente há anos. Ele estava de alta. Mas há pouco tempo ele retornou ao meu consultório procurando ajuda novamente. Só que a situação clínica dele mudou.

— Mudou como? Agravou-se?

— Eu acho que sim. Eu não sei se deixei passar alguma coisa. Eu estou até com um pouco de complexo de culpa... O estado clínico dele pode ter se agravado em decorrência da minha negligência.

— Negligência sua? Creio que não tenha sido isso. E qual terapia você está utilizando? Quais os remédios...? O paciente é ativo, trabalha, convive socialmente?

— Ele é totalmente ativo... Eu fiz um pequeno relatório, se o senhor puder dar uma olhada e me orientar, eu agradeço — argumentou ela, entregando a pasta para o professor Fausto. — Eu estou um pouco preocupada!

— Não fique! Bom... Você acha que está correndo algum risco?

— Ele é um empresário bem sucedido. Ele teve uma crise no casamento e a mulher dele, depois de algumas separações, pediu o divórcio. Ele desmoronou! Mas até aí tudo bem. As sessões de análises, terapias e os remédios resolveram. Só que agora, ele tem revelado coisas que nunca foram expostas anteriormente.

— Mas isso é uma coisa boa... O paciente jogar para fora os seus conflitos, o que está realmente afetando-o. Você não acha?

— O problema é que eu estou utilizando na terapia com ele um método não tão convencional.

— O quê? — sobressaltou-se o professor, ficando preocupado diante dela. — Você violou as normas? Quebrou a ética, minha querida?

— Não! Ah! Ah! Ah! — descontraiu-se Lígia, achando graça da reação espevitada do professor e deixando escapar algumas risadas. — Eu comecei a utilizar técnicas de hipnose nas sessões de terapia com ele.

— Hipnose? — surpreendeu-se ele, arregalando os olhos diante da revelação feita por ela.

— É... Hipnose!

— Eu não tenho nada contra, minha querida. Mas... Você me conhece muito bem e sabe que eu não aprecio muito esses tipos de abordagens com o paciente. Ai! Ai! Ai! Vocês ficam sempre querendo abrir a caixa preta e exorcizar os demônios! Eu sempre digo, deixem os demônios lá no cantinho deles. Não mexam com eles, que eles não mexem com vocês.

— Também não é bem assim, professor! — retraiu-se Lígia, como se tivesse tomado uma bronca do seu mestre. Ele percebeu que foi áspero ao expor a sua opinião e tentou amenizar a situação com uma piada.

— E o que aconteceu com esse seu paciente? Ele descobriu que foi Napoleão Bonaparte e surtou mais ainda? Ou Nero, e quis colocar fogo no seu consultório?

— Ah! Ah! Ah! — a piada funcionou, deixando Lígia mais solta, descontraída. — Não! Antes fosse! — divertiu-se ela.

— Mas se for pior do que isso, minha queria, eu sinto muito em lhe dizer que você está realmente encrencada!

— Ai, professor! Assim o senhor me deixa ainda mais preocupada — desarmou-se Lígia, retomando o semblante de preocupação diante de Fausto.

— Eu vou ler o material que você me entregou... Não prometo urgência. Eu estou envolvido em alguns projetos da faculdade e pessoais. Ontem mesmo o reitor me procurou dizendo que o secretário de segurança pública está solicitando a nossa colaboração para desvendar um caso de assassinato em série. Será? Politicagem pura!

— Mas... Professor! O senhor acredita em possessão? Eu também tenho lido um pouco sobre isso!

— Por favor, querida! Nós somos médicos psiquiatras, acreditamos na ciência. O que o ser humano acredita por seus crédulos, a ciência explica pelos estudos e pesquisas. Eu falei antes em exorcizar demônios, mas foi no sentido figurativo... Como os ditados populares: cutucar a onça com vara curta e outros... Eu quis falar sobre os limites! Agora eu fiquei muito preocupado com você! O que você está fazendo com esse seu paciente?

— Durante a hipnose ele não fez nenhuma regressão a vidas passadas... E eu também nem tentei exorcizar algum demônio que estava aprisionado dentro dele. Ele manifestou outra personalidade.

— Transtorno de personalidade? Quantas personalidades?

— Isso! Por enquanto só duas. Será que existem mais?

— Pode existir mais sim... Ou, pode ser algo relacionado com esquizofrenia, que também causa mudanças bem agudas no comportamento da pessoa. Você falou que cuida desse paciente há anos e que só agora ele apresentou esses sintomas... Eu acho isso um pouco estranho! Você pode realmente ter deixado passar alguma coisa lá trás ou esse indivíduo está perdendo o controle da situação. Eu quero dizer que o tratamento o ajudou a ter equilíbrio e domínio sobre a sua composição, mas agora ele não está conseguindo controlar. Pode haver alguém muito furioso dentro dele, minha querida. E você deve ter muito cuidado!

— Eu o conheço há anos... Mas agora ele fica diferente, fala de um modo diferente.

— Como eu não conheço o caso, fica muito vago para eu dar alguma opinião... Cada caso é um caso. Eu enxergo dessa maneira. Muitos não. Eu vou estudar o caso com mais atenção. Você tem vídeos?

— Tenho... — respondeu ela bem reservadamente, preocupada com a especulação de Fausto. — Mas eu não posso passar o material para outro especialista sem a autorização dele.

— Claro! Eu entendo perfeitamente!

— O que mais me impressiona, professor, é que ele fala e interage de um modo tão convincente, como se ele fosse duas pessoas distintas... Como se um conhecesse muito bem o outro. Eu nunca havia me deparado com algo assim.

— Eu não estou querendo assustá-la. Eu não conheço o caso, mas tenho larga experiência na profissão. Eu já vi e ouvi muitas coisas! Você deve ter cuidado! Pare por um tempo com a terapia de hipnose. Faça uma nova avaliação e prescreva imediatamente outra medicação, entendeu? — Lígia compreendeu rapidamente o que o professor Fausto quis dizer e assentiu com a cabeça, deixando bem claro que iria seguir as suas instruções. — E vá conduzindo as coisas com tranquilidade. Não cutuque a casa de marimbondos sem antes sabermos o que realmente está acontecendo com esse seu paciente.

— Obrigado, professor! Eu vou seguir as suas orientações. Vou pesquisar mais. Agora, eu tenho que ir. Eu tenho uma consulta agendada para daqui a algumas horas... Mas eu vou passar em casa antes.

— Vá, meu anjo! E tome muito cuidado!

Lígia e o professor Fausto se levantaram e se despediram com um beijo no rosto. Enquanto ela saía apressada da praça de alimentação, ele se sentou novamente à mesa e ficou olhando para a pasta. Não havia nos seus olhos resquícios de curiosidade, mas pequenas sombras de preocupação. Uma preocupação latente que o induziu a abrir logo a pasta e antecipar a sua leitura.

Minutos depois, Lígia entrou em casa toda afobada. Deparou-se com Érike parado no corredor, encostado à porta da saleta onde ela trabalha nos casos dos seus pacientes e ficou muito desconfiada.

— O que você está fazendo aí? — perguntou ela, surpreendendo-o.

— Eu? — assustou-se ele, levantando rápido o pé e mexendo na meia. — Ah! Eu me encostei para consertar a meia que calcei às pressas e ficou embolada no tênis. Agora melhorou! Eu estou super atrasado para o ensaio com o pessoal — Érike ajustou a meia no tênis e passou rápido por Lígia sem ao menos olhar para ela e nem dizer um tchau. Essa frieza afetiva do filho, além de preocupá-la, deixava-a muito irritada. E antes mesmo que ele fechasse a porta, Lígia jogou uma indireta.

— Tchau, mãe! Ah! Eu me esqueci que sou a mulher invisível!

— Tchau, Dra. Lígia! — despediu-se ele da mãe com as suas ironias e, em seguida, bateu com a porta, provocando-a.

— Pelo menos, isso! — gritou ela. — Eu só não entendo porque ele sempre bate com a porta! — continuou Lígia murmurando consigo.

Mas os seus olhos não se desviaram da maçaneta da porta da saleta. Ela ficou desconfiada. Lígia ainda deu algumas passadas na direção do seu quarto, mas não conseguiu prosseguir. Recuou, colocou a mão na maçaneta da porta e girou. A porta estava trancada. Ela deu um suspiro de alívio e seguiu para o seu quarto.

Érike entrou no carro que chamou pelo aplicativo e tomou o rumo da boate para terminar o ensaio com o pessoal e verificar o andamento da reforma. Mas, durante todo o percurso, ele não moveu um músculo da face. Permaneceu rígido, sério e sempre com a mão sobre a perna, tocando em algo que estava no bolso da sua calça. Os seus olhos miravam para fora da janela do carro, mas ele não conseguia enxergar o externo de si mesmo. Sentiu-se preso em uma bolha com uma paisagem em preto e branco.

E quando o carro parou em frente à boate, ele saltou e saiu caminhando apressado até a porta de entrada. Mas dali não passou. Ele colocou a mão no bolso da calça, pegou um clips de papel totalmente esticado e ficou olhando para o objeto por alguns segundos. Depois, sem hesitar, jogou o pedaço de arame dentro da lixeira que estava do lado de fora do estabelecimento e entrou.

— E aí Tony? Como estão as coisas por aqui? — Tony não respondeu de onde estava. Largou as garrafas de bebidas que estava arrumando na prateleira e se aproximou de Érike com a cara desanimada.

— Estão um pouco tumultuadas.

— Qual é o problema?

— Encontraram Nina estrangulada na praia. O pessoal está arrasado.

— Que merda é essa, cara?

— E tem gente falando merda aqui dentro.

— Quem? Por quê? — Tony não precisou falar mais nada, a travesti Nataly apareceu diante deles e começou a fazer um maior barraco com Érike.

— Ah! Você está aí! Seu assassino! — gritou ela, aproximando-se de Érike, que foi recuando, afastando-se cada vez mais dela.

— Você está maluca? Cheirou pó o dia inteiro?

— Assassino! Foi você que matou Nina! — continuou Nataly com as suas ofensas e acusações contra Érike, que não suportou mais e começou a revidar.

— Essa bicha está maluca!

— Eu vou lhe mostrar quem é bicha! Seu veado! — Nataly avançou sobre Érike e começou a esbofeteá-lo, encurralando-o entre o balcão e os bancos do bar. Tony e os outros travestis correram para retirar Nataly de cima de Érike, que ficou sem ação, totalmente encolhido, acuado entre os bancos e o balcão do bar. — Se você não tivesse jogado a minha amiga na rua, hoje ela poderia estar viva. Seu assassino! — Nataly não parou de gritar, continuou com o escândalo até ser colocada para fora da boate pelos seguranças.

— Você está bem, Érike? — perguntou Cassandra, aproximando-se mais dele. — Aquela maluca cortou o seu rosto! Tem que fazer um curativo para estancar o sangramento.

— Não precisa! — respondeu ele, aprumando o corpo, ajeitando a roupa e olhando muito encabulado para todos. — Eu estou bem! O que deu nela?

— Ela ficou meio surtada com a morte de Nina. Elas eram muito amigas, dividiam uma quitinete... Elas diziam que moravam em um apartamento, mas era uma quitinete — respondeu Cassandra.

— Mas o que eu tenho a ver com isso?

— Ela acha que se Nina ainda estivesse trabalhando aqui na boate, estaria mais protegida. Mas, como você a dispensou, ela está colocando a culpa em você pelo que aconteceu.

— Eu tenho culpa se ela gostava de encher a cara de pó e de bancar vagabundos? A boate estava às moscas. Vocês estavam sempre na pendura com Pâmela. Só apareciam por aqui uns gatos pingados... Isso aqui ia para a merda do mesmo jeito. Eu estou tentando melhorar o espaço. E não tem lugar para todo mundo. Foda-se ela! Que vá rodar bolsinha na esquina!

— Fique calmo! Pare de falar e de movimentar o rosto! Ai! Tá sangrando! — Cassandra continuou olhando para o ferimento no rosto de Érike e fez uma cara de nojo quando viu o sangue escorrer e pingar sobre a camisa dele. — Tem que limpar isso! O sangue está sujando a sua camisa!

— Eu só achei algodão e esse esparadrapo que está no final... Não tem mais nada no camarim, nem uma aspirina — disse Ravena, chegando quase sem fôlego perto deles, com o material nas mãos para fazer o curativo no rosto de Érike.

— Serve! — disse Cassandra, apressando-se e pegando logo o algodão das mãos de Ravena. — Tony, molhe o algodão na vodca, cachaça... Qualquer coisa que tenha álcool.

Tony pegou o chumaço de algodão das mãos de Cassandra, molhou-o com cachaça e o devolveu rapidamente. Cassandra começou a limpar o sangue do ferimento do rosto de Érike, mas algo a deixou encabulada, ele não exprimiu nenhuma sensação de dor. O que a deixou também muito curiosa.

— Não está doendo? — perguntou ela, procurando satisfazer a sua curiosidade. Mas ele permaneceu sério, frio, e afastou a mão de Cassandra do seu rosto.

— Não! Chega! Está bom!

— Calma! Eu vou colocar o esparadrapo. Foi só um cortezinho à toa no supercílio. Essa parte do rosto sangra mesmo... Essas unhas postiças cortam como navalha.

— Eu não quero aquela bicha doida dentro da minha boate! E se ela tentar me afrontar e colocar os pés aqui de novo, vocês podem pegá-la pelo pescoço e jogá-la porta afora! — exaltou-se Érike.

— Meu Deus! E agora? Nós vamos ficar desfalcadas! — disse Ravena, apavorando-se, chamando a atenção para si. — A estréia será daqui a alguns dias... — continuou ela, fazendo uma cara de espanto e colocando a mão sobre a boca.

— Não tem problema! — descontrolou-se Érike, exaltando-se ainda mais, provocando em Ravena um olhar de pouco caso. — A participação dela era bem pequena mesmo... Insignificante igual a ela. A gente preenche o espaço que ficou vazio com dançarinos ou com alguma de vocês fazendo qualquer coisa. Mas aqui ela não pisa nunca mais! — gritou ele.

— Você é quem manda! Eu também faria o mesmo! — concordou Cassandra. — Eu sempre achei aquela biba escrota insuportável! — continuou ela, soltando o seu veneno e olhando para Ravena com a cara de nojo.

— Eu vou ao banheiro ver como ficou isso e limpar a camisa.

— Leve mais algodão com cachaça! — disse Tony, antecipando-se, molhando mais algodão com cachaça e oferecendo para Érike.

— Para quê?

— Para limpar a camisa... E ainda tem um pouco de sangue no seu pescoço.

— Desgraçada! Bicha filha da puta! — enfureceu-se Érike, fazendo um movimento brusco e dando um soco sobre o balcão.

A explosão de fúria de Érike pegou a todos de surpresa. Eles levaram um susto. Cassandra se estremeceu toda e ficou paralisada. Ravena deu um grito e se agarrou com Nicole. Tony largou o chumaço de algodão sobre o balcão, afastou-se para trás e se protegeu com o braço. E assim eles permaneceram por alguns instantes, perplexos e trocando apenas olhares assustados.

Mas Érike não conseguiu extravasar toda a sua ira. Continuou estático, rígido, olhando para cada um deles com as pupilas dos olhos dilatadas e trincando os dentes. E, inesperadamente, ele pegou o chumaço de algodão de cima do balcão do bar, a garrafa de cachaça, e foi direto para o banheiro sem pronunciar uma palavra. Ele estava possesso de ódio!

Ao entrar no banheiro, ele se olhou no espelho e tentou tirar o curativo para ver o tamanho do estrago. Mas, como o ferimento começou a sangrar, ele colocou o curativo de volta no lugar. O seu rosto estava transtornado. Ele não se conformou com a agressão física e moral que sofreu na frente dos seus funcionários. Ficou revoltado. Baixou a cabeça sobre a mesa do lavatório, respirou fundo e após levantar a cabeça novamente, ficou olhando para a garrafa de cachaça que estava ao seu lado.

Érike não pensou duas vezes, pegou a garrafa e virou a cachaça garganta abaixo. Só parou quando se sentiu sem fôlego e começou a tossir. E, mais uma vez, acometido pela sua fúria, saiu do banheiro com a garrafa de cachaça na mão e quando chegou próximo a porta, virou-se e explodiu toda a sua ira — Bicha filha da puta! — gritou ele, arremessando a garrafa de cachaça contra a parede e saindo às pressas sem olhar para trás.

— O que foi isso? — perguntou Tony, que correu assustado na direção do banheiro após ouvir o barulho e se deparou com Érike no meio do caminho.

— Não foi nada! Foi só a garrafa de cachaça que escorregou da minha mão e quebrou — respondeu ele friamente.

— Você está bem?

— Agora eu estou bem melhor! Peça a alguém para limpar aquela bagunça no banheiro. E vamos trabalhar! — Érike ignorou completamente as preocupações de Tony, agiu friamente como se nada tivesse acontecido e seguiu tranquilamente em direção ao palco para começar o ensaio com o grupo.

Tony foi até ao banheiro para averiguar o que realmente tinha acontecido e ficou surpreso com tantos estilhaços de vidro espalhados pelo chão e cachaça escorrendo pelos azulejos da parede. Ele bufou, fez uma cara de desânimo e retornou para o salão. Ficou parado olhando para o palco enquanto Érike conversava com o grupo.

— A garrafa caiu da mão dele porra nenhuma! Ele varou a garrafa na parede! Ih! Esse lado quente de Érike eu não conhecia — murmurou Tony baixinho consigo mesmo.

— E isso aí pessoal! Não vamos deixar aquela louca estragar a nossa noite! Vamos lá meninas, rapazes... Pode colocar a música. Todos nas suas marcações! Um, dois e três — e começou o ensaio.

Pablo saiu do elevador e seguiu em direção ao consultório de psiquiatria de Lígia. Tocou o interfone e ficou aguardando. Lígia não demorou muito tempo e logo abriu a porta. Ele sequer a cumprimentou. Passou por ela em silêncio e se acomodou no divã.

Não era incomum esse tipo de comportamento nos seus pacientes, mas Lígia ficou incomodada, franziu o cenho e fechou a porta naturalmente. E quando ela se virou com a intenção de falar alguma coisa, deparou-se com Pablo deitado no divã com os olhos fechados. Lígia, mesmo com toda a sua experiência médica, ficou retraída, quieta, caminhou até o sofá e se sentou ao lado dele.

— Você está bem? — perguntou ela. Mas Pablo continuou em silêncio e de olhos fechados.

Lígia a princípio não insistiu e também ficou em silêncio, aguardando que ele se manifestasse e jogasse para fora o que estava afligindo-o. Mas o tempo foi passando e Pablo permaneceu inerte, mudo. Ela poderia ter ficado o tempo todo em silêncio até esgotar o tempo da sessão de terapia, mas ficou inquieta, começou a balançar as pernas e olhar para o relógio. Lígia, então, sem conseguir resistir alguns minutos a mais, quebrou o silêncio.

— Você está pronto? Você deseja falar alguma coisa antes de começarmos a sessão?

— Falar o quê? Eu só estou aqui por acaso!

— Acaso? E onde você gostaria de estar agora? — perguntou ela, enquanto Pablo abria os olhos lentamente e se espreguiçava no divã.

— Eu? Talvez em uma ilha deserta com você... Só eu e você.

— Nós não podemos mais continuar... Eu vou lhe indicar outro profissional de confiança para você continuar o seu tratamento — disse Lígia, levantando-se abruptamente do sofá.

— Por quê? — perguntou ele, sentando-se no divã e cruzando as pernas.

— Por favor! Eu gostaria que você fosse embora! Depois eu passo para você todas as informações necessárias sobre o outro médico — Lígia caminhou na direção da porta, mas ele a segurou pelo braço, interceptando-a no meio do caminho. Ela se virou, colocou-se frente a frente com ele e os dois ficaram se olhando intensamente. — Por favor, Pablo! Vá embora!

— Eu não sou Pablo e você sabe muito bem disso!

— Esteban?

— Desde o momento em que eu passei por aquela porta. E você sabia disso o tempo todo. Por que você tenta se enganar? Eu sou totalmente diferente dele!

Lígia foi recuando, mas acabou sendo dominada por Esteban, que a cercou com os braços e a prendeu com o seu tórax contra a porta. E sem conseguir resistir à investida dele, Lígia relaxou o corpo e continuou olhando dentro dos seus olhos. Esteban a beijou ardentemente na boca e depois voltou para o divã sem pronunciar uma palavra.

Lígia ficou extremamente fragilizada com o furor das suas emoções e continuou encostada na porta, amparando-se. E quando se recuperou do frenesi que tomou conta da sua mente e do seu corpo, ela caminhou calmamente até o sofá e se sentou ao lado de Esteban, que já estava deitado no divã esperando por ela.

— O que você quer de mim? — perguntou ela, ainda atordoada com o que aconteceu entre eles.

— Eu que pergunto... O que você quer mim?

— Eu não tenho uma resposta para a sua pergunta.

— Não? Eu pensei que vocês psiquiatras tivessem uma resposta para tudo! Vocês não se acham deuses?

— Não! Não existem deuses na psiquiatria. Somos médicos! Eu estou aqui para ajudar o paciente a encontrar uma alternativa para viver melhor.

— Ah! Ah! Ah! Essa foi muito boa! E eu? O que você indicaria para eu viver melhor?

— Você tem que perceber isso sozinho.

— Eu tenho muita experiência nisso... Ficar sozinho!

— E por que você se sente tão sozinho?

— Eu não me sinto sozinho... Eu sou só. Eu não me enraizei, não construí nada com a minha cara, com a minha personalidade. Eu sou um deus vazio, sem criações.

— Mas... E Pablo?

— Pablo é uma farsa! Ele não existe! Eu tenho que apagar cada traço dele em mim. Nós não podemos mais conviver juntos.

— Mas se você matá-lo não estará se condenando a morte também? — Esteban, inesperadamente, foi tomado por um súbito rompante e se levantou rápido do divã, deixando Lígia sobressaltada. Ela também ficou de pé, na retaguarda, enquanto ele começou a andar agitado pelo consultório, passando as mãos e os dedos suavemente pelos objetos e pelos móveis.

— Eu disse que vou apagá-lo e não matá-lo. Eu ainda preciso dele — respondeu ele, parando próximo dela, olhando-a de frente. Naquele momento, Lígia ficou estremecida, procurou o sofá com as mãos e se sentou novamente. — Você quer saber a fundo de toda a verdade? Eu vou deixar você falar com ele. Você só confia nele, não é? Melhor assim. Eu poderia lhe contar tudo... Coisas que eu o impeço de se lembrar. Vá em frente!

O desafio foi lançado. Esteban continuou olhando para Lígia e fez um gesto com as mãos para que ela começasse logo a terapia. Ela prontamente assentiu com a cabeça, concordando. E enquanto ele se acomodava no divã, Lígia se levantou, pegou a caixa com a sineta de ouro, o pêndulo de cristal, e se sentou no sofá ao lado dele.

— Esteban?

— Sim!

— Podemos começar?

— Quando você quiser! — e Lígia, após o sinal verde de Esteban, pegou o pêndulo de cristal e colocou diante dos seus olhos.

— Olhe para o cristal fixamente... Eu vou contar em ordem decrescente de dez até um e você vai ficar mais relaxado. E quando eu tocar a sineta três vezes, você despertará. Quando eu tocá-lo com a mão três vezes no ombro, é para que você saiba que eu estou com você, para que fique tranquilo. Dez, nove, oito... um.

E assim que finalizou a contagem regressiva e percebeu que Esteban estava mais relaxado, suscetível, Lígia colocou os objetos com cuidado em cima da mesa, levantou-se bem devagar e seguiu em direção da porta. Mas quando ela colocou a mão na maçaneta, Pablo começou a murmurar e chorar. Lígia ficou estática, baixou a cabeça e voltou a se sentar no sofá próximo ao divã.

— Pablo?

— Esteban trancou a porta do quarto, ele não quer me deixar sair.

— Esteban? Ele está aí com você?

— Está!

— Como ele é?

— Como ele é? — Pablo ficou confuso e começou a se agitar no divã. — Abra a porta, Esteban! — alterou-se ele, preocupando Lígia que logo interferiu na terapia. Ela imediatamente tocou em seu ombro três vezes e ele ficou mais relaxado, sentiu-se mais seguro. Lígia, então, retomou a sessão de terapia.

— Quem é Esteban?

— Meu irmão!

— Seu irmão? E quantos anos ele tem?

— Ele tem oito anos!

— E você? Quantos anos você tem?

— Oito!

— Oito? E você está vendo Esteban?

— Não!

— Não? E onde ele está?

— Eu não sei... Ele me trancou no quarto de propósito e sumiu — Lígia começou a perceber uma mudança na expressão do rosto de Pablo. — Eu quero sair daqui, Esteban! Eu quero sair daqui, Esteban! —

pronunciou ele, mais de uma vez, com uma voz mais aguda, infantil, divertindo-se — Ah! Ah! Ah! — e Lígia ficou confusa.

— Pablo?

— Não!

— Por que você não deixa Pablo sair do quarto, Esteban?

— Eu não posso! Senão, ele morrerá!

— E como você pode saber disso? O que aconteceu?

— Eu não posso deixá-lo sair do quarto... Ele vai se machucar e vai me machucar também. Se eu abrir a porta, ele vai embora. E eu ainda preciso dele!

— E por que você precisa dele?

— Por quê? Porque ele é a outra parte de mim.

— Mas você está tentando destruí-lo!

— Não! Eu estou me protegendo!

— Protegendo-se do que... De quem?

— Dele e de mim mesmo!

— Mas se Pablo deixasse de existir? O que aconteceria com você?

— Eu renasceria... Viveria plenamente. Mas não posso fazer isso.

— Por quê?

— A empresa! Os meninos! Tudo que ele conquistou!

— Então, deixe-o livre! Deixe-o continuar vivendo tudo isso!

— Você ainda não entendeu? Você não consegue enxergar além dos seus olhos?

— O que você está querendo me dizer? Eu só quero lhe ajudar!

— Você não pode mais me ajudar!

— É claro que eu posso!

— Eu já vi que não pode... Eu joguei as cartas sobre a mesa e você ainda continua cega — Esteban começou a ficar novamente agitado no divã e Lígia tocou três vezes no seu ombro para tranquilizá-lo.

— Calma! Eu estou aqui com você. Quando você escutar a sineta tocar três vezes, irá despertar bem devagar, serenamente — e após o terceiro toque da sineta, Pablo foi abrindo os olhos lentamente. Ele se sentou no divã mais relaxado e a sua respiração já não estava tão ofegante, mas Lígia continuou olhando para ele com desconfiança. — Pablo?

— Sim.

— Como você está se sentindo? Está tudo bem? — perguntou ela, friamente.

— Acho que estou! O que aconteceu? Eu não consigo me lembrar de muita coisa... Não foi como das outras vezes. Eu só me lembro de estar tentando sair de algum lugar... A porta estava trancada! Alguém trancou a porta. Que estranho?!

— O que é estranho?

— Era como se eu mesmo tivesse me trancado em algum lugar. Tinha outro igual a mim. Como pode? Você tem alguma explicação para isso?

— Eu tenho que analisar tudo o que aconteceu. Hoje foi bem mais complicado. Eu sinto muito, mas eu não vou mais poder continuar com a sua terapia.

— Não! Por favor! Eu ficaria ainda mais perdido sem os seus cuidados médicos. Nós somos amigos há muito tempo. Você não pode me abandonar desse jeito!

— Eu não estou abandonando você. Eu vou transferir o seu caso para outro médico. A nossa relação médico e paciente ficou comprometida. Eu estou um pouco desorientada e o risco de cometer falhas é enorme. Eu não posso fazer isso com você e nem comigo — justificou-se Lígia, levantando-se do sofá.

— Eu entendo! Eu fiz alguma coisa grave? Machuquei você?

— Ainda não! Mas o risco disso acontecer é grande.

— Desculpe-me! Eu não tive a intenção de fazer qualquer coisa desse tipo com você. Eu estou até envergonhado. O que devo fazer? — perguntou ele, levantando-se do divã e se aproximando dela. Mas Lígia, instintivamente e por precaução, afastou-se educadamente dele e caminhou até a sua mesa de trabalho.

— Eu vou prescrever uma nova receita para você com outros medicamentos.

— Mais remédios?

— Não! Você vai parar com os remédios antigos e vai dar continuidade ao tratamento com os remédios da receita que eu estou prescrevendo.

— Mas você disse ainda pouco que não ia mais continuar cuidando de mim... Para que os remédios?

— Calma! Eu ainda sou a sua médica. Você não confia mais em mim?

— Totalmente! Mas esses remédios vão interferir no meu dia a dia? No trabalho?

— Vamos ver... Se você sentir qualquer interferência, alguns efeitos colaterais que limitem você, a gente reavalia o seu caso e vai administrando melhor a situação até você se sentir totalmente confortável.

Lígia terminou de prescrever a receita e a entregou para Pablo que, sentindo-se totalmente envergonhado, pegou a folha de papel, dobrou-a de qualquer jeito e a colocou no bolso do paletó. O clima entre os dois no consultório ficou um pouco frio e ele, meio sem graça, foi caminhando arredio até a porta, esperando que ela o acompanhasse.

Mas Lígia permaneceu com certa distância dele, ficou onde estava. E Pablo, percebendo a sua frieza, abriu a porta com raiva e saiu rapidamente sem olhar para trás. O que foi um alívio para Lígia, que após vê-lo sair do consultório, imediatamente saiu correndo e trancou a porta com a chave.

As suas pernas começaram a tremer e ela encostou-se na parede, buscando apoio para permanecer de pé. Mas o seu corpo foi pesando, ela não conseguiu mais se segurar e foi deslizando de costas pela parede até encontrar o chão. E ali, ela permaneceu quieta, tentando compreender o que tinha acontecido na sessão de terapia com Pablo.

De repente, os seus olhos se fixaram na câmera que estava com o foco para o divã, gravando a sessão com Pablo. Ela tomou um impulso, levantou-se e foi até o local onde a câmera estava posicionada. A filmadora estava desligada. E quando Lígia a ligou novamente, retrocedeu a gravação e apertou a tecla play, não existia mais gravação alguma — Mas como? Eu tenho certeza que liguei! Só pode ter sido ele!

Lígia ficou enlouquecida de raiva por ter sido enganada por Esteban. Lembrou-se, então, do momento em que ele se levantou do divã e ficou andando agitado pelo consultório deslizando as mãos pelos móveis — Que canalha! Ele sabotou a gravação na minha cara e eu nem percebi! Eu não posso mais prosseguir com isso! Eu tenho que me livrar dele o mais rápido possível.

Pablo saiu às pressas do prédio e acelerou com o carro. E quando já estava bem distante do consultório de Lígia, ele abriu o vidro da janela e lançou ao vento os picadinhos de papel da receita que ela havia prescrito. Depois, ele ligou o rádio, colocou uma música e começou a cantar, agitando o corpo no ritmo do som e batendo com os dedos das mãos no mesmo compasso sobre o volante do automóvel.

Horas depois, após o término do ensaio, Érike dispensou o grupo e foi até ao camarim para trocar de roupa. Quando retornou para o salão, conferiu com Tony se estava tudo em ordem, apagou as luzes e saiu da boate junto com ele e o segurança. Mas antes de entrar no carro, Érike ficou parado, olhando ao redor, procurando por Esteban.

— O que foi Érike? Esqueceu alguma coisa? — perguntou Tony.

— Não! Eu acho que não! Vamos embora! — respondeu Érike, entrando rápido no carro.

Capítulo 11

Alguns dias se passaram e o grande dia chegou. As obras da boate terminaram e a sua inauguração enfim desabrochou. A casa noturna estava de cara nova. Na fachada do prédio o nome "La Balbúrdia" brilhava em luz neon, dando um toque de charme para o local. Um reduto anteriormente apelidado de "Boca do Lixo" pelos seus frequentadores assíduos, famintos por sexo, drogas e muita diversão.

O espaço foi ampliado com a compra de outras lojas vazias, ao lado da boate. Érike, com o seu tino empreendedor, enxergou essas possibilidades e partiu com tudo para incrementar o seu projeto. Um projeto que não estava mais na sua imaginação e nem rabiscada em uma folha de papel. A casa estava cheia. E Érike? Nervoso, mas radiante. Ele seguia cada movimentação com um olhar de satisfação e não deixava passar o mínimo detalhe.

Mas ainda faltava passar pela prova de fogo, o espetáculo. As apresentações das drag queens o preocupavam demais. Ele não demonstrava tanto receio, mas temia a reação do público com a inovação. Ele sabia que o novo assustava. E para atenuar essa remodelagem nas apresentações da casa, ele criou um espaço reservado para o pole dance. Um caminho que ele logo se aventurou ao pisar no palco para fazer os agradecimentos e abrir a primeira noite de show da boate. O que de cara, rendeu-lhe muitos aplausos.

— Obrigado! Primeiramente, eu queria agradecer a presença de todos vocês hoje aqui. E espero que seja uma noite bem agradável para todos e para mim também, é claro! — todos começaram a rir e depois aplaudiram. — Nós temos algumas novidades que as nossas meninas reservaram para vocês, mas agora vocês vão se deliciar, nesse espaço eclético, com a sensualidade das garotas e dos garotos do pole dance. Bem vindos a La Balbúrdia! E viva a balbúrdia! — todos começaram aplaudir, enquanto a iluminação do salão foi ficando mais escura e os canhões de luz foram apontados na direção dos dançarinos. E começou o show.

Nas barras, os dançarinos habilidosos se enroscavam e se equilibravam ao ritmo do balanço de uma música eletrônica bem frenética e alucinante. Fazendo movimentos sensuais e erotizando ainda mais a apresentação, deixando o público alvoroçado e bastante elétrico. Érike aproveitou o espaço de tempo e foi até ao camarim para ver se as drag queens já estavam prontas. E quando entrou, quase surtou. Ravena estava totalmente em pânico, travada.

— Eu não vou conseguir... Eu só faço cover, eu não sei atuar, representar... — Cassandra e Nicole ficaram completamente desorientadas, sem saber o que fazer, tentando encorajá-la.

— Eu não estou acreditando no que eu estou vendo aqui. Vocês estão querendo acabar comigo? O que está acontecendo aqui? — descontrolou-se Érike, surtando.

— Ela não vai conseguir... Ela está gelada e tremendo muito — disse Nicole, olhando meio constrangida para Érike.

— Mas estava tudo indo tão bem... Melhor do que eu esperava. Eu transformei aquela espelunca em um pedacinho da broadway e você vem com essa de "eu não vou conseguir", "eu só faço cover" — debochou ele, imitando a voz e o jeito de Ravena, deixando Cassandra irritada.

— Érike! Eu sei que você está nervoso, mas não precisa sair esculachando! Deixe o número dela para depois... Assim, ela se acalma — disse Cassandra, tentando tranquilizá-lo. Mas não teve o efeito esperado, ele ficou ainda mais irritado e gritou com ela.

— Não me diga o que fazer!

— Ei! Pegue leve! — defendeu-se Cassandra, colocando-se de frente com ele sem se intimidar. — Agredir as pessoas não vai resolver o problema. Eu só estou querendo ajudar!

— Desculpa! Você está certa! — Érike baixou a cabeça e acabou concordando com Cassandra. — É que isso quebrou um pouco a minha estratégia, o que eu formatei durante o ensaio. Vamos! Vamos!

Cassandra e Nicole terminaram de se aprontar, deixaram Ravena no camarim e saíram com Érike em direção ao palco. Tony, que agora era o braço direito de Érike, quase um gerente, ficou um pouco confuso com a movimentação deles. Olhou para Érike, mexeu com os ombros e fez um gesto com as mãos, perguntando o que estava acontecendo. Érike coçou a cabeça e também fez um sinal com a mão, respondendo para ele que depois explicaria. E continuou seguindo apressado para o palco com as drag queens.

Quando a cortina se abriu, Cassandra e Nicole começaram as suas falas do jeito que Érike formatou no roteiro da cena, a mesma briga que as duas tiveram anteriormente quando Pâmela ainda era a dona da boate. Um confronto de ironias no momento em que elas estão diante do espelho se maquiando:

Nicole — O meu brilho acabou... Você pode me emprestar um pouco do seu?

Cassandra — Para que você quer mais brilho? A sua cara já está brilhando mais que purpurina...

Mas um espectador que estava bem no fundo do salão começou a vaiar. E o coro foi engrossando com mais convidados insatisfeitos. Cassandra se irritou, levantou-se da cadeira e se colocou de frente para a plateia. Ela estava sem a peruca e com o zíper do vestido aberto, fazia parte da cena.

Tony mordeu a mão de tanto nervoso. Olhou para Érike e ficou esperando alguma instrução para agir. Mas Érike continuou com os olhos vidrados em Cassandra, pagando para ver o que iria acontecer, ignorando totalmente o nervosismo de Tony.

— Você não vai fazer nada? — perguntou Tony, assustado, olhando para Érike.

— Não há mais nada que eu possa fazer... Só nos resta confiar nela.

— Mas ela vai estragar tudo! Ela é barraqueira!

— Vá! Peça aos seguranças para ficarem de olho nos caras.

— É para já! E se precisar... A porrada vai cantar!

— Não! Evite o máximo qualquer quebradeira! Nada de escândalos. Isso é que não pode acontecer. Pelo menos hoje. Hoje não!

— Então... — Cassandra colocou as mãos na cintura e começou a conversar com a plateia sem tirar os olhos do grupo de baderneiros que estava em uma mesa no fundo do salão. Mas eles continuaram com as vaias, tentando abafar o som da sua voz. Mas Cassandra não se intimidou. — Vaias para mim, amor, são flores que eu recebo com muito carinho. Agora... Eu gostaria de ver o bonitão que fez isso subir aqui no palco e ficar cara a cara comigo.

— Não! Não faça isso! Volte para o número — murmurou Érike consigo, preocupado com o que Cassandra poderia aprontar. Mas a sua preocupação não foi maior que a sua frieza. Ele começou a se movimentar pelo salão para chamar a atenção dela e passar alguma instrução, mas Cassandra, super empolgada, continuou com o seu número solo.

— Se todos ouviram bem, eu disse bonitão — e algumas pessoas começaram a dar gargalhadas... — E quando ele estiver bem perto de mim, eu vou olhar dentro dos olhos dele... E vou pedir para que ele feche o zíper do meu vestido com muito carinho — disse ela, virando-se de costa para a plateia e mostrando o zíper do vestido aberto. E dessa vez não se ouviu só gargalhadas, mas também muitos aplausos e assobios.

— Eu já falei com os seguranças... O que nós vamos fazer agora? — perguntou Tony, aproximando-se de Érike e ficando em prontidão, caso Cassandra provocasse um tumulto na boate com as suas provocações.

— Nada!

— Nada? — sobressaltou-se Tony. — Mas ela vai estragar tudo! Nós temos que tirá-la de cima daquele palco agora mesmo!

— Calma! Vamos esperar! Ela está se saindo bem.

— Está? — surpreendeu-se Tony com a frieza de Érike. Ele ficou confuso e, imediatamente, olhou com certa dúvida na direção do palco para acompanhar a desenvoltura de Cassandra. — Você confia muito nesses caras!

— Eu sei muito bem o que estou fazendo! Fica frio!

— Por que se ele for feio, magrelo, pobre e o salário, ó... mínimo?! — continuou Cassandra, insinuando com os dedos da mão o tamanho de um pênis muito pequeno. O que levou o pessoal às gargalhadas. — Não precisa nem sair do lugar, meu bem, pode ficar por aí mesmo — concluiu ela a sua piada, arrancando mais aplausos e gargalhadas da plateia.

E antes mesmo que ela se sentasse novamente na cadeira de frente para o espelho para recomeçar o número, Érike foi para os bastidores e deu novas instruções para as duas.

— Vá logo para o rap!

Elas terminaram de se aprontar rapidamente e quando o rap começou a tocar, os dançarinos entraram em seu tempo. Cassandra e Nicole contagiaram as pessoas que estavam sentadas à mesa. O pessoal todo se levantou, afastou as cadeiras e começou a dançar e cantar junto com elas. Érike se divertiu. Mas o seu estado de euforia foi logo interrompido por Tony, que chegou perto dele todo afobado, quase sem fôlego.

— Érike! Érike!

— O que foi dessa vez? — perguntou Érike, ainda em sintonia com a apresentação no palco.

— Um dos dançarinos quando saiu do palco torceu o tornozelo. Ele não vai conseguir entrar para fazer o próximo número. Está muito inchado!

— Que merda! Mas eu acho que não vai ter nenhum problema se faltar um... Não! Eu vou trocar de roupa e vou entrar no lugar dele. Não podemos arriscar.

— Você?

— E por que não? Eu criei os números e os ensaiei... Eu sou um artista. Eu também danço, já participei de alguns musicais nos Estados Unidos.

— E quem vai comandar o pessoal? Eu vou ficar aqui sozinho?

— Só durante o próximo número... Eu vou trocar de roupa.

Érike foi para o camarim, trocou de roupa e fez a maquiagem. E quando ele saiu apressado, ajeitando a roupa e o cap na cabeça, para se posicionar junto com os outros dançarinos para o próximo número, Ravena passou por ele com a bolsa pendurada nos ombros. Érike saiu correndo atrás dela e quando conseguiu alcançá-la do lado de fora da boate, segurou-a pelo braço.

— Ei! Ei! Onde você pensa que vai?

— Solte o meu braço! — gritou ela, puxando o braço e se soltando dele. — Que merda é essa?

— Eu que pergunto! Que merda é essa? Como você vai saindo assim na hora de se apresentar? E agora? Como é que eu fico?

— Eu quero mais que você se foda!

— Mas... O que foi que eu fiz para você me tratar desse jeito?

— Você é um bom filho da puta! Jogou-me para escanteio e deu a parte melhor para aquelas duas.

— Mas você tem um número solo... E também participa de outros quadros. Se você não queria ficar, então por que participou dos ensaios?

— Para foder com a sua vida! Para deixar você na merda! Você jogou Nina na sarjeta e quer fazer o mesmo comigo! Isto aqui era a vida dela. Ela trabalhava há anos nesta boate.

— Você também com essa história? — alterou-se Érike, ficando enfezado. — Isso não vai ficar assim não!

— E você vai fazer o quê? Vai me processar? Vai mandar me dar uma surra? Vai me matar? Eu estou morrendo de medo! — provocou-o Ravena, debochando dele descaradamente, desafiando-o.

— Sua bicha desgraçada! — Érike avançou no pescoço de Ravena e foi empurrando-a contra a parede. Ele ficou com tanta raiva que não conseguiu controlar a sua força e foi apertando cada vez mais o pescoço dela. E quando um dos seguranças correu para apartar a briga, Ravena se aproveitou de uma distração de Érike, deu-lhe uma joelhada nos testículos e saiu correndo.

Érike ficou se contorcendo de dor no chão, com as pernas encolhidas e as mãos sobre os testículos. O segurança da boate ainda tentou levantá-lo pelo braço, mas ele recusou a sua ajuda. Levantou-se sozinho, bufando de dor, e seguiu andando lentamente até a porta da boate. Encostou-se e ficou respirando pausadamente. Mas ele ficou muito intrigado quando percebeu que o carro de Pablo estava estacionado próximo à boate.

Assim que entrou, ele foi direto para o bar e pediu uma bebida para o barman. Ficou de pé, tomando o seu drinque e olhando atentamente para as movimentações das pessoas, procurando por Pablo. Colocou o copo vazio sobre o balcão e pediu outra dose. Mas Tony se aproximou e fez um sinal com o dedo, sem que Érike visse, para o barman não servir mais nenhuma bebida para ele.

— O que houve? — perguntou Tony. — O segurança ficou nervoso e foi me chamar... Disse que você estava brigando lá fora.

— Ravena se mandou! Deixou-me na merda!

— Ela não vai mais fazer o número dela? E agora?

— Cadê a bebida? — perguntou Érike para o barman, olhando para o copo vazio sobre o balcão.

— Não! Não! Chega de beber! — interferiu Tony, fazendo um gesto com a mão para que o barman recolhesse o copo de cima do balcão, mas Érike não gostou e virou a cara para o lado em descontentamento. — Vamos resolver isso! Senão a gente vai ficar na merda de verdade!

— Bicha filha da puta! Escrota! — explodiu Érike de raiva. — Que ódio, cara! Eu quase esganei aquele travesti de merda! Ela me deu uma joelhada nos testículos e saiu correndo! E o pior de tudo, foi o que ela me disse!

— Ela disse o quê?

— Que fez isso de propósito para me foder! Que eu sacaneei Nina e ia fazer a mesma coisa com ela também.

— Você tem que ter muito cuidado com esses caras... Eles são muito traiçoeiros. O que vamos fazer? Você vai entrar no palco assim mesmo?

— É claro que eu vou! Eu já estou me sentindo bem melhor. Depois desse número, a gente faz um intervalo. Pedimos ao DJ para dar uma esquentada com as músicas. Aí, eu dou uma conversada com as meninas e a gente vê o que faz. Eu já estou satisfeito! O que pintar agora no finalzinho é lucro.

— Então, vá logo! Já está quase na hora de vocês entrarem. Eu dei uma segurada, mas chegou ao limite... A hora é agora!

— Eu só vou dar um pulinho lá fora para fumar um cigarro... Pegar um pouco de ar!

— Não demore! O tempo já está estourando!

Érike saiu rápido e foi para fora da boate. Ficou olhando para o local que tinha visto o carro de Pablo estacionado, mas não conseguiu reconhecer nenhum automóvel semelhante ao dele — Será que eu fiz alguma confusão? Mas eu tive a impressão de que o carro dele estava estacionado por aqui. — E enquanto Érike murmurava consigo, Tony apareceu na porta da boate e o chamou.

— Érike! — ele se virou rapidamente, mas só avistou Tony próximo a porta da boate, apontando o dedo para o relógio no seu pulso, avisando-o que já estava na hora da sua apresentação.

Mesmo com todos os contratempos, a inauguração da boate "La Balbúrdia" foi um sucesso. Érike entrou junto com os dançarinos e preencheu o vazio deixado pelo dançarino que havia se machucado. As roupas causaram um furor na plateia, que ficou eufórica e começou a assobiar. Eles usavam camisetas listradas com brilho, gravata borboleta preta, um cap e calças pretas com suspensórios que deixavam vazar parte das nádegas. E no rosto, uma maquiagem nos olhos com um pouco de brilho para instigar ainda mais o pessoal.

E no final, Cassandra encerrou a noite fazendo um dos seus números antigos, dançando e dublando a cantora americana Diana Ross. A boate em peso se levantou e os aplaudiu por um longo tempo. E eles, muito comovidos, deram as mãos e fizeram os agradecimentos. Érike, ainda ofegante, deu alguns passos a frente para pronunciar algumas palavras.

— Eu queria... — Érike fez uma pausa, esperando que a plateia ficasse em silêncio e ele recuperasse o fôlego. — Eu queria agradecer a todos que ficaram com a gente até o último momento. Eu peço desculpas por alguns imprevistos. Mas eu acho que consegui tapear vocês — brincou ele, dando algumas risadas, que foram acompanhas pelo público. — Mas, eu prometo que daqui em diante, trabalharemos para melhorar cada vez mais... A boate não é minha, é de vocês. Divirtam-se! DJ! — e saiu ele do palco sob os aplausos e assobios de todos.

Nos bastidores todos começaram a pular de alegria com o sucesso da inauguração da boate e com o encerramento do show sob os aplausos do público. Tony trouxe um champanhe junto com algumas taças e Érike não perdeu tempo, estourou o champanhe e começou a encher a taça de cada um deles.

— Um brinde ao nosso sucesso! — gritou Érike, erguendo a sua taça.

— Ao nosso sucesso! — o grupo todo vibrou de alegria. Eles levantaram as suas taças e brindaram junto com ele.

— Ai! Eu vou tirar essa roupa... Eu preciso relaxar um pouco! Eu quero aproveitar mais do restinho da madrugada. Eu vou me acabar de tanto dançar! — disse Cassandra.

— Dançar mais? Você já não se acabou de tanto rebolar em cima do palco? — provocou-a Nicole.

— Eu estava trabalhando... Agora eu vou me divertir! — e saiu Cassandra na direção do camarim, arrebanhando todos os outros, enquanto Tony permaneceu junto de Érike.

— A sua mãe não veio mesmo, não é? — disse Tony, especulando, procurando esticar o assunto.

— Eu sabia que ela não viria... Ela é muito antiquada!

— Mas o namorado dela veio... Ficou aqui por um tempo e depois foi embora.

— O namorado dela?

— É... Aquele cara que esteve aqui junto com ela da outra vez.

— Não! Eles não são namorados... São só amigos. Você tem certeza que o viu?

— Tenho! Ele passou por mim com pressa, não sei se ele foi ao banheiro ou se foi lá para fora. E minutos depois o segurança me chamou, dizendo que você estava brigando. Eu até pensei que tinha sido com ele.

— Eu não o vi... Ele não veio falar comigo. Eu nem sabia que ele tinha vindo. Também... Aconteceram tantas coisas, não é?

— Mas foi demais! — vibrou Tony.

— Foi! Saiu tudo diferente do planejado, mas foi demais!

As horas foram se passando e a boate se esvaziando ao ritmo do apagar das luzes. Foi uma madrugada quente e isso ninguém poderia negar.

— Você tem certeza que quer ficar? — perguntou Tony, preocupado com Érike.

— Eu vou ficar e dormir por aqui mesmo. Está tudo fechado?

— Está... Tchau!

— Tchau!

Horas mais tarde, na empresa Rascante, Vicente aguardava ansioso por Pablo. Ele estava aflito, agitado, e não conseguiu ficar sossegado na sua sala. E a todo instante aparecia na antessala da presidência para ver se Pablo já tinha chegado, deixando Amanda super irritada com a sua insistência descabida.

— Vicente! Eu já falei que quando Dr. Pablo chegar eu o aviso! Não precisa ficar de lá para cá o tempo todo. Você está me deixando nervosa! Eu não estou conseguindo me concentrar no trabalho! — reclamou Amanda. O que não serviu de calmante para ele. E assim que Pablo despontou na porta, Vicente ficou ainda mais agitado, querendo logo despejar o assunto tão urgente em cima dele.

— Ah! Pablo! Eu preciso falar urgente com você.

— Calma! Eu ainda estou chegando! Bom dia, Amanda! — e seguiu Pablo tranquilamente para a sua sala, ignorando a afobação de Vicente.

— Mas é muito importante, Pablo! — insistiu Vicente, seguindo-o, entrando na sala da presidência depois dele e fechando a porta.

— O expediente ainda nem começou e você já está tão aflito, por quê? — perguntou Pablo, colocando a pasta em cima da mesa, tirando o paletó e se sentando relaxadamente em sua cadeira.

— A matriz está questionando o orçamento suplementar para o projeto. O financeiro está pedindo a documentação, os cálculos, enfim, a comprovação da necessidade de investir mais dinheiro do que o previsto. O que a gente vai fazer?

— É isso? A gente vai justificar... As obras na fazenda já estão quase prontas. Eu vou pedir um relatório à empresa de engenharia que nós contratamos, vamos juntar também as fotos, essas bobagens... E vai ficar tudo bem. Para que ficar se preocupando com isso?

— E se eles não concordarem? Se não aprovarem?

— Eu também sou acionista... Tenho parentes que também são acionistas. Eu vou à Itália e converso com eles. Isso é rotina. A gente manda um relatório bem recheado e eles nem vão ler.

— Que frieza!

— Como?

— É... Tem horas que eu invejo você, sabia? Eu aqui me descabelando e você aí... Não roeu nem a pontinha da unha.

— Ah! Ah! Ah! — divertiu-se Pablo, jogando o corpo para trás sobre o encosto da cadeira e caindo na gargalhada com o gracejo de Vicente.

— E ainda cai na gargalhada!

— É só isso Vicente? É que eu preciso fazer uma ligação.

— Ih! Você está me dispensando?

— Estou! Vá! Deixe-me sossegado que eu preciso fazer uma ligação. E peça a Amanda para ligar para a copa... Eu estou precisando de um café bem forte.

— Está bem chefe! Só isso chefe? Posso ir chefe? — debochou Vicente, levantando-se da cadeira e saindo em direção a porta. Mas Pablo não deixou barato e quando Vicente colocou a mão na maçaneta, devolveu o deboche, provocando-o.

— E não se esqueça do meu café!

— Sim, senhor... Patrão! Todo poderoso! — continuou Vicente com o trocadilho, saindo da sala sem olhar para trás e fechando a porta rapidamente, provocando em Pablo algumas risadas.

— Ah! Ah! Ah!

— O todo poderoso está pedindo o café dele! — disse Vicente ao se aproximar da mesa de Amanda.

— Ih! Eu até me esqueci!

— Mas eu não! — antecipou-se Ana, entrando na antessala com a bandeja de café na mão.

— E bem amargo, hein! — ironizou Vicente, saindo apressado em direção a sala dele.

— Ih!... Eu já vi que o clima não está muito bom! — retrucou Ana, olhando meio cabreira para Amanda.

— Então, minha filha, o melhor que você tem a fazer é fechar a sua matraca e servir logo esse café antes que ele esfrie — repeliu-a Amanda.

— Ih! — Ana pegou a bandeja, torceu o nariz e saiu sacudindo os ombros para Amanda. — Já estou indo... Licença! — e assim que a copeira entrou na sala de Pablo, Amanda voltou a olhar para a tela do computador.

— Gente! Eu não estou acreditando! Que barbaridade! — assustou-se ela, perplexa diante do computador, enquanto lia uma matéria na sessão policial de um site na internet. — Outro assassinato! — surpreendeu-se Amanda, falando em voz alta consigo mesma. Ela balançou negativamente a cabeça, olhou ao redor para verificar se não havia ninguém por perto e continuou a ler a matéria.

Quando os detetives Caio e Flávia chegaram ao local do crime, a área já estava toda isolada. O corpo da vítima já tinha sido retirado da beira do canal e colocado no saco mortuário pelos funcionários do departamento de homicídio. A área já era bem conhecida pela polícia. Uma região erma, com mato alto e pedras cercando as margens de um canal próximo a um viaduto.

Eles se aproximaram do perito e Flávia pediu para dar uma olhada no corpo da vítima. O perito não gostou muito da interferência dos investigadores, coçou a cabeça, mas fez um sinal de concordância para os funcionários que estavam carregando o corpo. Flávia abriu o zíper do saco mortuário e ao se deparar com o rosto da vítima todo machucado, inchado e um pouco deformado, virou-se imediatamente para o lado.

— Essa área é muito utilizada para ponto de prostituição. Muitos casais, prostitutas e travestis vêm para esse local que é bem ermo e escuro para transar e também se drogar — disse o perito, enquanto Flávia tentava controlar uma pequena contração estomacal. O que não a impediu de retomar o seu trabalho. Ela terminou de abrir o zíper do saco mortuário e ficou examinando o corpo detalhadamente.

— E em quanto tempo a perícia ficará pronta? — perguntou Caio para o perito.

— Alguns dias... Existem outras prioridades. Isso aí deve ter sido alguma briga com outro travesti, com o cafetão ou um cliente doidão! — reforçou o perito, fazendo uma expressão de incerteza com a cabeça e encarando o crime com naturalidade.

— Será que é mais um travesti que trabalhava na boate? — suspeitou a detetive Flávia, afastando-se do corpo.

— Nós vamos ter que levar o corpo para o necrotério. Vocês vão querer ver mais alguma coisa?

— Não! Pode fechar o saco! — respondeu Caio.

— Espere! — Flávia deixou o perito impaciente, mas insistiu com as suas perguntas investigativas. — Levaram alguma coisa da vítima? Bolsa ou celular?

— Ela estava lisinha! Só estava com algumas pulseiras... Bijuterias!

E antes que o perito fizesse alguma objeção, Flávia se antecipou e abriu novamente o zíper do saco mortuário. Ela olhou para os braços da vítima e percebeu que entre as pulseiras dela havia alguns pedaços de plumas cor-de-rosa agarrados. A detetive, então, pediu uma luva e uma pinça ao perito para colher os pedaços da pluma e os colocou dentro de um envelope plástico. Em seguida, ela examinou bem o pescoço da vítima e percebeu que havia alguns hematomas.

— O que foi? — perguntou Caio, intrigado, olhando atentamente para as movimentações da colega.

— As plumas cor-de-rosa de novo... Só que dessa vez tem alguns fiapos mais escuros. Estão sujos de sangue.

— Mas isso não quer dizer nada! Se ele trabalhava na boate, provavelmente deve ter usado a pluma durante o show. Enquanto dançava, a pluma pode ter ficado presa nas suas pulseiras. Deve ser o sangue dele mesmo. Isso é mais do que óbvio! — discordou o detetive Caio da teoria da colega.

— Também tem algumas marcas no pescoço.

— Pode ser manchas do sangue do rosto.

— Posso fechar? — insistiu o perito para recolher logo o corpo da vítima.

— Pode! Mas, dê uma olhada de imediato no pescoço da vítima... Dá essa força para a gente. Mais tarde, depois do almoço, a gente passa lá no departamento de necropsia para falar com você. Esse assassinato pode ter correlação com os outros casos de estrangulamento... E Siqueira está enchendo o saco da gente para resolver logo isso!

— Ih!... Siqueira é um pé no saco! — retrucou o perito, fazendo uma cara de nojo e balançando a cabeça em repúdio ao ouvir o nome de Siqueira. — Pode passar lá... A gente vê o que dá para fazer. Mas tem que ser coisa rápida e informal. Vocês vão ter que aguardar o laudo oficial.

— Você não vale nada mesmo! — cochichou Caio no ouvido de Flávia, dando um sorrisinho sarcástico enquanto o pessoal do departamento de homicídio se retirava.

— Tem que botar terror! Esses caras são cheios de má vontade.

— Então vamos almoçar? — perguntou Caio. — Depois a gente passa no departamento de necropsia para ver o que nós encontramos por lá. Temos que entregar o relatório para Siqueira. E não o deixe irritado com a sua história das penas cor-de-rosa. Ele deve estar quase enfartando com mais esse assassinato — e seguiram os dois detetives andando tranquilamente até a viatura sob o espectro de mais um crime de estrangulamento e a cruel cegueira sobre a verdadeira identidade do assassino.

Horas depois, Pablo e Vicente retornaram do almoço e passaram bem descontraídos por Amanda. Ela encerrou logo a ligação, levantou-se rapidamente da sua cadeira, deu alguns toques na porta da sala de Pablo e entrou.

— Com licença, Dr. Pablo!

— O que foi? — perguntou ele, sentado relaxadamente em sua cadeira, conversando com Vicente que estava despojado em outra cadeira a sua frente.

— O senhor passou tão rápido... É que chegou o relatório com os documentos e as fotos das obras na fazenda. A empresa de engenharia mandou por e-mail.

— Que bom! Eu vou dar uma olhada! Obrigado!

— O senhor deseja mais alguma coisa?

— Você já pode elaborar a minuta do encaminhamento de toda a documentação para a matriz. Eu quero enviar isso hoje mesmo.

— Eu vou providenciar tudo agora mesmo... Com licença! — enquanto Amanda se deslocava até a porta, Vicente não tirou os olhos dela. Riscou-a maliciosamente de cima a baixo, fazendo o seu joguinho de sedução e deixando-a sem jeito na frente de Pablo. E assim que ela saiu da sala e fechou a porta, não aguentou, colocou a mão sobre a boca e foi rindo até a sua mesa. Pablo, imediatamente, foi para o computador verificar o e-mail.

— Será que a matriz vai fazer alguma objeção? — perguntou Vicente, mas Pablo continuou olhando para a tela do computador, ignorando-o completamente. — Pablo, eu estou falando com você! — insistiu Vicente, olhando com a cara de bobo para Pablo, que continuou totalmente fora de órbita, olhando fixamente para a tela do computador. — Pablo! — irritou-se Vicente, alterando o tom da voz e se contorcendo na cadeira.

— Hã?! Desculpa! Eu me distraí... O que você disse?

— Eu perguntei se a matriz... Esquece!

— Olha só que maravilha!

— Puxa! Eu estou falando com você sobre coisas sérias... E você aí vendo besteiras na internet?

— São as fotos das instalações na fazenda... Venha ver! — disse Pablo, olhando com entusiasmo para a tela do computador. Vicente ficou curioso, levantou-se logo da cadeira e se posicionou ao lado dele para ver as fotos também.

— Eles já instalaram os equipamentos?! Caramba! Essa é aquela passagem subterrânea? — surpreendeu-se Vicente, apontando o dedo para a foto na tela do computador.

— Ela mesma! Eles avançaram bem! Temos que olhar tudo isso de perto.

— Não, eu não! — Vicente saiu do lado de Pablo e voltou para a cadeira que estava sentando, sinalizando que não colocaria os pés na fazenda outra vez.

— Por quê?

— Não! Você fica muito estranho quando pisa naquela fazenda.

— Eu?

— Vá com a sua namorada!

— Que namorada? Ela não é minha namorada. É apenas uma amiga.

— Então vá sozinho! Da outra vez, você me embriagou de propósito. Eu tive que passar a noite lá e deu no que deu... Nós saímos na porrada!

— Isso já passou! — continuou Pablo, tentando persuadi-lo, enquanto organizava alguns documentos sobre a sua mesa. — A gente volta no mesmo dia... — Mas Vicente continuou fechado, quieto. Pablo parou de mexer nos papéis, cruzou os dedos das mãos sobre a mesa e continuou insistindo com ele — Cara! Nós dois somos uma equipe! Vamos?

— Ué? Cadê o seu anel? — estranhou Vicente, olhando fixamente para a mão de Pablo.

— Anel?

— É... O anel de agrônomo com o rubi — Pablo olhou meio sem jeito para a marca do anel no seu dedo e ficou agitado. Voltou a remexer nos papéis que estavam em cima da mesa e simulou que estava procurando um documento muito importante.

— Eu não sei aonde foi parar aquele relatório... — disfarçou ele. — Que merda! Ele estava por aqui... Cadê? — e continuou ele remexendo nos papéis sobre a mesa, tentando se desviar da curiosidade de Vicente.

— Relatório? Eu estou falando sobre o anel!

— Eu devo ter esquecido no banheiro quando eu fui tomar banho — respondeu ele sem encarar Vicente. — Onde foi parar aquele relatório? E não mude de assunto não, Vicente! Você vai comigo para a fazenda ou não vai?

— Eu vou pensar — respondeu ele, balançando a cabeça em demonstração de dúvida. Vicente ignorou a insistência de Pablo, levantou-se da cadeira e seguiu em direção a porta. — Eu disse que vou pensar... Está mais para não, do que para sim — e Pablo não insistiu mais, ficou de cabeça baixa, remexendo nos papéis em cima da mesa. Vicente também nem olhou para trás, saiu rápido da sala e fechou a porta.

Depois que tiraram a hora de almoço, os detetives Caio e Flávia não perderam mais tempo e foram imediatamente para o departamento de necropsia da polícia. Estacionaram a viatura, entraram às pressas no prédio e seguiram direto para a sala onde estava o corpo da vítima de estrangulamento. O perito e o médico legista já estavam esperando por eles.

— O que vocês podem adiantar para ajudar a gente? O laudo vai demorar a sair e nós precisamos de algumas pistas. Nós estamos no escuro — perguntou Flávia, acompanhando o legista até a mesa em que estava o corpo da vítima.

— Vamos lá! — disse o legista, destapando o corpo. — O pescoço não foi quebrado. E também não há marcas de atrito de corda ou de outro objeto cortante. Mas a morte foi por asfixia, estrangulamento com as mãos ou com o braço — o legista fez uma pausa, movimentou o pescoço da vítima e olhou para Flávia, que ficou acompanhando minuciosamente cada detalhe dos movimentos dele. — Não foi encontrado vestígio de sêmen. Os ferimentos no rosto foram devido ao choque com as pedras que havia no local. Ele pode ter sido morto no local ou jogado por lá depois de ter sido assassinado. São coisas que serão avaliadas a frente com mais precisão. Eu só estou fazendo uma análise superficial, não é nada oficial.

— Claro! Ele está com algumas unhas postiças faltando... Isso poderia sugerir uma luta corpo a corpo com o assassino? Uma defesa ao ataque dele?

— Ele também pode ter brigado com outro travesti. Eles vivem em pé de guerra disputando o ponto. Isso não sugere que a luta tenha sido com o assassino — refutou Caio, analisando o caso por outro ângulo, com mais frieza.

O legista, diante das suposições dos detetives, começou a verificar as unhas da vítima e percebeu que em algumas delas havia resíduos de pele. Ele pegou uma pinça, uma espátula e retirou o material para encaminhar ao laboratório para fazer o exame de DNA.

— Em quanto tempo saíra o resultado do exame? — perguntou Flávia.

— Isso levará alguns dias, detetive — respondeu o legista.

— Pelo menos temos alguma coisa! — conformou-se Flávia, que continuou cismada. Ela se aproximou novamente da mesa e ficou olhando para o rosto da vítima. — Se eu não estou enganada, esse travesti trabalha na boate daquele cara... Érike.

— Você tem certeza? — perguntou Caio, aproximando-se mais da mesa. — O rosto ainda está muito inchado!

— Olhando bem... Ele se parece com um dos travestis que nós conversamos quando estivemos na boate investigando a morte da garota de programa. A boate ainda era de Pâmela — Flávia ficou inquieta, pediu uma luva ao legista e começou a examinar o rosto da vítima cuidadosamente. — Com certeza é um dos travestis da boate. Eu só não me lembro o nome... E essa marca debaixo do queixo? — perguntou ela para o legista.

— Pode ser da ponta de alguma pedra... Ou outro objeto — o legista ficou curioso e se aproximou mais do corpo da vítima. Olhou, olhou, e ficou quieto para não prolongar o assunto. Ele já estava inquieto e olhava constantemente para o relógio. — Eu vou examinar depois com mais cuidado.

— Poderia ser algo que o assassino estava usando? Tem a aparência de uma marca... Não se parece com a ponta de uma pedra — deduziu Flávia, deixando o legista desconfortável.

— Talvez... Pulseiras, anéis, objetos pontiagudos e cortantes. Ainda é muito cedo para se fazer qualquer afirmação.

— E você tem uma noção aproximada da hora que ele morreu?

— Entre três a cinco horas... Por aí — estimou o legista.

— É... — Flávia tirou as luvas, jogou-as na lixeira e ficou parada próxima à porta esperando por Caio.

E enquanto o médico legista cobria o corpo da vítima, Caio ficou coçando a cabeça, pensativo, refletindo sobre as suspeitas levantadas por Flávia. Mas ela o apressou. Eles fizeram um gesto com a mão em agradecimento pela colaboração do colega e se retiram da sala apressados em direção à viatura, que estava estacionada a poucos metros à frente do prédio.

— Eu acho que nós vamos ter que dar uma passada lá na boate mais tarde — disse Caio.

— Com certeza! Mas agora nós temos que voltar para a delegacia e encarar o delegado Siqueira.

— Essa é a pior parte de todas... Ah! Ah! Ah!

— Você disse tudo! Ah! Ah! Ah! — concordou Flávia, acompanhando-o com algumas risadas enquanto entrava na viatura. E seguiram eles para a delegacia.

E assim que Caio e Flávia colocaram os pés na delegacia, receberam logo de cara o recado do delegado Siqueira querendo falar urgentemente com os dois. Eles nem pararam para recuperar o fôlego, seguiram diretamente para a sala do chefe. Bateram na porta e entraram. Siqueira estava muito aflito, com os nervos a flor da pele e soltando fumaça pelas ventas.

— O senhor quer falar com a gente, chefe? — perguntou Caio.

— Eles estão querendo arrancar a minha pele e você ainda me pergunta se eu quero falar com vocês? — irritou-se o delegado Siqueira, levantando-se da sua cadeira e se agitando pela sala.

— Nós acabamos de chegar da necropsia... Tudo indica que o caso tem correlação com os outros dois assassinatos — antecipou-se Flávia.

— Então, nós estamos diante de um assassinato em série?

— Creio que sim... As três vítimas morreram asfixiadas por estrangulamento. Dois travestis e uma prostituta. Presas que o assassino escolheu por motivo fútil ou simplesmente por desejo de matar. Ou talvez ele até tivesse um motivo específico para atacar e matar certos tipos de pessoas que são marginalizadas pela sociedade, achando que ninguém ligará e ainda irá agradecê-lo. Um psicopata! — e quando Flávia terminou de expor a sua teoria sobre a ligação entre os crimes, Siqueira olhou para Caio e fez um gesto com as mãos, esperando dele uma contraposição mais sóbria sobre o caso.

— Dessa vez, chefe, foram encontradas evidências mais palpáveis. Na unha da vítima havia resíduo de pele humana e um ferimento debaixo do queixo que pode ter sido provocado por algum objeto de uso particular do assassino.

— Objeto? E que tipo de objeto seria esse, detetive Caio?

— Não sabemos ainda... Talvez um anel, uma pulseira. Mas essas informações não são oficiais. O legista apenas nos antecipou alguns detalhes. A conclusão do laudo da perícia, da necropsia e o resultado do exame de DNA, ainda vão demorar alguns dias para sair.

— E o que mais? Vamos! Acabem logo comigo de uma vez! Eu mereço! — instigou-os o delegado Siqueira, fazendo o maior drama diante dos detetives.

— Nas pulseiras da vítima... — Caio colocou a mão sobre a boca e puxou um pigarro, interrompendo Flávia, sinalizando para que ela ficasse quieta e não fizesse nenhum comentário sobre os fiapos da pluma cor-de-rosa que estavam presos nas pulseiras da vítima.

— Fale, detetive Flávia!

— Não é nada relevante, chefe! — intrometeu-se Caio, com o intuito de impedir Flávia de falar sobre a pluma cor-de-rosa. Mas ela não se conteve e saiu atropelando-o.

— É que tinha alguns fiapos de uma pluma cor-de-rosa presos nas pulseiras da vítima — e o que Caio previu, aconteceu. Siqueira fechou os olhos e cerrou os punhos de raiva. Ele inspirou fundo, puxou todo o oxigênio da sala, e foi soltando o ar lentamente. E quando se sentiu mais tranquilo, sentou-se na sua cadeira e ficou olhando, sem piscar os olhos, para a detetive Flávia.

— O que você está querendo insinuar novamente com isso, detetive Flávia? O que faz uma pena cor-de-rosa ter tamanha relevância no assassinato de três pessoas? Por favor, convença-me! Antes que eu tenha um infarto fulminante e caia durinho sobre a minha mesa.

— Eu avisei para você não falar sobre isso! — reclamou Caio.

— Mas eu acho que tem relevância sim. Não há sinais de ferimentos provocados por arma de fogo, facas, canivetes, arames ou cordas. Nada! O assassino usa as mãos ou os braços. E parece que ele é bem forte para conseguir dominar a vítima e matá-la. Ele não as dopa... Gosta de usar a força e vê-las se apagando diante dos seus olhos. Os dois travestis trabalhavam na boate, que agora tem um novo dono, um cara com o nome de Érike. A garota de programa só frequentava a boate para fisgar os clientes. Um esquema que elas tinham com Pâmela, a antiga dona da boate. Então, o que tem a pluma cor-de-rosa a ver com o caso? Se todas as vítimas usavam uma pluma, por que só foram encontrados fiapos de pluma em algumas delas? Será que o assassino as roubou e guardou como troféu? Quem sabe? Ou a vítima lutou com ele, atrapalhando o seu ritual... Coisas de psicopata!

— E daí, detetive Flávia? — questionou-a Siqueira, tonto diante da tagarelice dela. — Eu não estou vendo muito sentido nessa sua teoria.

— Pode ter sido até outro travesti que também use as plumas... Muitos deles são homens bem altos e fortes. Ou algum psicopata que se traveste e se mistura no meio deles para cometer os assassinatos. No queixo da vítima tinha uma marca... Não sabemos ainda o que é. Pode ser a marca de uma seita, de um determinado grupo com ideologias retrógradas que perseguem e matam homossexuais e prostitutas.

— Você concorda com a sua colega, detetive Caio?

— Ela tem faro!

— Faro? Eu vou ver se consigo acelerar o laudo da análise da necropsia.

— E chefe... Eu recolhi um pouco dos fiapos da pluma cor-de-rosa. Tem sangue. Pode ser da vítima como também pode ser do assassino — insistiu Flávia.

— Não! De jeito algum! Está fora do meu departamento.

— Mas chefe... O senhor pode acelerar o andamento do processo. E aquela pessoa especial que o senhor conhece no departamento de necropsia?

— Não! Vão! E façam uma visita à boate... Fale com esse tal de Érike e com quem mais vocês puderem falar. Precisamos de mais informações.

— É o que nós pretendemos fazer, chefe.

— Não perca tempo, detetive Caio... Faça logo isso! E passe para cá o envelope com as penas. Eu não quero vocês andando com isso pela delegacia. Daqui a pouco a gente vai acabar virando chacota na boca do pessoal lá de cima. Anda! — Siqueira esticou a mão e ficou olhando para Flávia.

A detetive ficou sem alternativa, entregou o envelope plástico para o delegado e saiu da sala junto com o detetive Caio. Siqueira ficou com a pulga atrás da orelha. Ele fechou os olhos, recostou a cabeça na sua cadeira e ficou batendo com os dedos das mãos sobre a mesa, refletindo sobre o que fazer. De repente, ele fez um movimento brusco, pegou o celular e fez uma ligação. E sem tirar os olhos dos fiapos da pluma cor-de-rosa, o delegado Siqueira, muito ansioso, ficou esperando alguém atender a sua chamada telefônica — Oi, amor!

Capítulo 12

Depois que entardeceu, já bem de noitinha, Caio estacionou a viatura em frente à boate La Balbúrdia. Os dois detetives saíram do carro e ficaram, por alguns segundos, parados de frente para a fachada do prédio, surpresos e também curiosos com a transformação da casa noturna. De repente, eles perceberam uma movimentação suspeita do segurança e caminharam apressados em direção à porta da boate.

— Ei! Ei! Pode ficar aí mesmo onde está? — gritou Caio, intimidando-o.

— Mas o que foi que eu fiz? — defendeu-se o segurança.

— Você ia sair de fininho e trancar a porta. Simular que não tinha ninguém aí dentro da boate — atacou-o Flávia, desmascarando-o.

— Mas a casa ainda está fechada! Eu só vim dar uma olhada na movimentação aqui fora... Faz parte do meu trabalho!

— O seu patrão já chegou? — perguntou Caio.

— Já! Mas eu não posso deixá-los entrar sem a autorização dele.

— Então vá avisá-lo que nós estamos aqui e queremos falar com o pessoal... É sobre o assassinato de um colega de vocês.

— Assassinato? Quem foi assassinado? — assustou-se o segurança.

— Não importa! Vá chamá-lo! — Caio endureceu o seu discurso e ficou olhando bem nos olhos do segurança, que entrou na boate e fechou a porta rapidamente.

— Mandou bem, hein? Que dura! — disse Flávia, deixando escapar um sorrisinho sarcástico e voltando a olhar para a fachada do prédio da boate. — É... Até que ficou legal!

— O quê? — perguntou Caio, distraído, enquanto esperava o segurança retornar.

— A obra da boate! Até que esse Érike tem bom gosto!

— Ih! Você fica falando o tempo todo, cheia de desconfiança, que não vai com a cara dele... E agora faz elogios? Não entendi?

— Érike pediu para vocês entrarem — avisou-os o segurança, abrindo espaço com o corpo para os dois detetives passarem. Mas Caio ainda continuou de cara fechada para o segurança, que desviou os olhos dele por algumas vezes e baixou a cabeça. — Ele está lá no palco — disse o segurança, com a cara amarrada e também olhando para Caio de rabo de olho.

Os detetives permaneceram sérios e se deslocaram apressados até o palco. Érike estava conversando com Nicole, Cassandra e os dançarinos, passando as novas instruções para o show. Ravena não fazia mais parte do elenco e Érike precisou reformular os quadros das apresentações da La Balbúrdia.

— Detetives! — cumprimentou-os Érike. — No que posso ser útil?

— Nós estamos aqui porque houve um assassinato na madrugada de hoje pela redondeza... O local fica um pouco distante da boate, mas tudo indica que a vítima possa ser conhecida de vocês — explicou-lhes a detetive Flávia.

— Ai! Meu Deus! Ravena! — assustou-se Nicole. — O meu coração me disse que algo ruim tinha acontecido com ela.

— Ravena? Você tem alguma foto dela? — perguntou Caio.

— Eu tenho no meu celular... Pobrezinha! — apressou-se Nicole, pegando o celular com as mãos trêmulas e começando a chorar.

— Não pode ser ela! Ela estava aqui com a gente ontem... Será? — Cassandra colocou a mão na boca para suprimir o choro, mas não suportou o choque, deslocou-se para um canto no fundo do palco e começou a chorar.

— Veja se é realmente ela... — disse Nicole, passando o celular para a policial.

Flávia ficou olhando bem para a foto de Ravena no celular de Nicole e depois passou o aparelho para Caio. Enquanto Caio observava a foto, Flávia não tirou os olhos de cima de Érike, que ficou inquieto e não conseguiu ficar parado por muito tempo no mesmo lugar.

— Eu acho que é ela sim! — confirmou Caio.

— Não! Como pôde acontecer uma coisa dessas com ela. Ela era tão esperta! Estava sempre de olho bem aberto e não caía em golpes — desesperou-se Nicole, enquanto pegava o celular da mão de Caio.

— Vocês têm certeza que é ela mesma? — questionou-os Érike, preocupado com o estado emocional do grupo.

— Nós só vamos ter certeza absoluta depois que alguém da família for reconhecer o corpo. Levaram todos os pertences dela. Vocês conhecem alguém da família dela? Ela trabalhava aqui na boate? — prosseguiu a detetive Flávia com o seu interrogatório.

— Ela fazia parte do elenco, participava de alguns quadros nas apresentações. Ela ensaiou com as outras drag queens durante todo o tempo, mas no dia da inauguração da boate, ela não quis ficar. Deixou-me na mão! Eu ainda saí correndo atrás dela para tentar convencê-la, mas ela acabou confessando que fez de propósito para me prejudicar. Eu não sei o porquê dela ter feito isso comigo. Ela estava muito agressiva! Acho que estava muito drogada. Eu segurei no braço dela. Ela veio para cima de mim e me arranhou. Olha só o meu pescoço! E depois me deu uma joelhada nos testículos. O golpe foi tão forte que eu fiquei caído no chão — esclareceu Érike.

— Então, vocês discutiram e brigaram? — insistiu Caio, olhando dentro dos olhos de Érike.

— Sim... A briga foi do lado de fora da boate. Os seguranças viram tudo. Um deles veio e conseguiu afastá-la de cima de mim. Ela poderia até ter me matado! De repente, ela tentou fazer isso com outra pessoa e não teve a mesma sorte! Ela estava muito agressiva!

— E onde você estava entre as três e cinco horas da madrugada de hoje? — perguntou Flávia.

— Onde eu estava? Por quê? Vocês estão suspeitando de mim?

— Não, senhor Érike! São apenas perguntas corriqueiras que fazemos... Onde o senhor estava nesse horário? — insistiu Flávia.

— Nós encerramos tudo, Tony e o segurança foram embora e eu fiquei na boate... Passei a noite aqui.

— Sozinho? — estranhou Flávia.

— Sozinho!

— Eu anotei o telefone da irmã dela... Esse aqui é o endereço dela. Ela morava em uma vila perto daqui — disse Nicole, aproximando-se dos policiais com um pedaço de papel na mão.

— Ela morava aqui por perto?

— Morava sim, moça! Era um quartinho em uma vila. Eu também anotei o meu telefone. Coitada! —

Nicole não conseguiu mais se controlar, começou a chorar intensamente e saiu correndo para o camarim.

— Bom, detetives, agora eu tenho que continuar com o ensaio... Nós ficamos muito chocados com o que aconteceu à Ravena, mas eu não posso fechar as portas da casa. Nós vamos ter que prosseguir com as apresentações, com o show — lamentou-se Érike, encerrando o interrogatório por conta dele mesmo.

— Claro! Nós já estamos de saída. Nós também lamentamos a perda do colega de vocês... E vocês podem ter a certeza que nós vamos colocar as mãos em cima desse maníaco — disse Flávia com um tom áspero na voz.

— Eu espero que sim... É obrigação da polícia. Nós pagamos os salários de vocês. Eu sou travesti, homossexual, mas estou aqui trabalhando. Eu pago imposto. Até os que estão se prostituindo lá fora, pagam imposto. Eu só espero que quando vocês pisarem aqui novamente na boate, não seja para se lamentar pela morte de mais um travesti — Cassandra ficou revoltada e não aceitou a morte de Ravena. E apesar de estar se sentindo muito abalada, chorando de soluçar, ela não teve medo de sofrer nenhuma intimidação. Partiu para cima dos policiais com agressões verbais, deixando a detetive Flávia muito furiosa.

— O risco de isso acontecer é grande, meu bem! — ironizou Flávia, defendendo-se da agressão de Cassandra. — Eu só não enquadro você por desacato à autoridade, porque eu sei que você está abalada com a morta da sua amiga. Mas fique de olho bem aberto! — Alterou-se a detetive Flávia, virando-se de costa e saindo com Caio sem dar muita atenção para as provocações de Cassandra, que logo se calou com a dura que recebeu da policial.

Flávia saiu bufando da boate, deixando Caio para trás. Ela entrou na viatura, jogou-se na poltrona e fechou a porta com brutalidade, descarregando toda a raiva que estava sentindo das provocações de Cassandra. Caio chegou logo em seguida, entrou no carro e ficou esperando a crise de nervos da colega passar.

— Já está mais calma?

— Que filha da puta! Você viu como a boneca veio para cima de mim? Só paulada!

— Mas você se saiu bem! E esse Érike?

— Eu acho que a gente vai ter que ficar na cola dele. Temos que levantar tudo que for possível sobre esse cara. Merda!

— O que foi?

— Os resíduos de pele na unha da vítima... Só podem ser dele. Ele não disse que a vítima o atacou em frente à boate? Que eles se atracaram e até o segurança testemunhou? Então?

— Mas isso não o elimina da lista de suspeitos.

— Claro que não! Ele é o numero um! Vamos embora! Eu estou louca para chegar a minha casa, tomar um banho e comer alguma coisa... Relaxar!

— E eu também! — concordou Caio, ligando a viatura e metendo o pé no acelerador.

No dia seguinte, enquanto se preparava para sair de casa e ir para o consultório, Ligia ouviu um barulho no quarto de Érike. Como nos últimos dias ele tinha ficado direto pela boate, ela estranhou e foi verificar se o filho estava realmente em casa.

— Érike! — Lígia bateu na porta do quarto e o chamou, mas ele não respondeu. Ela tentou abrir a porta, mas estava trancada. Lígia ficou encabulada e insistiu. Bateu novamente na porta e continuou chamando-o.

— Érike! Érike!

— O quê? — respondeu ele, gritando com ela.

— Você chegou agora? Eu não vi você chegar... Érike! Érike!

— O que foi? — perguntou ele, abrindo um pouco a porta, impedindo-a de entrar.

— Há dias que você não vem para casa e nem liga para falar nada — mas Lígia ficou apreensiva e enquanto conversava com o filho, ficou atenta às movimentações dentro do quarto.

— Eu não tive nem tempo para respirar... Deu um trabalhão, mas a inauguração da boate foi um sucesso! E você, como sempre, nem apareceu para dizer: "parabéns filho!" — naquele momento, a percepção de Lígia que estava ligada a cem, foi para a escala zero. A sua saliva desceu pela garganta abaixo rasgando como uma espinha de peixe.

— Você sabia que eu não iria — justificou-se ela, assustando-se ao mesmo tempo com um barulho que ouviu dentro do quarto. — Tem alguém no quarto com você, Érike?

— Não! Você está maluca? Foi só um bagulho que caiu... — Lígia nem esperou que Érike terminasse a sua explicação, foi fazendo força com ele, empurrou a porta e entrou no quarto.

— O que está acontecendo? — perguntou Lígia, olhando para as duas malas cheias de roupas que estavam abertas sobre a cama dele.

— Tem alguém dentro do quarto? Você está satisfeita? Então pode sair! Por favor, saia do quarto agora!

Lígia ficou sem jeito, parada diante de Érike, que estava de cueca e muito irritado, gesticulando com as mãos e pedindo para que ela saísse logo do quarto. Ela não ficou constrangida pelo fato do filho estar de cueca, mas por ter desconfiado dele. O que não a privou de reparar as marcas de unhas no seu pescoço.

— O que está acontecendo, Érike? Você se meteu em alguma enrascada?

— Mas por que você está sempre desconfiando de mim? — retrucou ele, afastando-se da porta e se aproximando da cama, das malas.

— E esse ferimento aí no seu pescoço? O que foi? Você brigou com alguém?

— Não! — respondeu ele, passando a mão sobre o ferimento, que começou a sangrar e escorrer pelo seu pescoço.

— Você tem que fazer um curativo nisso! Eu não posso mais ficar aqui conversando com você. Eu tenho um paciente agendado. Tem antibiótico no banheiro. E não vá embora antes de nós conversarmos. Eu tenho que ir! Tchau!

Lígia pegou a sua bolsa, as chaves do carro e saiu às pressas batendo com a porta, algo que ela detestava ouvir. E quando saiu com o carro da garagem, percebeu um veículo com vidros escuros parado mais adiante da sua casa. Ela ficou olhando pelo retrovisor e hesitou, pensou até em retornar para a garagem, mas o motorista se movimentou e passou acelerado por ela, deixando-a mais aliviada. Lígia, então, saiu logo em seguida e foi para o seu consultório.

Érike continuou no seu quarto, arrumando as suas roupas e alguns objetos dentro da mala. Mas ele se sentiu incomodado com o ferimento no pescoço e foi até ao banheiro para se olhar no espelho. Como a ferida estava um pouco infeccionada e sangrando, ele pegou gases, uma solução antisséptica, e fez a higiene do ferimento sem exprimir uma reação de dor. E quando ameaçou fechar a porta do armário do banheiro, lembrou-se do antibiótico. Ele pegou a caixa de remédio, retirou duas cápsulas e as engoliu rapidamente com a água da torneira do lavatório.

Quando voltou para o seu quarto, Érike ficou olhando para as malas abertas sobre a cama e teve uma crise histérica, jogou tudo no chão. Ele se deitou na cama e ficou olhando para o teto, refletindo se partiria logo ou se ficaria esperando a mãe retornar do consultório. Érike estava se sentindo acuado com a pressão da polícia e ficou preocupado.

Mas de repente, ele se levantou da cama, foi até a porta do seu quarto e ficou olhando com desconfiança pelo corredor, com a impressão de que havia alguém se movimentando pela casa. Ele escutou um barulho na saleta de trabalho de Lígia e seguiu caminhando meio escabreado pelo corredor para verificar se ela realmente já tinha voltado — mãe? — A porta da saleta estava entreaberta, mas Lígia não respondeu. Érike foi empurrando a porta bem devagarinho e tomou um susto — Você?

— Não gostou de me ver? — perguntou Esteban.

— Mas... O que você está fazendo na minha casa? Como você entrou?

— Pela porta... Por onde mais eu entraria? — respondeu Esteban, levantando-se da cadeira e se aproximando dele.

— Você tem as chaves da casa? Então, você e a minha mãe estão mesmo juntos?

— Ah!Ah!Ah! Como você é ingênuo! Claro que eu tenho as chaves!

— Vocês mentiram para mim o tempo todo! — gritou Érike, empurrando Esteban e provocando-o.

— O garotinho da mamãe ficou revoltado? — debochou Esteban, deixando Érike mais irritado.

— Eu vou acabar com você! — gritou Érike, furioso, avançando com o punho cerrado sobre Esteban, que conseguiu se desviar do golpe e o dominou.

Esteban imobilizou Érike pelo pescoço, aplicando-lhe uma chave de braço. Ele o encostou contra a parede e o imprensou com o seu corpo, esfregando-se nele e sussurrando no seu ouvido — É assim que você gosta? Hein? — Érike foi ficando sem forças, esmorecido, e parou de resistir. Esteban, então, afrouxou o braço e o deixou deslizar pelo seu corpo até o chão — Olha só o que eu trouxe para você! — Esteban retirou uma pluma cor-de-rosa do bolso do paletó e ficou balançando-a diante dos olhos de Érike, que mal conseguia respirar.

E continuou ele com o seu sarcasmo. Brincando com a pluma no ar e deslizando-a debochadamente sobre o corpo de Érike, que, ainda sentado no chão e recostado na parede, respirava com dificuldade, revirava os olhos e tossia sem tirar a mão do pescoço. Mas, inesperadamente, quando Esteban se agachou e se colocou com certa vulnerabilidade a sua frente, Érike se jogou em cima dele, derrubou-o no chão e começou a lhe dar sucessivos socos no rosto, arrancando-lhe sangue e deixando-o desmaiado no chão.

Mas a sua fúria também o deixou exausto. Érike continuou em cima de Esteban, ofegante, sem forças para se levantar. E quando ele menos esperava, Esteban abriu os olhos e o acertou com um soco no rosto. Érike caiu ao lado de Esteban, que pulou em cima dele e começou a enforcá-lo. E quanto mais força ele fazia para se livrar das mãos de Esteban em volta do seu pescoço, mais força Esteban fazia para estrangulá-lo — Ah!... — Érike deu um grito, pulou assustado da cama e ficou andando agitado pelo quarto com a mão no pescoço, sentindo falta de ar — Meu Deus! — e continuou ele com a sua aflição, andando sem direção pelo quarto e tossindo sem parar.

— O que foi, Érike? — perguntou Lígia, entrando apressada no quarto dele. Mas Érike não conseguia falar e nem respirar direito. — O que você está sentindo? Sente-se na cama e fique calmo! — Érike ficou tão nervoso com o pesadelo que não conseguiu ficar parado dentro do quarto. Continuou agitado, andando para todos os lados com a mão no pescoço e sentindo falta de ar. — Sente-se na cama e respire pausadamente — insistiu Lígia, pegando-o pelo braço e conduzindo-o até a cama.

Érike, ainda muito ofegante, sentou-se na cama sem tirar as mãos do pescoço. Lígia começou a massagear as suas costas e ele, aos poucos, foi conseguindo respirar pausadamente e ficar mais tranquilo. O seu corpo foi relaxando, estabilizando-se, e ele conseguiu se controlar.

— Eu vou pegar um pouco de água para você — disse Lígia, levantando-se rápido da cama. Mas Érike a segurou pelo braço. — O que está acontecendo com você, Érike? — ele não conseguiu responder e fez um sinal com a mão para que ela esperasse um pouco enquanto ele recuperava o seu fôlego.

Lígia ficou inquieta, levantou-se, cruzou os braços e ficou esperando que ele começasse logo a explicar o que estava acontecendo. Mas Érike continuou de olhos fechados, deitado na cama, tentando controlar a sua respiração. E como o tempo de Lígia não convergiu para o mesmo ponto de equilíbrio do tempo de Érike, ela ficou impaciente e jogou as cartas sobre a mesa.

— Você ainda está usando drogas, Érike?

— Não! — respondeu ele, interrompendo o exercício de respiração e se sentando na cama. — Eu estou limpo! Não uso essa merda há muito tempo!

— Então, o que foi isso? O que aconteceu com você?

— Eu não sei! Depois que você saiu, eu fui até ao banheiro, passei o remédio no pescoço e tomei o antibiótico. Voltei para o quarto e me joguei na cama. Acho que dormi... Acordei assustado, sentindo falta de ar.

— Pode ser estresse... Você não tem se alimentado e nem dormido direito com essa história de boate — disse Lígia, olhando meio desconfiada para o filho.

— Pode ser...

— E você não vai para a boate hoje?

— Não! A boate não funciona hoje... Pausa para descanso.

— E o que você decidiu?

— O quê?

— Você vai mesmo embora? Eu estou vendo as malas e as roupas espalhadas pelo chão.

— Hoje não! Eu vou refletir melhor sobre o que eu vou fazer.

— Você não quer que eu marque uma consulta com um médico amigo meu? Ele é um excelente clínico!

— Não precisa! Eu estou bem! Foi só um pesadelo!

— Pesadelo?

— É... Mas já passou!

— E como foi esse pesadelo?

— Eu não quero falar sobre isso! E sem essa de bancar a psiquiatra para cima de mim!

— Pelo visto, você já está bem melhor... Já começou com as grosserias! Eu vou preparar alguma coisa para a gente jantar.

— Jantar?

— É... Jantar! Se você abrir as cortinas do seu quarto, vai perceber que já escureceu e que é noite.

Assim que Lígia saiu do quarto, Érike foi até a janela, abriu as cortinas e se deparou com a lua cheia sobre o seu rosto. Ele abriu a janela, debruçou-se no parapeito, e ficou olhando pensativo para o jardim e a piscina da casa. A noite estava quente e agradável. Pablo estava exausto, correndo de um lado para o outro, jogando bola com os filhos.

— Chega! O pai tem que ir embora! — disse Pablo, parando a bola e se jogando no chão da quadra todo suado e quase sem fôlego.

— Puxa, pai! — reclamou Diego, pendurando-se no pescoço dele.

— Pai...

— Oi! — respondeu Pablo, olhando para Diogo, percebendo que ele estava um pouco arredio. — O que foi? — mas Diogo começou a gaguejar e ficou de cabeça baixa para não encará-lo. Pablo ficou preocupado.

— É... Eu...

— Não precisa nem falar... Eu já sei que você fez alguma merda, cara!

— Não! Ele não fez nenhuma merda! — disse Nádia, enquanto se aproximava deles.

— O que está acontecendo? — perguntou Pablo, levantando-se do chão. — Eu não estou entendendo?! A gente se divertiu esse tempo todo aqui jogando bola e agora você chega toda marrenta para o meu lado?

— Vamos subir logo, meninos! — chamou-os Nádia, ignorando a irritação de Pablo.

— Não! Nenhum dos dois vai subir sem antes me dizer o que está acontecendo!

— Ih!... Essa é boa! — debochou Nádia, virando o rosto para o lado.

— O que você ia me falar, Diogo? — perguntou ele para o filho, ignorando a provocação da ex-mulher.

— É que eu falei para a minha mãe da cobra que quase me mordeu!

— Diogo! Eu pedi... Está bem! Não tem problema!

— Tem problema sim! — alterou-se Nádia, elevando o tom da voz. — Você os levou para aquele fim de mundo e não tomou conta direito deles. E se eles tivessem sido picados pela cobra? — exaltou-se ela, aproveitando a oportunidade para atacá-lo.

— Mas não foram! Eles moram com uma cobra bem mais venenosa e ainda estão vivos! — Nádia engoliu a seco a provocação de Pablo e o fuzilou com os olhos. Não disse mais nada. Pegou os meninos pelos braços e os mandou seguir na frente. E quando eles já estavam bem distantes, ela revidou a ofensa de Pablo.

— Isso é porque eles não sabem quem é você! — disse ela, olhando bem nos olhos dele.

— Ah! Agora eu descobri o motivo de você ter chegado aqui tão irritadinha assim! Brigou com o namoradinho e ele foi embora mais cedo? Ele deixou você toda excitadinha e depois a dispensou... Foi pegar uma novinha, não é?

— Mas o que há com você?

— Comigo? Nada! Eu estou me sentindo super bem, viril, cheio de energia. Com você eu sempre brochava!

— Seu canalha! — enfureceu-se ela, levantando a mão para dar um tapa no rosto dele.

— Não faça isso! — Pablo segurou o braço de Nádia com força e ficou olhando para ela com certa fúria, deixando-a acuada. Ela puxou o braço, virou-se de costa e foi se retirando de perto dele. E os meninos ficaram de longe assistindo toda a discussão dos pais. — E não se esqueça! No final de semana eu venho buscá-los para ir ao cinema ou para passear em outro lugar. Eu ainda sou o pai deles. Eu sustento eles e você, que não faz porra nenhuma! — desabafou ele. Nádia sequer olhou para trás, continuou puxando os meninos para fora da quadra. — Parasita! — gritou Pablo, arqueando as mãos em torno da boca para ampliar o som.

Depois do confronto com a sua ex-mulher, Pablo entrou no seu apartamento super irritado. Bateu com a porta, jogou a sua pasta em qualquer canto e foi direto preparar uma bebida. Virou o copo de uma vez só e ficou murmurando em voz alta, como se Nádia ainda pudesse ouvi-lo — São meus filhos e não dele! Filha da Puta! Fica o tempo todo jogando os meus filhos contra mim! — revoltou-se Esteban, colocando mais bebida no copo.

Mas o álcool não o deixou relaxado. Pelo contrário, ele ficou girando compulsivamente o copo vazio na mão e balbuciando palavras perdidas para si. Até que, impulsionado por uma fúria repentina, arremessou o copo contra a parede. E o som produzido pelos estilhaços de vidro retornou numa amplitude tão insuportável que ele não resistiu e tapou os ouvidos.

E após a sua explosão, ele saiu em disparada até ao banheiro, despiu-se rapidamente e abriu o registro do chuveiro. E ali ficou por um bom tempo, debaixo da água fria, imerso na sua surrealidade, com os braços esticados contra a parede do boxe, utilizando toda a sua força para detê-la e não ser esmagado por ela.

Pablo ficou rolando na cama, agitado. O seu corpo ainda estava elétrico, vibrava sobre o colchão. Ainda era muito cedo para se levantar. Mas também era muito tarde para alguém que teria que se levantar cedo, cair no sono. Ele pulou da cama com raiva, vestiu o moletom, calçou os tênis que encontrou na sua frente e saiu para correr. Precisava queimar toda a energia ruim e se livrar de uma vez por toda do alto risco de se ver consumido pela sua própria combustão.

Lígia também perdeu o sono e se levantou. Vestiu o seu roupão e foi até a cozinha para tomar um pouco de água. Ela escutou o barulho de chaves tilintando pelo corredor e foi dar uma olhada. Ficou surpresa ao se deparar com Érike chegando da rua àquela hora da madrugada.

— Você saiu?

— Eu fui dar uma volta? E por que você ainda está acordada?

— Eu perdi o sono... Como sempre!

—Tá... — disse Érike. E sem dar muito assunto para a mãe, ele entrou logo no quarto e trancou a porta.

— Foi dar uma volta no meio da madrugada... — e voltou Lígia para a cozinha conversando consigo. — Também, eu nem vi a hora que ele saiu. Tem alguma coisa acontecendo e eu não estou conseguindo enxergar. Será que eu devo avisar ao pai dele? — perguntou Lígia para si mesma.

O sol foi surgindo e abrindo um clarão entre as folhagens das árvores, revelando mais uma cena de violência urbana cometida na calada da madrugada. A vítima, uma mulher na faixa dos trinta a quarenta anos de idade, permaneceu sentada no banco de uma praça com a cabeça inclinada para trás. Ela não estava com celular, bolsa, relógio, joias ou bijuterias. Estava apenas com a roupa do corpo e um colar de plumas cor-de-rosa em volta do pescoço.

Os policiais da homicídio chegaram ao local e começaram a dispersar os curiosos que se aglomeravam em volta da vítima. Os detetives Caio e Flávia chegaram logo em seguida. E depois que a área foi isolada, a perícia começou a fuçar por todos os lados, procurando por evidências que pudessem revelar a identidade do criminoso e colocá-lo de uma vez por todas atrás das grades.

— É... Parece que o nosso assassino dessa vez também não quis levar as plumas — disse Caio, jogando um pouco de pimenta no humor de Flávia.

— Não... E pelo que parece, é mais uma prostituta. E essa não trabalhava na boate.

— E as plumas? Essas mulheres não andam pelas madrugadas fazendo programas usando plumas cor-de-rosa — estranhou Caio. — O pescoço dela parece que está quebrado... Vamos conversar com o perito!

— Detetives! Temos ordens expressas para retirar logo o corpo do local... E sem comentários! — antecipou-se o perito, apressando os funcionários da homicídio para colocarem logo o corpo da vítima no saco mortuário e despachá-lo para o departamento de necropsia.

— O pescoço da vítima foi quebrado? — perguntou Flávia, estranhando a rapidez do pessoal da homicídio para retirar o corpo da prostituta do banco da praça e colocá-lo dentro do saco mortuário.

— Eu não posso falar nada! Senão, o meu pescoço também será quebrado! Entenderam-me? E fale para Siqueira que eu mandei um abraço para ele. Divirtam-se. A área é toda de vocês!

— Eu não falei que o pescoço dela estava quebrado? — disse Caio.

— É... E ele confirmou! — Flávia ficou inquieta. Achou estranho a homicídio agir tão rápido e não deixá-los nem se aproximar do corpo da vítima. — Eu acho que estão sabotando a gente!

— Eu também achei muito estranho... Mas se for isso, nós vamos saber logo, logo.

— Siqueira?

— Ele mesmo! — respondeu Caio, aproximando-se do banco que a vítima estava sentada.

— O que foi? — perguntou ela, curiosa, e seguindo atrás dele.

— Os bancos parecem que foram pintados recentemente. A vítima estava com o pescoço quebrado... O que sugere uma possível luta entre os dois. Mas no banco não tem marcas como arranhaduras de objetos ou coisas assim. Está lisinho. Espere um pouco... Tem areia — disse Caio, passando a mão sobre o banco, no local onde a vítima estava sentada. — Ela deve ter sido assassinada em outro local e foi deixada por aqui.

— Mas o que está me encabulando mesmo é o pescoço quebrado... Não tem a digital do mesmo assassino.

— Ele deve estar brincando com a polícia! Esses psicopatas agem assim... Gostam de fazer joguinhos.

— Ou não foi a mesma pessoa que cometeu os assassinatos anteriores.

— Será que ele está perdendo o controle? De repente ele não pretendia quebrar o pescoço da vítima, mas estava tão furioso que não conseguiu evitar.

— Esse cara é muito esperto... Anda pelas sombras.

— Vamos! Siqueira deve estar esperando a gente... O que nós vamos falar para ele?

— O que nós podemos falar? Nada! Não deixaram nem a gente chegar perto do corpo! Ele que vai ter que explicar o que está acontecendo.

Capítulo 13

Dias depois, logo pela manhã, Lígia estacionou o carro em frente à faculdade de medicina e entrou rápido no prédio. E quando saiu do elevador, seguiu direto para a sala do professor Fausto, que estava ansioso esperando por ela.

— Professor! Eu recebi o seu recado e vim o mais rápido que pude! — disse ela, cumprimentando-o com um beijo no rosto.

— Eu fico feliz que você tenha vindo logo, minha querida. Mas... Sente-se!

— Obrigada! O senhor analisou o material do meu paciente? O que o senhor achou?

— Lígia, o que eu vou lhe revelar é algo muito sigiloso. Tem que ficar somente entre nós dois... Não poderá sair daqui. Você me promete isso?

— Mas... Agora eu fiquei preocupada! O que...

— Você me promete sigilo absoluto?

— Claro!

— Eu estou muito preocupado com você. Eu só vou revelar isso para você por motivo de segurança, para a sua proteção. Livre-se o mais rápido que você puder desse seu paciente.

— Eu já falei para ele que não vou mais dar seguimento ao tratamento... Que vou indicá-lo para outro profissional.

— Ótimo! Fique o mais longe que puder dele, entendeu-me?

— Mas o que está acontecendo? Qual é a gravidade do caso?

— O pouco que eu pude analisar no prontuário dele foi o suficiente... Eu nem sei como lhe explicar! O perfil do seu paciente se encaixa perfeitamente com o perfil de um psicopata que está cometendo assassinatos em série na cidade.

— Mas como? Que assassinatos? O senhor está me deixando perdida no meio dessa confusão toda. O senhor está querendo me dizer que o meu paciente é um assassino?

— Não exatamente... Mas pode ser! Nós estamos com um projeto, trabalhando com a polícia, uma espécie de laboratório para estudos de casos. Como nós fazíamos. E eles passaram um material sobre um caso que estão encontrando dificuldades para solucionar. Eu já tinha lido o prontuário do seu paciente... Mas quando comecei a ler os históricos dos assassinatos, eu fiquei chocado. As peças foram se encaixando e tudo ficou bem claro na minha mente.

— E como essas pessoas foram assassinadas?

— Estranguladas!

— Estranguladas?

— Isso... Uma garota de programa e dois travestis que trabalhavam fazendo show em uma boate gay.

— Eu não acompanhei nenhum noticiário... — Lígia começou a ficar com as pernas trêmulas, mas se segurou o máximo para não deixar transparecer para Fausto a fragilidade momentânea do seu estado emocional. — Que coisa bárbara! Mas eu não acredito que ele possa ter feito tamanha barbaridade!

— Veja bem! Eu não estou afirmando que foi ele. Eu estou prevenindo você sobre a possibilidade de ter sido o seu paciente.

— Entendo... O que eu devo fazer? Eu não posso abandoná-lo de uma vez... Tenho que passar para ele algumas orientações clínicas. Eu ainda tenho que estar frente a frente com ele.

— Se você se sentir ameaçada, não hesite... Vá à polícia!

— Polícia?

— Denuncie-o imediatamente.

— Eu não vou fazer isso! Eu o conheço há anos! Sinto muito professor! Eu sei que o senhor teve a melhor das intenções, mas eu não vejo muito sentido nessa comparação entre o meu paciente e esse assassino que a polícia está procurando.

— Eu só estou querendo ajudá-la... Aqui está o material que você deixou comigo. Eu coloquei algumas informações na pasta para você analisar melhor quando chegar a sua casa. E lembre-se! Sigilo total! Posso confiar em você?

— Pode... Agora eu tenho que ir, professor. Obrigada! — Lígia quando se levantou da cadeira sentiu uma vertigem e se sentou novamente.

— O que foi? — preocupou-se Fausto, levantando-se rápido da cadeira para ajudá-la. — Você não está se sentindo bem? Eu vou pegar um pouco de água para você — Fausto saiu apressado até o bebedouro para pegar a água, mas quando retornou não a encontrou mais na sala. Ele ficou com o copo de água na mão, parado, olhando para a porta aberta sem entender o porquê de Lígia ter ficado tão abalada. — Eu espero que ela tenha me ouvido... Ou poderá ser a próxima vítima nas mãos desse assassino. Eu não posso fazer mais nada — murmurou ele consigo enquanto fechava a porta.

Lígia ficou super abalada com a conversa que teve com o professor Fausto, saiu totalmente desnorteada do prédio da faculdade de medicina e entrou muito nervosa no seu carro. A sua mão tremia tanto que ela mal conseguiu inserir a chave para dar a partida no carro. E esse seu descontrole a irritou tanto que ela começou a bater com as mãos sobre o volante — Droga! Droga! O que você fez? — alterou-se ela, ligando o carro em seguida e saindo em disparada. E quando Lígia entrou em casa, encontrou Érike com as duas malas nas mãos, pronto para pegar a estrada e partir.

— O que você fez, Érike? — Lígia partiu para cima de Érike, dando-lhe sucessivos tapas sem parar. — O que você fez? — continuou ela, gritando e batendo no filho, que não se defendeu. Ele ficou com o corpo encolhido e a deixou descarregar toda a sua raiva até acalmar-se. E quando Lígia, depois de explodir toda a sua raiva, sentiu-se desvanecida e ameaçou perder o equilíbrio, Érike a amparou nos braços e colocou-a sentada no sofá.

— Eu tenho que voltar para os Estados Unidos... Só o meu pai poderá me ajudar.

— Você está fugindo da polícia, Érike?

— Não! Mas eles estão suspeitando de mim... Mas eu não fiz nada!

— Eu o avisei tanto, filho! Por que você matou aquelas pessoas?

— Eu não matei ninguém! Eu não sou um assassino! Por que você nunca acredita em mim?

Érike pegou as malas, abriu a porta e saiu para esperar o carro que havia chamado pelo aplicativo do celular. E no momento em que o motorista abriu o porta-malas, Érike ouviu a sirene do carro da polícia se aproximando. Ele ainda tentou sair correndo, mas não teve jeito, foi cercado por várias viaturas. Lígia também saiu desesperada de dentro de casa e ficou chocada ao ver o filho sendo algemado pelos policiais.

— Você tem o direito de permanecer calado e tudo que você disser poderá ser usado contra você no tribunal — disse a detetive Flávia no momento em que colocava as algemas nos pulsos de Érike.

— Mãe! Ligue para o meu pai! Peça para ele me ajudar. Eu não fiz nada! — gritou Érike para Lígia, que estava encostada próxima ao portão da casa, chorando sem parar.

Caio abriu a porta da viatura e Flávia o conduziu para dentro do veículo. O motorista do aplicativo foi liberado e eles seguiram em comboio para a delegacia. Lígia fechou o portão e entrou desesperada para dentro de casa. Pegou o telefone e ligou imediatamente para o pai de Érike.

— Alô!

— Sou eu... Lígia — e começou ela a chorar.

— O que aconteceu com Érike?

— Ele acabou de ser preso.

— Preso? Por quê? O que foi que ele fez dessa vez?

— Você tem que vir para o Brasil o mais rápido possível... Ele disse que não fez nada.

— Mas então por que o prenderam?

— Suspeita de assassinato.

— O quê? Meu Deus! Contrate o melhor advogado... Eu não posso ir agora para o Brasil, mas vou mandar o dinheiro.

— Eu não sei o que fazer?

— Contrate o advogado! Você deve conhecer algum. Depois a gente vê o que faz. E me mantenha informado. Tchau!

— Tchau! — Lígia encerrou a ligação, jogou-se no sofá e começou a chorar. Mas ela não se entregou as suas fraquezas, levantou-se e foi até a sua saleta de trabalho. Pegou a agenda, folheou rapidamente as páginas e, sem perda de tempo, fez uma ligação.

Érike foi colocado em uma sala reservada e permaneceu algemado. Ele ficou de molho, sentado na cadeira com os cotovelos apoiados sobre a mesa, aguardando o desenrolar dos acontecimentos. E quando os detetives Caio e Flávia entraram porta adentro para interrogá-lo, Érike ficou apreensivo, aprumou o corpo e encarou os dois policiais. Caio jogou uma pasta sobre a mesa com algumas fotos das vítimas e ficou olhando para a cara dele, intimidando-o.

— Você reconhece essas pessoas?

— Eu não fiz nada!

— Eu estou perguntando se você reconhece essas pessoas? — alterou-se Caio.

— Sim... Menos esta — respondeu Érike, afastando a foto da prostituta que foi encontrada morta no banco da praça.

— Então, além dos travestis que trabalhavam na boate, você também conhecia a garota de programa que se chamava Cris? — aproximou-se Flávia.

— Conhecia sim... Ela era uma das meninas de Pâmela. Ela circulava pela boate, fazia uns programas com os caras e depois dava uma comissão para Pâmela. Era uma viciada em pó.

— E por que você a matou?

— Eu não a matei! Eu já disse que não matei essas pessoas. E eu não vou falar mais nada... Só com o meu advogado.

— Você morava nos Estados Unidos... Por que voltou para o Brasil? E como você ficou conhecendo Pâmela? — insistiu Flávia, persuadindo-o.

— Eu já disse que não vou falar mais nada... Só na presença do meu advogado.

— Os crimes começaram a ocorrer depois que você se infiltrou na boate... — insinuou Caio. — No corpo de uma das vítimas foram encontrados vestígios de sangue com o mesmo tipo sanguíneo que o seu. Você está complicado! — mas Érike ficou calado. — E essas marcas no seu pescoço? Foram feitas pela prostituta que você estrangulou e abandonou no banco da praça?

— Vocês sabem muito bem que não! — irritou-se Érike. — Eu tenho testemunhas... Eu apenas me defendi!

— Você só tentou armar um álibi... Depois você foi atrás dela e a matou. Ravena? Era esse o nome dela, não era? — Caio continuou pressionando-o, enquanto Flávia o encarava friamente.

— Você não vai conseguir se safar dessa! — Flávia endureceu o tom do seu discurso e partiu para cima de Érike, acuando-o com as suas insinuações e acusações. Mas Érike não se desestabilizou, deixou a policial jogando sozinha. — Você gosta de quebrar o pescoço de mulheres indefesas? Nós temos provas suficientes para colocá-lo atrás das grades por um bom tempo. Você vai apodrecer na cadeia. Temos imagens das câmeras de segurança... Testemunhas que presenciaram discussões e brigas suas com as vítimas. Então? Por que você não confessa logo que matou essas pessoas?

— E por que eu deveria confessar algo que não fiz? E Cris não tinha nada de indefesa... Ela dopava os seus clientes e os roubava. Quem era o indefeso? — respondeu Érike, deixando os detetives desconcertados.

— Isso não vem ao caso... — interferiu Caio, retomando o foco do interrogatório. — Nós temos também um registro de uma ocorrência policial envolvendo você nos Estados Unidos... Você quase estrangulou um colega durante o ensaio de uma peça de um musical. Foi por isso que você voltou para o Brasil?

— Isso ficou resolvido por lá... Foi só uma briga! As testemunhas foram ouvidas e o caso foi arquivado. Eu não tenho nenhuma ficha criminal por lá e nem aqui. Eu não vou confessar crimes que eu não cometi.

— E as plumas? — perguntou Caio, desviando o olhar para Flávia. — Você se disfarça de travesti para se infiltrar no meio das vítimas e matá-las?

— Plumas? Eu não faço ideia sobre o que vocês estão falando.

— No corpo das vítimas foram encontrados fiapos de plumas cor-de-rosa. Na última vítima o assassino deixou um colar inteiro de plumas em volta do pescoço dela. Nas pulseiras de Ravena também foram encontrados fiapos de plumas com vestígios de sangue com o mesmo tipo sanguíneo que o seu. Então? Você se traveste para matar essas pessoas? Eu estou vendo que você tem os braços bem malhados... Fortes. Isso é só cuidado com o corpo ou é uma estratégia sua para não dar a chance da sua vítima escapar? — Érike ficou quieto, acompanhando Caio com os olhos enquanto ele circulava em torno da mesa. — Você já fez artes marciais?

— Vocês estão delirando!

— Não estamos não! Nós estamos querendo dar um fim nos seus delírios... Colocá-lo numa cela e proteger a sociedade de doentes como você — investiu Flávia.

— Vocês não podem me manter aqui... Eu não fiz nada!

— Então por que você estava fugindo?

— Eu não estava fugindo! Eu só ia passar alguns dias com o meu pai. Eu sou cidadão naturalizado nos Estados Unidos... Eu tenho residência fixa por lá.

Mas a porta da sala se abriu, paralisando o interrogatório. Um agente da polícia entrou e cochichou no ouvido de Caio, que prontamente demonstrou uma insatisfação. E depois que o agente saiu, ele chamou Flávia para um canto da sala e começou a conversar baixinho com ela, deixando Érike intrigado e também um pouco aflito.

— É... Parece que o seu advogado conseguiu a sua liberação! Rápido, não? — disse Flávia, aproximando-se da mesa.

— Vocês não podem me manter aqui... Não houve flagrante e vocês não têm provas concretas contra mim. Só um discurso vazio. Eu não sou um idiota... Eu também conheço um pouco de direito.

— De idiota você não tem nada... Nós vamos ficar vinte e quatro horas por dia de olho em você. O seu passaporte ficará retido! E nem pense em sair da cidade — advertiu-o Flávia, trincando os dentes de raiva.

O advogado entrou na sala com a sua pasta na mão, retirou a documentação para a liberação imediata de Érike e pediu para que ele assinasse um termo se comprometendo a permanecer na cidade até a conclusão do inquérito. Érike, prontamente, assinou o termo, levantou-se da cadeira e estendeu os braços para Caio retirar as algemas. Os dois ficaram se olhando rispidamente, mas Caio não teve alternativa senão retirar as algemas dos pulsos de Érike.

— E as malas? — perguntou ele, com um tom altivo na voz diante dos detetives.

— Já foram liberadas... Vamos! — apressou-o o advogado.

— Eu só espero que não tenha sumido nada! Tinha dinheiro dentro delas — provocou-os Érike.

— Vamos! Vamos! A sua mãe está muito aflita! — continuou o advogado, apressando-o. — Temos que sair logo daqui... Já tem gente com cartazes lá fora pedindo a sua condenação.

— Mas eu não fiz nada!

— Vamos!

O advogado saiu rápido com Érike da sala. E quando eles chegaram do lado de fora do prédio da delegacia, tinha um grupo de travestis e outros simpatizantes do movimento lgbtqia+ com cartazes nas mãos, gritando: "assassino", "justiça". Foi preciso que alguns policiais saíssem da delegacia para fazer a proteção deles enquanto entravam no carro. Mas o grupo continuou ofendendo-os, agitando os cartazes e gritando sem parar: "assassino", "justiça". O advogado meteu o pé no acelerador e saiu rápido do estacionamento da delegacia com o carro sob uma cascata de pedras, ovos e tomates podres, que foram arremessados pelos manifestantes. Os detetives Caio e Flávia entraram na viatura e seguiram atrás deles para dar cobertura.

Assim que entrou em casa com o advogado, Érike estranhou o silêncio e saiu procurando por Lígia. Ele foi até o quarto dela e a encontrou na cama, adormecida. Érike se aproximou da mãe e tentou despertá-la, balançando o seu braço e chamando-a, mas ela não reagiu. Lígia estava completamente apagada. Ele ficou nervoso e, mesmo percebendo que ela ainda estava respirando, começou a andar agitado pelo quarto. E quando se deparou com um vidro de tranquilizante vazio no chão, Érike saiu correndo desesperadamente até a sala e pediu ajuda ao advogado, que ligou imediatamente para a emergência em busca de socorro médico.

Os detetives Flávia e Caio, que estavam com a viatura estacionada próxima a casa, ficaram sobressaltados ao ver a ambulância parar em frente da casa de Érike. Eles saíram imediatamente do carro e correram para ver o que estava acontecendo. Quando entraram na casa, os paramédicos já estavam no quarto de Lígia administrando os primeiros socorros. Mas não foi o suficiente. Lígia teve que ser levada às pressas para o hospital. Érike ficou muito abalado. Ele seguiu junto com ela, segurando na sua mão até a ambulância chegar ao seu destino.

— O que vocês estão fazendo aqui? — perguntou Érike para os detetives, assim que os viu se aproximando dele na sala de espera do hospital. Ele estava muito aflito, trêmulo e com lágrimas nos olhos, aguardando por notícias da mãe. — Vocês vieram me prender novamente?

— Ainda não! — respondeu Flávia. — O que aconteceu com a sua mãe?

— Eu não sei! Quando entrei em casa, eu a encontrei na cama completamente apagada. Eu achei um vidro de tranquilizante vazio no chão.

— Ela deve ter ficado chocada com as barbaridades do filho e tentou...

— Cale a sua boca! — alterou-se Érike, sob o olhar de reprovação dos funcionários do hospital. — A minha mãe nunca faria uma coisa dessas!

O médico apareceu na recepção e ficou olhando na direção de Érike, que imediatamente se afastou dos detetives e foi conversar com ele. Caio e Flávia ficaram de longe só observando-o. E quando o médico se retirou, eles se aproximaram novamente de Érike.

— Vocês vão ficar me perseguindo? — irritou-se Érike. — Ou também estão achando que eu tentei matar a minha própria mãe? — insinuou ele, saindo de perto deles e indo para o lado de fora do hospital.

— Calma aí! — insistiu Caio, interpelando-o.

— Vocês não estão vendo que eu estou com a minha mãe correndo risco de morte em uma cama de hospital? — desabafou-se Érike.

— O que foi que o médico disse? — perguntou Flávia.

— E por que você quer saber? Isso não é da sua conta! — respondeu ele grosseiramente.

— Vamos embora, Flávia! — disse Caio, apressando-a. — Deixe-o sossegado por enquanto. Mas, eu vou logo avisando, a gente vai ficar na sua cola.

— E qual é o estado clínico da sua mãe? — insistiu Flávia.

— Eles fizeram uma lavagem estomacal... Mas ela está muito debilitada, ainda está em coma. Acho que se eu não tivesse chegado naquela hora, ela poderia ter morrido. A minha mãe nunca faria isso!

— O que você está querendo insinuar? Que alguém tentou matá-la?

— Eu não sei... Isso só ela poderá responder!

— Eu não gosto de você. E você sabe muito bem disso! Mas tem algo...

— Vamos, Flávia! — insistiu Caio, ficando impaciente com o prolongamento da conversa entre os dois. — Nós estamos de olho em você! Nós vamos voltar para conversar com o médico. Se você tiver algo a ver com o que aconteceu com a sua mãe... Você já era!

— Eu não sou a pessoa que vocês estão procurando. Eu não sou o assassino... Eu sou a próxima vítima!

Caio puxou Flávia pelo braço e os dois seguiram em direção a viatura, enquanto Érike entrou novamente no hospital e ficou aguardando por notícias sobre o estado clínico de Lígia. Ela ainda estava na UTI e não podia receber visitas, mas começou a apresentar alguma melhora. Érike ficou mais aliviado, mas também ficou muito preocupado. Ele sabia que Lígia jamais tentaria o suicídio.

Horas mais tarde, Érike entrou em casa todo desconfiado. Ele foi até o quarto da mãe, pegou o vidro de tranquilizante vazio que estava em cima da cama e deu uma vasculhada pelos os outros cômodos da casa, com receio de haver alguém escondido e surpreendê-lo. Mas quando ele passou pelo corredor, lembrou-se do seu pesadelo e ficou parado próximo à porta da saleta onde Lígia guardava todos os prontuários dos seus pacientes.

Ele girou a maçaneta da porta e percebeu que ela não estava trancada. Érike ficou cabreiro, empurrou a porta com o pé e se afastou rápido para trás. Não havia ninguém na saleta, mas os documentos soltos pelo chão denunciaram o intruso que esteve por lá remexendo nos arquivos de Lígia. Ele entrou e começou a revirar tudo, procurando por evidências. No armário havia sinais bem claros revelando que algumas pastas foram retiradas, deixando um espaço vazio e, no computador, vários arquivos foram apagados. Érike não teve mais dúvidas sobre o autor da sabotagem e fez uma cara de espanto.

Na empresa Rascante, o clima também não estava muito bom. Vicente ficou andando agitado com o telefone grudado no ouvido tentando falar com Pablo, que ainda não tinha dado sinal de vida. Amanda não tirava os olhos do computador. Ela estava super concentrada lendo uma matéria na página policial em um site na internet.

— Eu não acredito! Prenderam o assassino que estava matando travestis e garotas de programas e depois o soltaram! Mas... Como eles podem deixar esse cara solto? Ai! Eu fico até com medo! — escandalizou-se Amanda.

— Do que você está falando? — perguntou Vicente, aflito por não conseguir fazer contato com Pablo.

— Você não viu o noticiário na TV? Eles quase lincharam o cara quando ele saiu da delegacia.

— Eu não tenho tempo para assistir TV... E Pablo? Onde esse cara se meteu?

— Você parece até a babá de Dr. Pablo! Ele deve estar pela fazenda mesmo. Ele sempre faz isso... Vai resolver alguma coisa por lá e acaba ficando dias. Depois ele liga!

— Bombonzinho, você está certíssima! Ele deve estar por lá numa boa, tomando o vinho dele e comendo aquela comidinha caseira feita por D. Laura.

— Quem é D. Laura?

— A senhora que trabalha na casa... Qualquer dia desses, eu vou levar você para passar um finalzinho de semana bem gosto por lá. O que você acha?

— Ai! Eu não gosto muito de mato, não! Mas eu adoraria experimentar a comida da D. Laura! Deve ser uma delícia! Comidinha de interior... Hum! Dá até água na boca!

— Ela fez uma carne assada ao molho madeira... Coisa de louco!

— Ih! O telefone... — afobou-se Amanda. — Deve ser ele. Alô!

— Amanda, eu vou ficar mais alguns dias... Peça para Vicente resolver tudo por aí. Tchau!

— Mas... Dr. Pablo!

— Deixe-me falar com ele! — apressou-se Vicente, deixando o seu celular cair no chão.

— Ele desligou na minha cara! Disse que vai ficar mais alguns dias por lá e que é para você resolver os assuntos da empresa na ausência dele.

— Eu vou ligar para esse safado! — irritou-se Vicente, pegando o telefone e ligando para Pablo, que após falar com Amanda, imediatamente desligou o seu celular. — Ele desligou o celular dele! Meu Deus! O que está acontecendo com esse cara?

— Não deve ser nada de mais! Eu até fiquei com fome depois que você falou da comidinha caseira da D. Laura. Já que o chefe não vem para a empresa, bem que a gente poderia sair mais cedo e jantar em um lugarzinho aconchegante... Com uma comida assim bem mais saborosa, bem temperada. O que você acha?

— É...

— Ih! Eu perdi até a vontade... Que falta de entusiasmo!

— É que eu estou muito preocupado com Pablo. Eu não o reconheço mais. Parece que eu estou trabalhando com outra pessoa.

— Eu também sinto isso!

— Sente?

— Há muito tempo! Eu até já mandei alguns currículos para algumas empresas... Ele está tão grosso! Eu não sei se vou conseguir suportar por muito tempo.

— Não faça isso! Deve ser apenas um momento ruim que ele deve estar passando. Não vamos pensar nisso! Vamos sair para jantar e arejar a nossa cabeça. Eu vou para a minha sala e depois eu passo aqui para pegar você... Literalmente! Entendeu-me?

— Ih! Ah! Ah! Ah! Estava demorando!

Mais tarde, durante a noite, Érike foi ao hospital para saber como Lígia estava passando. O quadro clínico dela ainda era bem delicado, mas o médico permitiu que ele ficasse um pouco com a mãe. A enfermeira o acompanhou pelo corredor e quando ele estava chegando bem próximo ao quarto, ficou sobressaltado, nervoso, e começou a gritar — Ei! Ei!

Um homem vestido de enfermeiro, que estava abrindo a porta para entrar no quarto da enfermaria que Lígia estava, assustou-se e saiu correndo em disparada pela porta de emergência. Érike foi atrás dele e ainda conseguiu avistá-lo correndo como um louco pelas escadas abaixo. Mas quando ele chegou ao térreo, o falso enfermeiro desapareceu diante dos seus olhos.

Érike voltou para dentro do hospital e seguiu rapidamente para o quarto de Lígia junto com o médico, que verificou os equipamentos de monitoramento, examinou-a e constatou que estava tudo estável, deixando-o mais tranquilo.

— Está tudo bem com ela, doutor? — perguntou Érike. O médico assentiu com a cabeça e fez sinal para que eles continuassem com a conversa do lado de fora do quarto.

— Está tudo em ordem... — confirmou o médico assim que eles saíram da enfermaria. — Mas o que está acontecendo? Ela está sendo ameaçada? Temos que avisar a polícia!

— Eu acho que esse cara estava tentando entrar na enfermaria para matá-la.

— Eu vou falar com o diretor para reforçar a segurança.

— Por favor! Faça isso! — e enquanto Érike ainda conversava com o médico, um dos seguranças do hospital apareceu no corredor com algumas roupas emboladas na mão.

— Eu achei esse uniforme de enfermeiro jogado em um canto da escada... Deve ter sido o cara que estava tentando entrar na enfermaria que deixou por lá. Temos que acionar a polícia!

— Esse louco ainda pode estar por aqui... Vamos! Vamos falar com o diretor — o médico ficou nervoso e saiu junto com o segurança, deixando Érike aflito no corredor, atento às movimentações em volta da enfermaria.

Minutos depois a polícia chegou ao local. Os detetives Caio e Flávia seguiram até à administração do hospital para conversar com o diretor. Em seguida, eles se deslocaram até o quarto da enfermaria que Lígia estava internada para falar com Érike, que não saiu do lado da porta nem para tomar água.

— E aí detetives? Vocês prenderam o cara? — provocou-os Érike.

— Vamos deixar as provocações de lado, falou? — disse Caio, sem fazer muita graça para a cara de Érike. — Nós estamos aqui para ajudar. Nós vamos ficar vigiando o quarto da sua mãe durante essa noite.

Vamos revezar. Se você quiser, pode dar uma relaxada... Ir ao banheiro, comer alguma coisa.

— Não... Eu estou bem.

— A sua mãe comentou com você se ela estava recebendo algum tipo de ameaça? — perguntou Flávia.

— Não! Só ela poderá responder a sua pergunta. Eu estou morando com ela há alguns meses... E nós não conversamos muito.

— Entendo. Ela é psiquiatra... Talvez tenha sido algum paciente desajustado.

— Todos os pacientes dela são desajustados... Psiquiatra não cuida de ajustados! — Flávia torceu o nariz e virou o rosto para o lado, contendo-se para não revidar a provocação de Érike. E nesse momento, uma enfermeira se aproximou deles.

— O diretor me disse que vocês queriam falar comigo... É sobre o quê?

— Você é a funcionária que viu o falso enfermeiro tentando invadir a enfermaria onde D. Lígia está convalescendo? — perguntou Caio.

— Eu não o vi. Eu estava bem longe. Eu vim pelo corredor acompanhando esse moço para mostrar o quarto da enfermaria que a mãe dele está... E ele começou a gritar — Érike ficou sem ação diante da revelação da enfermeira e baixou a cabeça para fugir do olhar investigativo de Flávia. — O homem se assustou e saiu correndo.

— Mas você não conseguiu nem ver o rosto dele?

— Não! Nós estávamos ainda bem longe do quarto. Eu só o vi sair correndo... Era um cara alto e bem parrudo.

— Mais de um metro e oitenta de altura? — perguntou Flávia, olhando para Érike, que continuou de cabeça baixa, pensativo, preocupado.

— Por aí.

— Está bem... Obrigado! — dispensou-a Caio.

— É... O caso Érike está ficando cada vez mais complicado. Você não sabia qual era o quarto que a sua mãe estava... Mas percebeu, a uns metros de distância, que o enfermeiro que estava entrando no quarto da enfermaria não era um enfermeiro, mas um criminoso querendo matá-la. Você está perdendo a chance de ficar milionário!

— O que você está querendo insinuar? — defendeu-se Érike das investidas de Flávia.

— Que você sabe muito mais do que fala. E que está metido em uma grande enrascada. Quem é esse cara que você viu tentando entrar no quarto da enfermaria para matar a sua mãe? Vamos! Desembucha! Você reconheceu o cara pelo físico e ele também reconheceu você. Senão, ele não teria se assustado e nem fugido pela porta de emergência.

— Cara! — insistiu Caio. — Se isso tem a ver com os assassinatos, fale logo! Se realmente não foi você, desembucha! Ou você vai mofar na cadeia no lugar do verdadeiro assassino!

Érike ainda permaneceu um bom tempo no hospital, na expectativa de Lígia acordar e ele poder conversar com ela. Mas isso não aconteceu. A dosagem de tranquilizante que ela ingeriu foi muito alta. Érike, então, foi para casa descansar, enquanto os detetives Caio e Flávia passaram a noite no hospital em vigília, sentados ao lado da porta do quarto de Lígia. E assim que amanheceu, eles foram substituídos por outros policiais, que assumiram imediatamente o posto. Ordens expressas do delegado Siqueira.

— Érike! O que está acontecendo? — perguntou Tony todo aflito ao atender a ligação.

— Vá para a boate agora! Nós precisamos conversar! É muito importante!

— Mas ainda é muito cedo!

— Mas eu estou precisando falar com você agora mesmo!

— Mas Érike? Eu nem descansei direito... A boate só abre depois das dez da noite e ainda são duas horas da tarde. Eu preciso dormir... Eu fiquei sozinho o tempo todo, de um lado para o outro. Aquilo lá está uma loucura!

— Porra! Faça o que eu estou pedindo! Eu estou com a corda no pescoço, cara!

— Está bem... Você fez alguma merda, não é?

— Não, cara. Eu já comprei a merda pronta! Vá logo!

A boate La Balbúrdia começou o expediente em volta das dez horas da noite. A casa estava cheia. Tony, apesar da ausência de Érike, saiu-se muito bem. Cassandra entrou no final para encerrar a noite com o seu número solo. Dessa vez ela cantou e dançou, acompanhada dos dançarinos, a pop star Madonna. E quando terminou o seu número, o público ficou de pé e choveu aplausos.

E no final do expediente, por volta das quatro horas da madrugada, Tony desligou todas as luzes e só deixou alguns canhões direcionados para o palco. Ele pegou a sua mochila, entrou no carro com o segurança e os dois pegaram logo a estrada. Mas Érike permaneceu na boate. Subiu no palco, tirou o cap, a camisa, a gravata borboleta e só ficou com a calça e a pluma cor-de-rosa em volta do pescoço. Ele acionou o botão do controle remoto e se posicionou no foco da luz.

O corpo de Érike seguia os movimentos da música clássica com a mesma leveza da pluma que estava em volta do seu pescoço. Como se a música e ele fossem uma coisa só. Ele tirou a pluma do pescoço e começou a movimentá-la pelo ar, sem deixá-la cair no chão e nem tocar no seu próprio corpo. Repelindo-a e ao mesmo tempo chamando-a para si.

Mas de repente ele ouviu um barulho no fundo do salão. Os seus sentidos ficaram atentos, o seu corpo quase que congelou no ar, mas Érike continuou a dançar. E quando terminou o seu último movimento, esvaindo-se pelo tablado juntamente com as últimas notas da música, um espectador que estava escondido nas sombras, começou a aplaudi-lo.

— Bravo! Bravo! — gritou Pablo com entusiasmo, caminhando na direção do palco. Érike, ainda muito ofegante e exaurido, levantou-se e ficou olhando para Esteban, estranhando-o, como se não fosse ele que estava ali na sua frente.

— Esteban?

— Não! Hoje ele não veio!

— Pablo?!

— Não gostou de me ver? Claro que não! Você só gosta dele, não é? Todos sempre gostam mais dele do que de mim! — Pablo subiu apressado pelas escadas laterais do palco e ficou frente a frente com Érike, que se sentiu temeroso e deu alguns passos para trás. — Você está com medo de mim, Érike?

— Não!

— Não? Deveria! — de repente, Pablo começou a pressionar os dedos sobre a fronte e bater com a mão na cabeça, deixando Érike apreensivo. — Fuja Érike! Fuja!

— Esteban!

— Você não vai conseguir me impedir! — gritou Pablo, correndo na direção de Érike e o agarrando pelo pescoço.

E nesse momento todas as luzes do salão foram acesas. Os detetives Caio e Flávia, que se infiltraram disfarçados na boate durante todo o expediente, saíram dos seus esconderijos com as armas empunhadas, apontando os revólveres na direção do palco. Pablo ficou assustado, deu uma chave de braço em Érike e o colocou como escudo para se proteger.

— Solte-o imediatamente! — gritou Flávia. — Não faça isso! Será mais um crime que você terá que responder. Deixe-o!

— Vão embora! A conversa é só entre nós dois!

— Solte-o! Deixe-o livre que nós não vamos atirar... E você sairá daqui com a gente em segurança.

— Ah! Ah! Ah! Você é uma policial medíocre... Você acha que eu vou acreditar em uma tolice dessas?

— Esteban! Por favor! Você está me machucando! — Érike começou apelar por socorro a Esteban, mas Pablo foi apertando o braço em volta do seu pescoço para deixá-lo com dificuldade de respirar e não poder falar.

— Cale a boca! Ele não pode ouvi-lo! — gritou Pablo.

— O que nós vamos fazer? — perguntou Caio para Flávia, sentindo-se completamente desorientado. — Se a gente chegar mais perto... Ele vai acabar quebrando o pescoço dele.

— Eu não sei... Eu vou procurar um ângulo melhor — disse Flávia, movimentando-se sorrateiramente pelo salão.

— Pode ficar aí mesmo... Eu quero os dois bem perto dos meus olhos ou eu quebro o pescoço dele — ameaçou-os Pablo.

— Tudo bem... Nós vamos ficar bem perto dos seus olhos. O que você quer? — perguntou Caio.

— O que eu quero? Que pergunta idiota! Ah! Ah! Ah! — debochou Pablo da cara dos policiais. — Matá-lo! — gritou ele, totalmente descompensado. — Você não está vendo?

— Por quê?

— Porque eu preciso! Eu tenho que me livrar dele. Esteban se afeiçoou muito a ele. Esteban é parecido como o nosso pai... Ele gosta de maricas. O meu pai levava prostitutas e maricas para dentro da nossa casa.

— E onde está o seu irmão? Nós podemos chamá-lo aqui para conversar com você. Você gostaria de conversar com o seu irmão?

— Ah! Ah! Ah! Claro que não! Eu o tranquei dentro do quarto! Ele não consegue sair!

— Esteban! Por Favor! Eu estou ficando sem ar... — e toda vez que Érike chamava por Esteban, Pablo apertava ainda mais o braço em volta do pescoço dele. E Érike não suportou mais. O seu corpo foi esmorecendo sobre o corpo de Pablo, que afrouxou o braço e o amparou.

— Érike! — sussurrou Esteban, deslizando suavemente a pluma cor-de-rosa sobre o rosto dele. — O seu cheiro é tão bom! — Esteban fechou os olhos, inspirou, e roçou o nariz carinhosamente ao longo do pescoço de Érike — Canela!

— Esteban! Por favor! — balbuciou Érike.

— Eu não estou entendendo porra nenhuma, Flávia! O que está acontecendo? Temos que agir logo, senão ele vai matá-lo.

— Ele tem dupla personalidade!

— O quê?

— Esteban e Pablo são a mesma pessoa... Temos que ganhar tempo com isso!

— Não se precipite! O que você vai fazer?

— Esteban! Você não quer fazer isso! Solte Érike! — Flávia com a sua astúcia, percebeu a disputa entre Pablo e Esteban e tentou persuadi-los, ganhar tempo para conseguir salvar Érike.

— Eu não consigo! — respondeu Esteban, chorando e mantendo Érike preso ao seu corpo.

— Não dê mais um passo, senão eu acabo com ele — interferiu Pablo.

— Tudo bem! Fique tranquilo! — disse Flávia, tentando acalmá-lo. — Mas por que você quer eliminar Érike, Pablo?

— Ele é um maricas... Ele e Esteban já transaram, você sabia? São dois veados!

— Mas se você queria eliminar Érike... Então, por que você matou aquelas pessoas que trabalhavam na boate? — continuou Flávia, tentando persuadi-lo e, ao mesmo tempo, desviá-lo da sua obsessão por Érike.

— Ah! Ah! Ah! Você não sabe de nada! Eu já matei muitos deles... Eles são a escória da sociedade. Ninguém liga. Eu já perdi até as contas de quantos foram.

— Você não se arrepende de ter vitimado essas pessoas? E por que você fez isso?

— As putas e os travestis que eu matei, não são as minhas verdadeiras vítimas! Ele é a minha vítima!

— Érike é a sua vítima? E por quê?

— Érike é uma doce vítima! — respondeu Pablo, deslizando a pluma cor-de-rosa suavemente pelo rosto dele. — E Esteban é a minha isca! Érike foi o único que ele se encantou por se parecer plenamente com ele. Doce Érike! — pronunciou Pablo com certa doçura nos lábios. Mas ao mesmo tempo, ele foi tomado por uma fúria interna e contraiu o braço com mais força sobre o pescoço de Érike.

— Não faça isso! Nós podemos ajudá-lo! — gritou Flávia, com a arma apontada na direção de Pablo, procurando um ângulo seguro para atirar.

Quando Pablo percebeu que Érike já tinha perdido a sua vitalidade, afrouxou o braço lentamente e o deixou deslizar pelo seu corpo. E nesse exato momento, Flávia disparou vários tiros no seu peito. Pablo soltou Érike, que caiu desacordado sobre o tablado. Mas Pablo ainda permaneceu de pé, olhando para a luz. E quando não suportou mais sustentar o peso do seu próprio corpo, ele caiu agonizando ao lado de Érike.

Os dois policiais subiram imediatamente no palco. Flávia verificou a pulsação de Érike e se desesperou. Caio começou a dar massagens no coração dele, enquanto Flávia fez respiração boca a boca, mas Érike não reagiu. Eles continuaram, insistiram, mas já era tarde demais. Érike estava morto. A policial colocou a mão sobre a cabeça e saiu caminhando desorientada pelo tablado.

Caio saiu correndo atrás dela, tentando confortá-la, mas Flávia ficou furiosa e começou a chutar tudo o que viu pela frente. Ele a pegou com força e a abraçou. Ela relutou, mas acabou deixando a frieza de lado, agarrou-se com ele e começou a chorar. Do lado de fora, viaturas da polícia e ambulâncias do corpo de bombeiros começaram se aglomerar em frente da casa noturna. Policias e paramédicos entraram porta adentro da boate La Balbúrdia, mas o espetáculo já tinha chegado ao fim.

Pablo continuou agonizando ao lado de Érike, olhando para o refletor e com a mão estendida na direção da luz. O tempo, então, regrediu. Ele voltou a sua antiga casa, quando ainda era criança, e se viu brincando de bola junto com a mãe, correndo pelo gramado em torno dos jardins da casa. Pablo tentou levantar o corpo, mas ele não conseguiu e continuou com a mão estendida para a luz. A sua mãe se aproximou através do feixe de luz e esticou a mão para ele.

— Esteban! Venha com a mamãe!

Esteban segurou bem forte na mão da sua mãe, que o puxou para junto dela. Ele saiu correndo e abraçou Pablo. E os três se divertiram. Eles ficaram o tempo todo rindo e brincando de bola pelo gramado da casa em torno dos jardins.

Ingram Content Group UK Ltd.
Milton Keynes UK
UKHW020701130723
425065UK00016B/429